# EN ELD SOM BRINNER

Niclas Severinsson

En eld som brinner

© 2018 Niclas Severinsson

Förlag: BoD – Books on Demand, Stockholm, Sverige
Tryck: BoD – Books on Demand, Norderstedt, Tyskland

ISBN: 978-91-7785-481-4

Organisationen som nämns i boken existerar i verklighe-
ten, men berättelsen i texten du kommer läsa är helt och
hållet fiktiv.

**1**

─────

Diana satte igång vindrutetorkarna och sänkte hastigheten en aning. Typiskt att det skulle börja regna. Hon hade inte kommit på något effektivt sätt att få ordning på frisyren när det blivit blött. Det var skillnad när hon hade duschat då kunde hon ju blåsa håret och kamma det så att det såg respektabelt ut. Hon hade väl inte vant sig än från tiden i hemlandet. Där täckte hon alltid håret och även fast det var en stor frihet att kunna släppa ut det och visa det för allmänheten var det inte helt lätt alla gånger. Men det var nog ett av alla ickeproblem som uppstod när man kom till ett nytt land. Det svåraste var att få tag på ett jobb och tjäna pengar. Hon hade blivit relativt bra på det svenska språket ganska snabbt men det hjälpte inte alltid. Diana såg sig i backspegeln och log lite för sig själv. Hon kände sig ändå lycklig. Att Sten och Eva erbjudit henne att städa hemma hos dem kunde hon inte tacka nog för. Det skulle hon minsann komma ihåg att säga idag. Hon flyttade fokus från sitt eget leende i backspegeln till bilen bakom. Den låg obehagligt

7

nära. Hon funderade på att bromsa eller sänka hastigheten för att visa att personen i den andra bilen låg för nära. Diana suckade lite och gasade på en aning. Hon sträckte på sig och försökte se registreringsskylten men kunde bara se bilens märke. En Volvo. Ibland lekte hon med tanken att skriva ner numret på bilarna som inte kunde följa trafikreglerna, eller som var på gränsen, för att skicka in till trafikverket eller polisen. Men det skulle väl inte tjäna något till. Senast igår var det någon som pratade på nyheterna om personalbristen inom poliskåren. Det var nog ingen idé att belasta stackarna med lite stressade bilister.

Diana lämnade den täta stadstrafiken och svängde av på en smalare väg. Bilen som låg tätt bakom henne förut svängde också av, men höll ett längre avstånd nu. Landsbygden kanske minskar på stressen, tänkte hon och såg ut genom vindrutan. Hon hade bott i Sverige i snart ett halvår men slogs fortfarande av hur vackert det var. Inte ens regnet kunde ta ifrån henne hur mycket hon älskade den nya naturen, skogen. Hennes två barn var inte lika fascinerade. Men å andra sidan tyckte de inte om att vara utomhus alls. Fast det var nog skillnad i hemlandet. Våldsamheterna och osäkerheten fick nog de flesta att hålla sig inomhus ibland. Det kanske bara var en vanesak. Dock var det inte speciellt länge sedan ett stort familjehus brann i närheten av där hon bodde nu. Människor är fortfarande människor oavsett i vilket land de bor, tänkte hon och letade efter skylten som visade var paret Abrahamsson hade sitt fina hus. Lite längre bort såg hon träskylten som pekade upp mot huset. Eller husen. Garaget var fristående och Eva hade låtit bygga en liten stuga intill huset. Diana svängde av vägen och sänkte hastigheten. Det stora röda huset med vita knutar bredde ut sig framför henne. Vägen fram till huset var nyasfalterad och det hördes knappt att bilen rullade. Hon tittade åt höger och in i garaget. Där inne stod parets gråa Mercedes. Hon hade lagt bilmärket på minnet, det var det enda hon visste som inte enbart satt framför på bilen utan även uppe på motorhuven. Hon stannade bilen.

"Konstigt, Sten skulle väl iväg nu på morgonen..." sa hon och höjde ögonbrynen en aning.

Hade hon tagit fel på tiden? Hon tittade på klockan. 08.56. Hon var precis i tid. Hon parkerade på den markerade platsen bredvid infarten till garaget, som hon blivit ombedd att göra, och stängde av bilen. Hon såg ut genom fönstret och upp mot himlen. Det regnade fortfarande men inte lika kraftigt. Hon slängde upp dörren och började springa mot entrén. Tusan också. Väskan. Hon vände om och sprang fram till passagerardörren och tryckte in handtaget.

"Kom igen nu!"

Hon ryckte i dörren både en och två gånger. Till slut gick den upp och hon tog tag i väskan. Hon smällde igen dörren bakom sig och började springa igen. Hon tryckte på ringklockan samtidigt som hon öppnade väskan och började leta efter husnyckeln. Hon hade blivit ombedd att ringa på även fast hon blivit betrodd med en nyckel till huset. På så sätt kunde hon undvika att råka överraska eller skrämma någon. Diana satte nyckeln i låset och vred om handtaget.

"Hallå!" ropade hon med hög röst för att försäkra sig

om att hon blivit hörd.

Det behövde hon dock inte göra men hon ville ändå förtydliga att hon kommit. Hon hängde av sig jackan på kroken som var hennes och tog av sig skorna, tog upp ett par tofflor ur väskan och satte på sig dem.

Tamburen och det anslutande vardagsrummet såg redan städat ut. Det gjorde det visserligen nästan alltid. Hon var duktig på sitt jobb, men vissa gånger gick det knappt att se skillnad på före och efter hon varit där. Ibland funderade hon på om hon verkligen behövdes som städhjälp hos paret Abrahamsson. Båda var pensionärer men i god form och hälsa, så det kunde inte vara anledningen. Hon ryckte på axlarna. Vissa gillar väl helt enkelt inte att städa, tänkte hon och vek av åt vänster mot städskrubben. Hon tog tag i guldhandtaget och öppnade dörren. På den nedersta av tre hyllor låg dammvippan.

Diana sträckte på sig, knäckte fingrarna och plockade upp sin mobiltelefon och satte igång Spotify. Hon tryckte in hörsnäckorna i öronen och sänkte volymen. Hennes städrutin bestod av att alltid börja städningen i ett nytt rum för att minska risken för uttråkande upprepningar. Hon funderade lite och tittade upp mot taket. Salongen står nog på tur, tänkte hon och började gå upp för trappan. Nästan hela husets golv bestod av heltäckningsmattor och trappstegen var inget undantag. Hon gick förbi tavlorna som hängde rakt och prydligt i stigande höjd längs med trappan. Hon vek av åt höger och klev in i salongen. Diana skakade dammvippan lite och började svepa den längs med dörrkarmen. Det klingade till när hon vred sig om mot den låga träbyrån som stod intill dörröppningen. Hon såg ner på golvet. Ett whiskyglas rullade in under byrån. Hon böjde sig ner och plockade upp det. Det hade inte gått sönder. Hon log lite med ena mungipan. Tur. Hon släppte taget om dammvippan och gick vidare in i salongen med glaset i handen. Det såg ut som Stens favoritglas. Ett tunt, frostigt och kantigt glas på fyra små fötter. Hon tittade på barskåpet och såg att den ena glasdörren stod på glänt. Lika bra att ställa in det, tänkte hon och granskade glaset. Det såg rent ut. Hon gick förbi en utav fåtöljerna men stannade plötsligt. En våg av pulserande värme och isande kyla spred sig genom kroppen. Hon skrek till och tog sig för munnen med båda händerna. Ett splittrande ljud spred sig i rummet när hon släppte glaset och det krossades mot bordskanten. En orörlig kropp med en mörk fläck i pannan tittade upp i taket. Diana kunde inte tro sina ögon. På golvet framför henne låg Sten, död.

## 2

——

”Smaklig måltid.”

Mannen drog igen glasfönstret på korvkiosken och vände sig om.

”Måltid kanske är att ta i.” mumlade Uno och granskade korven han höll i handen.

Definitionen av ett mål gick ju att diskutera, dessutom skulle han säkerligen sluka korven på nolltid vilket gjorde att just tiden för målet också gick att diskutera. Han lunkade tillbaka mot bilen samtidigt som han tog en ordentlig tugga.

”Fan va kallt det ska vara då.”

Uno satte sig i bilen och sjönk ner i sätet.

”Du kanske skulle klä dig lite varmare då?” menade Ayleen och pekade på Unos tunna höstjacka.

”Jo kanske det, men det här är ju min snyggjacka. Den har jag så länge jag kan.”

”Men om det nu är så kallt innebär det ju att du inte kan ha den längre. Om nu syftet med jackan är att den ska stå sig i förhållande till vädret och inte utseendet.”

Ayleen la handen på Unos arm och kände på jackan.

"Är du säker på att det inte är en sommarjacka till och med?"

Hon flinade och slog honom lätt på armen. Uno suckade och skakade på huvudet. Han tog en ny tugga av korven.

"Jag vill bara tillägga att fläcken du har på skjortan, den fick du innan jag slog dig på armen."

Uno tittade ner och svor till. En brunkornig sörja hade färgat den ljusblåa skjortan.

"Finns det något papper i den här jävla bilen?"

Uno tryckte i sig det sista av korven och öppnade handskfacket.

"Det är ju din bil så det borde väl du veta?"

Ayleen kunde inte stå emot att pressa fram ett leende. Uno såg på henne med en blick som inte kunde misstolkas. Han var inte road. Han sträckte sig bakåt och drog upp en hushållsrulle ur sätesryggen bakom Ayleen. Hon granskade honom medan han torkade upp senapen från skjortan. Trots att Uno stundtals var överdrivet butter var hon ändå glad över att de arbetade tillsammans. Hon hade redan lärt sig att inte tolka hans beteende personligt och han var en bra polis. Dessutom var han trevlig att se på. Inte för att det egentligen spelade någon roll men det skadade inte. I vissa vinklar påminde han om George Clooney. Fast några år yngre. Det var minst 15 år kvar till pension. De ofrivilligt gråa slingorna i det korta svarta håret klädde honom väl. Det kanske hon skulle säga till honom? Eller det kanske skulle kunna misstolkas på något sätt. Det får bli en annan gång i så fall. Uno vred sig mot henne och tryckte ut bröstet.

"Jag har inte spillt någon annanstans va?"

"Nej, men du borde nog torka fejset också."

Den här gången höll hon tillbaka leendet. Det vore oklok att reta upp Uno allt för mycket så här tidigt på morgonen. Det var ju ändå hon som skulle få stå ut med honom under dagen. Uno ryckte loss en bit papper och fällde ner solskyddet. Han såg sig i den lilla spegeln och torkade sig i mungiporna.

"Är du färdig nu?" frågade Ayleen och försökte låta så neutral som möjligt.

Han nickade, knölade ihop pappret och slängde det i baksätet. Ayleen skulle precis starta bilen när hennes telefon ringde. Hon plockade upp den ur jackfickan och såg Lennys namn på displayen.

"Ayleen." svarade hon tydligt, även fast hon med största sannolikhet var den han hade för avsikt att ringa till.

"Okej."

"Ja, vi åker dit".

"Det ska jag hälsa honom."

Hon la på och stoppade tillbaka telefonen i jackan.

"Var det chefen?"

Uno såg på henne med undrande ögon. Ayleen nickade. "Varför ringde han inte till mig?"

Hon smålog och tryckte fingret mot hans ena byxficka.

"För att du har satt din telefon på ljudlöst, som vanligt."

Uno tog fram telefonen och suckade.

"Jag kommer åt den där jävla knappen hela tiden."

Han vände och vred på telefonen och skakade den i

luften.

"Självklart, det är ju inte lätt för en så gammal man att hantera teknikens utveckling."

Uno skulle precis öppna munnen när Ayleen startade bilen och motorn surrade igång.

"Det har påträffats en kropp borta vid sjön. En äldre man."


Ayleen stängde av bilen och klev ur. Uno hade redan hunnit ur nästan i farten. Framme vid ytterdörren stod en polisbil och vid bakluckan stod en uniformerad kvinna. Hon plockade upp en avspärrningsrulle och började gå mot Ayleen och Uno.

"Tror ni att ett brott har begåtts?" frågade Uno och sträckte på sig.

Kvinnan stannade till.

"Det vet jag inte men det är väl lika bra att spärra av, eller?"

Ayleen gick fram några meter, ställde sig bredvid Uno och tryckte armbågen i sidan på honom.

"Spärra av du, det skadar ju inte eftersom vi inte vet vad som har hänt."

"Skadar inte? Det är ju slöseri med resurser, rullen alltså."

Uno flinade och vände sig om när kvinnan hade passerat.

"Snälla, kan du inte vara lite mindre översittare?"

"Äsch, det här är ju vårt distrikt. De måste ju veta vem som bestämmer."

Ayleen suckade djupt och började gå mot huset. När hon kommit ungefär halvvägs stannade hon och tog fram ett anteckningsblock.

"Vågar du inte gå in?" frågade Uno och spottade på marken.

Hon sänkte axlarna en aning och blundade kort. Det ska bli en bra dag idag, tänkte hon innan hon öppnade ögonen igen.

"Jag ska skriva ner min upplevelse av omgivningen." sa hon kort och vände sig bort.

Uno slog ut med armarna och gick bort och satte sig på en av stolarna som stod intill ytterdörren.

"Väck mig när du är färdig."

Hon skakade på huvudet och lekte med tanken att Uno faktiskt skulle somna. Det hade givit lite ro, åtminstone för en stund. Hon började insupa platsen. Infarten var bred och saknade grind. Tomten omringades till hälften av staket och hälften skogsparti. Det fanns få träd. En rabatt och buskage löpte längs med husväggen. Vägen upp mot huset såg nyasfalterad ut. Dyrt, tänkte hon och strök under meningen. Till höger stod ett garage med plats för en bil. En Mercedes stod parkerad där inne. Utanför stod en svart Fiat, modell mindre, med framdörren öppen. Lite längre bort till höger om huset stod en stuga av något slag. Högst 25 kvadratmeter. Alla tre byggnaderna såg välskötta ut. Den röda färgen på huset hade varken flagnat eller bleknat. Hon höjde blicken. Svarta takpannor. Såg också nya ut. Gräsmattan var välklippt. Hon stoppade tillbaka blocket i fickan och började gå mot huset. I tystnaden hörde hon skramlandet från sina handklovar. Vinden susade och fick höstlöven på marken att börja dansa framför henne. Hon tog ett djupt andetag och följde den kalla luften ner i luftrören och sedan ut igen. Uno hade inte varit helt fel ute när han frågat om hon inte vågat gå in. Det här var något hon inte var van vid. Inte än så länge. Hon hade arbetat som polis i snart sex år. Bara en gång tidigare hade hon behövt se det hon förmodligen skulle få se snart. Hon hade i första hand valt polisyrket för att få betyda något för de levande. Förebygga brott och samhällsproblem. Få sprida säkerhet och trygghet runt omkring. Det här var inte riktigt samma sak. Men hon visste vad hon gav sig in på den där dagen för snart sex år sedan. Det går inte att välja vad andra människor ska och inte ska göra. Men man kan förhindra människor från att göra samma eller liknande misstag igen, tänkte hon och kastade en sten på Uno. Han ryckte till och låtsades vakna.

"Kom nu Törnrosa." flinade hon och gick upp för stentrappan.

Precis när hon skulle ta tag i handtaget öppnades dörren. Den unge polismannen som stod i dörren hoppade till och spillde lite av vattnet ur glaset han höll i handen.

"Oj, det var inte meningen att skrämmas." sa Ayleen och log.

Mannen log tillbaka.

"Det gör inget. Jag visste inte när ni skulle komma."

Lite vatten hade skvätt ner på hans byxor och han pressade handen mot den mörka fläcken.

"Vi är tacksamma för att ni hjälper till. Men nu när vi är här tror jag att ni kan åka tillbaka till er." sa Ayleen så auktoritärt men avslappnat som möjligt.

"Visst, men jag tror nog att ni kommer behöva lite hjälp. Men det är inte upp till mig."

Han ursäktade sig och smet förbi Ayleen.

”Törstig?”

Hon hörde Unos påfrestande stämma bakom sig.

”Nej, det är till städerskan. Det var hon som hittade mannen där inne. Hon sitter i bilen.” svarade den unge polismannen.

Uno nickade kort.

”Kom nu...”

Ayleen höll upp dörren och Uno klev in i huset. Hon stängde dörren bakom sig och skrapade skorna mot den svarta dörrmattan. Uno gick före och ropade högt.

”Var är showen?”

”Här uppe.” fick han till svar från övervåningen.

Ayleen studerade vardagsrummet. En mörkgrön soffa stod utplacerad mot väggen nedanför trappan. Framför stod ett tjockt träbord på fyra ben. En brun fåtölj på vardera sida fulländade den sociala samlingsplatsen. I taket ovanför träbordet hängde en glimmande ljuskrona. De små diamanterna lät sig speglas i ljuset från det stora fönstret till vänster. Ljuskronan skulle säkerligen sprida ett sagolikt sken, tänkte hon och sökte med blicken efter strömbrytaren.

”Har du målat färdigt nu?” sa Uno och såg ner på henne från ovanför trappan.

Hon log för sig själv. Hon gillade att måla bilder för sitt inre. Hon tog tag i räcket och började gå uppför trappan. Väggen intill pryddes av tavlor och porträtt, inget hon tidigare sett.

”Är du redo?” frågade Uno och Ayleen anade en ton av omsorg.

Hon tolkade säkert fel. Hon nickade och trängde sig

förbi honom i dörren.

"Där är ni ju!"

Amelia tittade upp bakom en utav fåtöljerna. "Men bara en i uniform. Har du spillt på den också?"

Uno stängde igen den öppna jackan och grymtade till.

"Snygg overall, har det varit rea på häktet?" kontrade han.

Ayleen log och såg på Amelia. Hon var klädd i en heltäckande ljusblå overall och det enda som syntes var hennes ansikte. Hon hade visserligen missat lite av det svarta håret som stack ner från huvan vid pannan. Trots att Amelia bara var några år yngre än Uno gav hon sken av att vara betydligt äldre. Det berodde givetvis inte på hennes släta hy eller välskötta utseende utan på hennes ögon. De djupa mörka ögonen bar på livserfarenhet nog att fylla flera liv. Ayleen avundades dessutom Amelias vackra hår. Det gjorde sig inte rättvisa dolt under en huva. Å andra sidan lät hon alltid håret sväva fritt utanför brottsplatserna.

"Vi kom så fort vi kunde men de andra var tydligen i närheten." sa Ayleen och tog några kliv in i rummet.

"Var försiktiga. Jag har inte hunnit gå igenom hela rummet än." sa Amelia och pekade på plastplattorna som låg utspridda på golvet.

Till skillnad från mycket annat som saknades på stationen hade Lenny lyckats tjata till sig ett antal plastplattor som användes flitigt under brottsplatsundersökningar. Ett hyfsat smidigt sätt att undvika allt för många fotavtryck, tänkte Ayleen imponerat. Uno nickade kort, tog några välplacerade steg och gick fram till Amelia. Ayleen följde sakta efter samtidigt som Amelia reste sig upp. Bakom henne blottades den döda kroppen och Ayleen stannade till. Under huvudet hade den ljusa heltäckningsmattan färgats mörk av blod och den döda mannens ögon stirrade ut i tomma intet.

"Man. Skjuten i huvudet med ett skott. Troligen från nära håll, med tanke på blodet här bakom och på väggen."

"Tidpunkt?" frågade Uno och såg på Ayleen.

Hon svalde och nickade.

"Någon gång igår kväll. Ungefär mellan 20.00 och 21.00."

Ayleen svalde igen.

"Går det inte att vara mer exakt?" frågade Uno.

"Inte utifrån det jag kan få fram. Men som vanligt kan ju eventuella vittnen hjälpa er med det."

Hon log mot Alyeen och nickade snett mot Uno. Ayleen log tillbaka.

"Va? Vadå vittnen? Det har jag aldrig hört talas om."

Uno lät sarkasmen sjunka in. De ignorerade honom.

"Något annat?" frågade Ayleen och såg sig runt i rummet.

"Vill ni veta mer om offrets fysiska skador eller kännetecken får ni ta det med Dollberg senare. I övrigt har jag placerat ut några av våra numrerade brickor men det blir säkert några fler."

Hon pekade på brickorna och Ayleen räknade till sju stycken.

"Vad är det för splitter på golvet?" frågade Uno och lyfte på ena foten.

Amelia ryckte på axlarna.

”Ett vanligt glas av något slag. Det står ett till på bordet och glasdörren till barskåpet är öppet.”

Uno nickade.

”Vad tyder det på?” frågade han och vände sig mot Ayleen.

”Att han hade besök?”

Uno log med ena mungipan.

”Om det andra glaset inte var hans frus.”

”Hur vet du att han är gift?”

”Var gift.” påpekade Uno. ”Din observationsförmåga är visst inte vad jag hade väntat mig av någon som spenderar så mycket tid på sin närmiljö.”

Ayleen såg frågande ut.

”Vad menar du?”

”Jag menar att du missade bröllopsfotografiet på våningen under.”

Uno lutade huvudet bakåt och stack ut hakan en aning. Ayleen suckade.

”Men bara för att det finns ett bröllopsfotografi behöver det ju inte betyda att de fortfarande är gifta, eller?” påpekade Amelia.

Uno harklade sig och vände sig om mot Amelia.

”Nej, han är ju död.” flinade han och blinkade med ena ögat mot Ayleen. ”Glöm inte att fotografera allt när du är färdig.”

Han tryckte sig förbi Ayleen och gick ut genom dörren.

”Jag fick för mig att du trivdes ihop med honom. Jag kanske har förstått fel?”

”Jag har varit med om värre om man säger så. I jämförelse med min förra kollega framstår Uno som rena drömpartnern."

Hon log snett och vinkade.

"Vi ses senare på station."

"Det gör vi."


Uno stannade upp när han gått ner för trappan.

"Vad säger du om att prata lite med städerskan? Hon borde väl veta civilstatusen på gubben?"

Ayleen nickade och log brett.

"Det låter som en strålande idé."

Det var lika bra att spela med och ge honom det han ville ha. Det var visserligen inte lätt att hålla tillbaka när det gällde att spekulera i olika teorier, speciellt eftersom det ofta uppmuntrades. Men ibland kunde han väl inte låta bli att vara provocerande. Han kanske bara ville vidga perspektivet lite, även om tonen inte hjälpte till. Hon gick ner för trappan och följde efter honom ut ur huset. Innan hon stängde dörren granskade hon området kring låset. Det såg inte uppbrutet ut. Hon fortsatte fram till den lilla svarta bilen bredvid garageuppfarten. Den unge polismannen nickade mot Uno och vinkade till sin kvinnliga kollega.

"Vi är färdiga här!" ropade polismannen och höjde sedan handen mot Ayleen.

Uno ställde sig intill den öppna bildörren och lutade sig ner mot kvinnan i förarsätet. Ayleen gick fram och satte sig ner på huk bredvid henne. Kvinnan tog en klunk vatten och såg därefter på Ayleen.

"Jag heter Ayleen och är från polisen och det här är min kollega Uno."

Ayleen tittade kort på Uno. "Vad heter du?"

"Diana." sa kvinnan och torkade bort en tår från högerögat. "Vad är det som har hänt?"

Hennes röst var tunn och hon var påtagligt skakad av situationen.

"Det vet vi inte riktigt än, men det skulle hjälpa oss om du kunde svara på några frågor?"

Diana nickade. Ayleen skulle precis ta till orda men blev avbruten av Uno.

"Kan du berätta lite om vad som hände när du kom hit?"

Diana harklade sig och satte sig upp i sätet.

"Jag kom hit strax innan klockan 9."

Hon tittade på Ayleen. "Jag börjar arbetet klockan 9. Jag gick in som vanligt och ropade att jag hade kommit."

"Var ytterdörren öppen?" frågade Uno och böjde sig ner ytterligare en aning.

"Nej, den var låst men jag har fått en nyckel."

Uno nickade och rätade på sig igen.

"Var det någon som svarade när du ropade?" undrade Ayleen.

"Nej, det var det inte. Men de brukar uppskatta när jag meddelar att jag kommit, så jag brukar ropa men det är inte alltid de svarar."

Diana tog ytterligare en klunk med vatten.

"Fortsätt."

"Sen gick jag in i städskrubben och bestämde mig för att börja damma där uppe idag."

"Varför just där uppe?" frågade Uno.

Diana ryckte på axlarna och stirrade ut genom vindrutan.

"Jag vet inte. Jag brukar börja i olika rum för att variera städningen och rutinerna lite."

"Vad hände sen då?

Ayleen kände hur det började värka i knäna och reste sig en aning.

"Jag gick upp och när jag kom in i salongen så såg jag honom ligga där på golvet."

Diana brast ut gråt och tog sig för ansiktet. Ayleen la handen på Dianas knä och sökte efter hennes blick.

"Vi förstår att det här är jobbigt och det får det vara. Men vi har några fler frågor som vi skulle vilja ha svar på. Orkar du det?"

Diana torkade tårarna med baksidan av händerna och nickade kort.

"Rörde du något i rummet när du gick in, eller när du gick ut?"

"Nej. Eller ja. Jag plockade upp Stens whiskyglas som låg på golvet. Jag tappade det sen."

Diana såg på Ayleen med rödsprängda ögon. "Var det fel?"

Ayleen log mot henne.

"Nejdå. Det är bara bra att du berättar så mycket du kommer ihåg."

"Har han något sällskap?" frågade Uno och tittade på Ayleen.

"Ja, han är gift med sin fru, Eva. Hon…"

Diana såg på Ayleen. "Hon är inte här. Det borde hon vara. Det var Sten som inte skulle varit här."

"Vänta nu." avbröt Uno. "Varför skulle Sten inte ha varit här?"

"Han skulle på något möte nu på morgonen, tror

jag."

"Vad för möte?"

"Det vet jag inte. Jag bara hörde att de pratade om det häromdagen."

Ayleen log mot Diana.

"Tack. Var det något mer vi ville fråga om?"

Ayleen såg upp mot Uno.

"Inte just nu."

Uno klappade med handen mot biltaket och såg sig omkring.

"Ska vi köra dig hem?"

Diana torkade en tår.

"Nej, det går bra. Jag kör hem själv."

"Vad är det där inne?"

Uno tog några kliv framåt och pekade på stugan bredvid huset.

"Det är Evas fotostudio. Eller, hon brukar hålla på med sina foton därinne i alla fall."

Uno började gå bort mot stugan samtidigt som Ayleen rätade på sig. Knäna värkte fortfarande. Hon skakade på benen och tog några steg bakåt. Hon vände sig om och hörde bildörren smälla igen. Hon vände tillbaka och klev fram till bilen och knackade på rutan.

"Ta det här, ring mig på det här numret om du kommer på något mer." log Ayleen och räckte över visitkortet.

Diana nickade och vevade upp rutan igen. Ayleen vinkade och började sedan gå bort mot stugan. Uno stod i dörröppningen och stirrade in i det lilla rummet.

"Vågar du inte gå in?" skrattade Ayleen och ställde sig bredvid Uno.

När hon såg in i stugan tystnade hon tvärt. Uno satte
sig ner på huk och suckade djupt.
"Vi kommer behöva mer avspärrningstejp."

**3**

___

Louise lyfte på locket till kastrullen och parerade den varma ångan. Hon stängde av plattan och ställde kastrullen på ett underlägg på diskbänken. Bredvid stod två porslinskoppar intill varandra med varsin tepåse i. Försiktigt hällde hon över vattnet i de båda kopparna. Hon ryckte till när lite av det varma vattnet skvätte upp på hennes ena pekfinger. Det brände. Men det gjorde inte ont. Hon slickade upp droppen som vilade på fingret och ställde tillbaka kastrullen på underlägget. Med tummen och pekfingret tog hon tag i fliken i änden av det lilla snöret på tepåsen och doppade långsamt. När hon var klar med båda tekopparna slängde hon tepåsarna i diskhon och gick ut ur köket.

"Här kommer jag med lite te."

Hon ställde ner kopparna på underläggen hon placerat ut på bordet tidigare. Hon vred örat på koppen mot Morgan och sköt försiktigt underlägget till honom.

"Mmm, tack."

Morgan tittade inte upp ur tidningen. Hon satte sig i

27

soffan intill honom och såg på honom med kärleksfulla ögon.

"Jag har gjort te till oss."

Morgan lyfte blicken och vände sig mot Louise.

"Va? Jaha. Tack, vad gott."

Hon puttade honom i sidan och log lite. När Morgan försvann in i sin egen lilla värld var det svårt att få gehör. Att man hade ett intresse som gjorde en förtrollad var föga förvånande men hur han kunde slukas så av historia hade hon svårt att förstå. Fast det visste hon i och för sig när hon valde att gifta sig med honom. I början av en relation brukade udda intressen eller egenheter vara mer gulliga än jobbiga. Hans intresse var för det mesta fortfarande gulligt så länge det inte upptog all tid. Men å andra sidan tyckte han likadant om hennes intresse för bilar och att meka. Ibland kom han ut i garaget och släpade in henne för att få lite umgänge. Louise log lite för sig själv där hon satt i soffan. Passionen var det egentligen inte något fel på. Problemet var nog bara att få tid för den. Hon tog en klunk av det varma teet och en svag rysning kröp genom hennes kropp.

"Har du skruvat upp värmen på elementen?" frågade hon och sträckte sig efter den vinröda filten som dekorerade fåtöljen intill soffan.

"Nej, men det kanske är dags? På nyheterna igår sa de att det skulle bli kallare i en vecka framöver."

Louise nickade och virade filten om sig.

"Men jag kan göra det sen. Läs du din tidning om allt som redan hänt."

Hon log och la upp fötterna i soffan. Hon blåste ner i koppen och såg hur ångorna svävade ut i rummet. Det skulle bli skönt med en ledig dag. Hon var visserligen oftast ledig på lördagar men just idag hade hon inget planerat och inte Morgan heller vad hon visste. Louise smuttade på teet och drog in doften av bär från skogen i näsborrarna. Hon såg sig runt i vardagsrummet. TV:n var för en gångs skull avstängd. Det gjorde att hennes blomsterarrangemang på TV-bänken hamnade mer i fokus. Böckerna stod prydligt i bokhyllorna som täckte den ena långsidan. Majoriteten var Morgans. Hon hade inget vidare läshuvud, det fick han stå för. Vid fönsterna ut mot framsidan på huset stod det nyinköpta matsalsbordet. Båda hade varit överens om ett bastant bord med grova ben och en mörk skiva i ek. Parkettgolvet i rummet var också av ek men åt det ljusare hållet. Trots att rummet såg städat ut började det klia lite i Louise fingrar. Hon suckade. Hon skulle nog behöva spendera någon timme åt städning idag ändå. Hennes mor och far hade tipsat om en fantastisk städhjälp men Morgan hade bestämt avböjt. Han var inte bekväm med att någon annan skulle springa runt i huset utan att han var där hade han sagt. Louise var inte speciellt svårövertalad. Morgan skötte dessutom sin del av avtalet gällande städandet tillfredsställande. Så egentligen behövdes det ingen hjälp med städningen.

Morgan la ner tidningen och lyfte upp koppen och värmde sina händer.

"Det är nog lite kyligt faktiskt, det har du rätt i."

Han kurade ihop sig intill Louise och hon la över lite av filten på hans ben.

"Vi kan väl sitta här hela dagen idag." log hon och lutade huvudet mot hans axel.

"Det låter som en mycket bra idé, min älskade."

Den goda stämningen avbröts av att det ringde på dörren. Båda två hoppade till och satte sig upp i soffan. När ringklockan tystnade hördes ett knackande. Louise ställde ner tekoppen på bordet, reste sig upp och gick fram till ytterdörren. Hon tittade ut genom det lilla fönstret i dörren och vände sig mot Morgan.

"Det är Lenny."

Hon hörde hur förvånad hon lät. Louise öppnade dörren. En lång, smal man med okammat halvlångt grått hår stod på trappavsatsen utanför.

"Hej, Lenny, det var länge sedan."

Mannen harklade sig.

"Hej, Louise. Morgan."

Lenny höjde handen mot Morgan som stod kvar vid soffan i vardagsrummet.

"Jag vill inte låta oförskämd men vad gör du här?"

Louise röst darrade en aning.

"Får jag komma in?"

Lenny tog ett kliv närmare Louise. Hon nickade och backade några steg.

"Idag är jag här i egenskap av mitt yrke." sa han och tog av sig skorna.

"Jaha?"

Louise såg förvirrad ut.

"Vad är det om?" frågade Morgan och ställde sig bakom Louise.

"Skulle vi kunna sätta oss ner en stund?"

Lennys röst var mjuk precis som hans ansiktsuttryck. Louise nickade och tog med sig Morgan tillbaka till soffan. Lenny satte sig i fåtöljen bredvid och knäppte händerna mellan knäna. Han svalde och harklade sig.

"Vi har hittat Sten och Eva hemma hos sig."

Han tog en paus. "De har..."

Louise tog tag i filten som låg intill henne och drog den upp över axlarna. Lenny suckade.

"Sten och Eva har påträffats döda idag på förmiddagen."

Louise och Morgan stirrade på Lenny. Det blev tyst en lång stund.

"Förstår ni vad jag säger?" frågade han och vandrade med blicken mellan deras ögon. Ingen svarade.

"Ska jag ringa någon?"

Lenny var på väg att resa sig när Louise lutade sig framåt. Hon vände sig mot Morgan. Hon ville säga något men orden kom inte ut. Vad skulle hon säga? Hon visste inte ens vad hon skulle tänka. Hon kände sig förvirrad. Sakta smalnade synfältet av och hon kände sig yr. Morgan satte sig på sidan och såg på Louise.

"Du kan få hämta ett glas vatten." sa han utan att flytta blicken.

Lenny reste på sig och gick ut i köket.

"Ta några djupa kontrollerade andetag, älskling."

Morgan drog sakta ner filten och släppte ner den på golvet. Louise hörde knappt vad han sa. Kontroll. Hon hade tappat all kontroll. Hon var fången i sin egen tillvaro och kunde inte komma ut.

"Jag förstår om det är svårt, men försök att andas lugnt."

Louise mötte Morgans blick. Hon kastade sig om honom och vrålade i ett öronbedövande skrik. Morgan blundade och kramade Louise hårt. Lenny gick med

långsamma steg fram till bordet och ställde ner vatten-
glaset. Louise släppte taget om Morgan och såg på gla-
set. Hon böjde sig framåt och sträckte in handen under
bordet. Hon lyfte på vattenglaset och ställde ner det igen
på underlägget hon precis tagit fram.

"Ursäkta." sa Lenny och satte sig ner på armstödet på
fåtöljen.

Louise såg på honom med tom blick.

"Vad är det som har hänt?" frågade hon och vaggade
med huvudet i luften.

"Det vet vi inte än, men vi ska självklart ta reda på
det."

Morgan la armen om Louise och strök henne över
kinden.

"Du behöver säkert ställa frågor men vi kanske kan ta
det lite senare?" sa Morgan vädjande.

Lenny nickade.

"Självklart, så snart ni känner att ni orkar."

Ett surrande hördes från Lennys jackficka och han
tog upp sin telefon.

"Ursäkta, men jag måste ta det här."

Morgan nickade.

"Ja?"

"Okej"

"Bra, vi ses på stationen senare."

Lenny stoppade ner telefonen i jackfickan igen och
gick fram till bordet.

"Jag måste tyvärr vidare."

Han tog fram ett kort ur ena byxfickan och släppte
ner det på bordet.

"Det här numret går till en krisgrupp. Ni måste inte

höra av er dit men om ni behöver prata med någon så finns det stöd att få."

Han nickade mot Morgan och gick mot dörren. Louise hoppade till när han stängde den efter sig.

"Älskling..."

Morgan kysste henne på axeln. Louise ställde sig hastigt upp och såg ner på golvet. Med försiktiga steg gick hon ut i hallen. Hon blundade när hon gick förbi ytterdörren. Intill dörren nedanför spegeln på väggen stod en sliten träbyrå. Hon gick ner på knä och tog tag i bronshandtaget. Långsamt drog hon ut byrålådan och tog upp en liten ask. Hon tryckte på den lilla knappen, lyfte på locket och tog upp ett kort. På kortet stod ett telefonnummer som hon aldrig tidigare ringt. Men nu behövde hon verkligen hjälp. Hon plockade upp telefonen som låg på byrån och slog in numret.

# 4

Sixten satte sig ner i skrivbordsstolen och han kände hur fjädringen gjorde att den sjönk mot marken en aning. Han log för sig själv och såg ner på skrivbordet. Dator på plats. Koppen med texten "Världens bästa son" som han fått av sin mor stod på plats. Pennorna i koppen var också på plats. Tidskriftssamlaren stod på plats. Tom. Han sneglade på den och lekte med tanken att placera något som inte var en tidskrift i den men kunde inte låta bli utan att flina. Otänkbart. Nästa tidning skulle anlända om några dagar och snart skulle inte tidskriftssamlaren känna sig så ensam längre. Han hade prenumererat på Kalle Anka sedan han var liten och trots att han nu var 35 år satte han ett värde i att läsa den. Hans favoritstycke i tidningarna var utan tvekan Deckargåtan. Han tog sig alltid tid att noga och långsamt läsa varje bildruta och oftast lät han sitt förstoringsglas svepa över varje detalj. Även fast lösningen i gåtorna var relativt enkla påminde det honom om att verkliga utredningar allt som oftast också hade enkla och logiska svar.

Han öppnade locket på datorn och tryckte igång den. Medan den startade tittade han sig omkring i källarlokalen. Han lät blicken svepa över rummet och konstaterade att hans mor kommit ihåg att ställa i ordning allt efter att hon städat. Till och med tavlorna hängde i symmetri i förhållande till varandra. Precis så som hon visste att han ville ha det. Han passade på att blinka lite åt Sherlock Holmes som granskade honom genom sitt förstoringsglas från väggen. Det var lite synd att Mr Holmes rökte pipa, tänkte Sixten och rynkade pannan. Men ett förstoringsglas hade han i alla fall i sin ägo. Som privatdetektiv fanns det dock ett visst rykte att leva upp till men att röka det skulle aldrig falla honom in. Det skulle ju kunna påverka luktsinnet. Hemska tanke. Han flyttade blicken från Sherlock Holmes till tavlan intill. Det var hans inglasade examensbevis från Kriminologiska institutionen. Han vilade ögonen en kort stund på beviset för hans bedrift innan han flyttade fokuset till datorskärmen. Sixten surfade sin vana trogen in på Flashback och sidan för aktuella brott och kriminalfall. Han ögnade igenom den första sidan med nya ämnen, bet sig i läppen och konstaterade att det var förvånansvärt få brott och misstänkta händelser som var geografiskt närliggande Stockholm med omnejd. I vanliga fall var han inte kräsen när det gällde att engagera sig i olika brott men just nu var det bara en typ av utredning han var intresserad av. Ekobrott, nej. Våldtäkt, nej. Personrån, nej. Han suckade och lutade sig bakåt i stolen. Det hade gått tre månader sen han var med och löste hedersmordet på Abeer David. I sammanhanget var det föga förvånande att det var offrets två farbröder som fanns skyldiga till dådet. Ersättningen från mostern var generöst tilltagen men inte den största motivationen till hans eget engagemang. Tillfredsställelsen att lösa en händelse höljd i dimma var egentligen mer än nog. Han lutade sig fram till datorn igen och klickade på länken gällande personrån. Samtidigt som den nya sidan visades började telefonen surra.

"Sixten Salomonssons Detektivbyrå." svarade han tydligt.

"Det stämmer."

"Ja."

"Det tar vi då, jag kommer."

"Nej, vad har ni för adress?"

"Tack. Adjö".

Sixten la ner telefonen på skrivbordet och höjde ögonbrynen. Hur skulle han kunna veta vart personen på andra sidan telefonnätet bodde? Han skakade huvudet och tog fram en papperslapp i den översta byrålådan. Han slog numret och lät telefonen ligga kvar på bordet. Han tryckte på symbolen som indikerade att samtalet skulle höras via den inbyggda högtalaren.

"Det här är Sixten Salomonsson. Möt mig på Tallstigen 1, klockan 13:30."

Han avslutade samtalet och förstod egentligen inte varför han var tvungen att ringa, det hade väl gått lika bra att skicka ett meddelande? Det var något han behövde prata med henne om när de träffades. Han sneglade på armbandsuret och konstaterade att han inte hade bråttom, men samtidigt ville han absolut inte komma försent. Han stängde av datorn och sköt ut stolen från skrivbordet. Innan han gick ut ur rummet och upp för trappan tog han av kavajen från kroken på väggen och satte den på sig. När han klivit upp från källaren begav han sig till närmaste spegel. Han rättade till den smala svarta slipsen och sträckte på nacken. Den bruna manchesterkostymen klädde honom och den mörka korta frisyren likaså. Idag hade det blivit en ljusblå skjorta. Egentligen brydde han sig inte om hur han såg ut eller vilken variation på kläderna han bar. Men det hade något med den sociala acceptansen att göra. För att inte framstå som komplett enformig växlade han färgen på skjortan ett par gånger i veckan. Det kändes onödigt att bryta ett vinnande koncept men efter påtryckningar från sin mor hade till slut den ursprungliga vita skjortan fått byta färg emellanåt.

"Ska du iväg?" undrade Marie och stack ut huvudet från köket.

"Ja, jag har fått ett viktigt uppdrag." artikulerade Sixten tydligt.

Marie log.

"Men du hinner väl äta lite lunch innan du åker?"

Sixten hummade osäkert.

"Utan mat i magen kommer ditt logiska tänkande ur balans, det vet du väl?"

Han suckade. Modern hade rätt, som vanligt. Det gjorde honom inget. Trots att han oftast föredrog sin ensamhet kunde en extra person ibland vara till nytta.

"Jag har inte så mycket tid på mig, jag vill inte vara sen."

Marie nickade och pekade ut mot vardagsrummet.

"Det är redan dukat och maten är närsomhelst klar. Du kan väl tala om det för din far?"

Sixten gick förbi vardagsrummet och in till arbetsrummet. Gunnar satt framåtlutad över skrivbordet och vände på några brickor.

"Det är dags för lunch nu."

Sixten ställde sig intill sin far. "Hur går det?"

Gunnar vilade hakan i handflatan och grymtade en aning.

"Jag vet att det är omöjligt men symbolerna på brickorna ändras på något sätt."

Han vände på en utav brickorna och såg på Sixten. "Den här till exempel. Förut var det en gullviva."

Sixten granskade kartongen som låg på skrivbordet. Memory. Han log snett och suckade lite.

"Det är bra att du spelar, men nu ska vi äta mat, det är också viktigt."

Sixten tog tag i sin fars arm och hjälpte honom upp ur stolen. Marie ställde ner grytan på ett underlägg på matsalsbordet och tog av sig förklädet.

"Varsågoda."

Hon gick runt bordet och drog ut en stol åt sin make. Gunnar tackade och satte sig ner. Sixten gick bort till ena kortsidan och satte sig på stolen där.

"Så, vad är det för viktigt uppdrag den här gången?" frågade Marie och sträckte ut handen mot Sixtens tallrik.

"En kvinna ringde och meddelade att hennes föräldrar hittats döda i sitt hem. Enligt polischefen tyder inget på att det ska vara av naturlig orsak."

"Ojdå, tror du att du kan hjälpa till med det då?" frågade Marie och fick något oroligt i blicken.

"Abeer David." påpekade Gunnar och log stort.

Sixten nickade och log tillbaka.

”Jag tror ingenting. Jag erbjuder en tjänst och tvingar ingen att anlita mig. Dessutom kommer jag att få assistans den här gången.”

”Den där flickan?”

Sixten nickade.

”Jag skulle inte påstå att hon är kvalificerad men hon kommer arbeta vid sidan av mig och som ni har berättat otaliga gånger kan en ytterligare hjärna bistå ibland.”

Marie sänkte axlarna och nickade glatt.

”Jag hoppas bara att hon inte kommer vara i vägen...” sa hon tyst för sig själv.

5
___

Laura slängde telefonen i sängen. Äntligen. Hon tog tag i handduken som fallit ner på höfterna, virade den omkring sig igen och gick in i badrummet. Spegeln var fortfarande immig och hon torkade bort fukten med handen tills hon såg sig själv. Bitmärket vid axeln syntes fortfarande. Men under ena halvan av året gjorde det inte så mycket. Hon fick vara försiktigare på sommaren. Laura öppnade skåpluckan och tog fram sin elektriska tandborste. Tandkrämstuben stod redan på handfatet. Hon klickade på lite tandkräm och tryckte igång tandborsten. Det började surra ljudligt och hon fortsatte granska sig själv i spegeln. Den nya frisyren hade varit något av en chansning men resultatet hade förvånat henne. Hon passade helt klart i den. Hon visste egentligen inte om hon skulle kallade det för dreadlocks eller om det bara var ordentligt tuperat. Snyggt blev det i alla fall. Små pärlor i olika färger utgjorde en välkommen kontrast till det blonda håret, det var Mirjams förslag. De hade varit lite krångliga att trä på men det hade blivit en intim stund som hon uppskattat. Det hade Mirjam också. Till skillnad från henne själv hade Mirjam långt vågigt svart hår och en slät hy som påminde om en ljus karamell eller kola. Egentligen borde det nog vara Mirjam som haft ett ordentligt bitmärke, log hon.

Laura ryckte till när hon plötsligt kände en smekning längs med ryggen. Mirjam log mot henne i spegeln.

"Tycker du inte att det är lite varmt här inne?"

Hon drog lite lätt i handduken och flinade mot Laura. Ljudet av tandborsten gjorde det svårt att höra vad hon sagt men Laura förstod vad Mirjam antydde. Hon pekade mot munnen.

"Kan du vänta lite? Jag ska berätta en sak."

Hon hoppades att orden nått fram genom allt surrande och gurglande. Mirjam nickade men fortsatte dra lätt i handduken. Laura stängde av eltandborsten och spottade ner i handfatet. När hon var klar vände hon sig om.

"Det var Sixten som ringde." sa hon och hörde hur exalterad hon lät.

"Vem Sixten?"

"Du vet han privatdetektiven jag pratade med för ett tag sedan."

Av Mirjams ansiktsuttryck att döma visste hon inte vem Laura pratade om. Men det kom inte direkt som en chock. Mirjam var ganska självupptagen av sig.

"Han har i alla fall fått ett jobb som jag får vara med på."

Laura nästen skrek av entusiasm. Hon hoppade till och kände hur handduken föll till golvet. Mirjam blinkade med ena ögat.

”Vad glad jag blir för din skull.”

Hon slängde det svarta håret bakom axeln och bet sig lite i läppen. ”Måste du iväg på en gång?”

Laura log lite.

”Ja, tyvärr. Vi skulle ses klockan 13.30.”

Mirjam suckade och gick ut ur badrummet. Laura var alldeles för glad för att ens reflektera över Mirjams agerande och humör. Hon skuttade in i sitt sovrum och öppnade garderoben. Hon hummade. Det gällde att klä sig professionellt. Hon sneglade på kavajen som hängde längst till vänster. Kanske lite väl uppklätt. Samtidigt fick hon inte framstå som slapp och oengagerad. Det kanske var bäst att klä sig vardagligt. Hon tog fram ett par svarta byxor, ett vitt linne och en vit tröja med en döskalle på. Hon tyckte mycket om just den tröjan. Motivet med döskallen omgiven av rosor kändes så lekfullt paradoxal på något sätt. Medan hon tog på sig kläderna tittade hon ut genom fönstret. Hur varmt eller kallt det var ute visste hon inte men det klassiska novembervädret brukade erbjuda mellan 0 och 10 grader. På gatan nedanför körde ett antal bilar förbi. Laura skakade på huvudet. Kommunen hade nyligen sänkt hastigheten i området men bilisterna verkade missat den detaljen. Gula löv från den stora eken dansade fram längs trottoaren och hon följde dem med blicken. Hon tog ett kliv åt vänster och gömde sig bakom garderoben. Sakta tittade hon fram och ner på eken. En man i svarta byxor och svart jacka med huva stirrade upp på henne. Han höll händerna i jackfickorna och stod halvt skymd av det stora trädet. Laura smög ut ur rummet och förbi hallen in i vardagsrummet. Hon ställde sig intill gardinen och kikade fram. Mannen stod kvar. Det kändes som han stirrade rakt in i hennes ögon. Hon hade bra syn och lägenheten låg på tredje våningen så hon var nästan säker på att hon såg rätt, in i mannens ögon. Hon ropade på Mirjam.

"Mirjam? Kan du komma hit lite?"

Inget svar. "Kan du sluta larva dig, jag vill bara fråga en sak."

Tystnad. Laura vände sig och ropade mot Mirjams sovrum. "Men va fan, det står en man utanför och spanar på oss. Kom hit"

Mirjam öppnade sovrumsdörren långsamt och vankade fram till Laura.

"Vad är det?" sa hon trött.

"Vet du vem det där..."

Hon vände sig mot fönstret och avbröt sig.

"Vem då?"

Mirjams ointresse märktes tydligt. Laura sökte frenetiskt med blicken.

"Fan. Det stod en man i svarta kläder där vi eken och stirrade liksom upp mot vår lägenhet."

Laura pekade.

"Men det står ingen där nu."

Mirjam gick tillbaka till sitt rum. "Skulle inte du åka?"

Laura suckade. Mirjam hade rätt. Klockan hade passerat 13. Hon gick ut i hallen och dubbelkollade att hon hade med sig allt. Telefonen. Hemnycklar. Bilnyckel.

"Hej då, vi ses ikväll!" ropade hon utan att vänta sig något svar.

När hon stängt dörren bakom sig kom den glada

ivern tillbaka. Hon for ned för trapporna och slängde upp porten. Framför henne stod en man. Svartklädd. Instinktivt tryckte hon honom mot väggen och drog ner huvan.

”Var det du som stod och spanade på mig nyss, va!?”

Mannen höjde händerna avvärjande.

”Förlåt! Nej, eller ja. Men jag spanade inte, jag väntade.”

Mannens röst lät ofarlig och skärrad. Laura släppte taget om mannens jacka och lugnade sig en aning. Mannens blonda kalufs och pojkaktiga ansikte såg harmlöst ut.

”Väntade på vadå?”

Hennes röst var fortfarande hetsig.

”På om jag skulle våga gå in.”

”Vad ska du in och göra, jag känner inte dig.”

Mannen skakade på huvudet.

”Jag känner inte dig heller. Jag känner bara Mirjam.”

Laura tog ett steg bakåt och suckade.

”Jaha. Ursäkta.”

Hon rättade till hans jacka. ”Men man står fan inte och stirrar bara sådär.”

”Förlåt...”

”Stick in du.”

Laura kände hur pulsen la sig. Mannen nickade hastigt och smet förbi Laura in i huset. Hon plockade upp bilnyckeln ur fickan och gick fram till bilen, pillade bort några löv som fastnat under vindrutetorkarna och satte sig sedan i förarsätet. Hon startade bilen och började le igen. Äntligen skulle hon få vara med, på riktigt.

# 6

---

Lenny gick förbi receptionen och såg som hastigast hur Vera låg och slumrade på skrivbordet. Han log lite och övervägde för ett ögonblick att hitta på någon form av spratt mot henne men ångrade sig innan tankarna kommit speciellt långt. Han gick genom det lilla köket och in på kontoret. Han var trots Veras ibland bristande engagemang nöjd med hennes insatser på stationen. Det var alltid snyggt och undanplockat överallt. Det gjorde att han själv och kollegorna kunde arbeta utan att störas av yttre omständigheter. Dessutom hade hon kommit ihåg att köpa fikabröd. Han satte sig på stolen vid skrivbordet och öppnade påsen. Den söta doften sipprade in genom hans näsborrar. Wienerbröd, hans favorit. Det visste hon. Ibland kunde han inte låta bli att bli lite förtjust i henne, trots den stora åldersskillnaden. Han visste att han inte borde göra något åt sina blandade känslor men hennes närvaro på stationen gjorde i alla fall arbetet något lättare.

"Dags att vakna."

Ett knackande hördes utanför. Lenny suckade. Uno hade anlänt. Det var egentligen inget fel på Uno, han var en bra polis, men ibland upplevdes det som han inte riktigt hade koll på tajmingen. Lenny lutade sig framåt i stolen.

"Kan ni ta med några tallrikar, koppar och termosen när ni kommer in?"

"Va?"

Uno stack in huvudet i dörröppningen.

"Jag fixar det." ropade Ayleen utifrån köket.

Uno klev in och slog sig ner i en av stolarna framför Lenny.

"Lite gottsugen?" flinade Uno och skrapade bort lite jord från skorna.

Lenny nickade.

"Alltid, det vet du."

Ayleen balanserade porslinet och termosen och gled smidigt fram till skrivbordet.

"Duktigt."

Unos sarkasm gick inte att ta miste på. Lenny funderade lite på om det var värt att kommentera Unos beteende eller om det skulle vara att kasta pärlor för svinen. Det påverkade inte honom själv märkvärdigt men Ayleen, Vera och Amelia kanske tyckte att hans sätt hade en negativ inverkan. Å andra sidan borde de väl säga till då. Han slog bort tankarna och lutade sig bakåt. Han skulle precis fråga om de visste när Amelia skulle komma när hon steg in i rummet.

"Där är du ju."

"Ja, det är jag." log hon och hämtade en stol ifrån köket.

Lenny väntade tills samtliga hade satt sig ner innan han tog till orda.

"Okej, vi har alltså ett mördat par i sjuttioårsåldern, Sten och Eva Abrahamsson?"

Lenny såg frågande mot Amelia.

Hon nickade.

"Upplys mig om läget."

Ayleen öppnade munnen men Uno han före.

"Larmcentralen fick samtalet kl 9.10 och det var parets städerska som larmade."

"Hon hade hittat mannen liggandes i salongen när hon skulle börja städa och visste då inte att kvinnan också var mördad." fortsatte Ayleen.

"Det stämmer. Det var jag som hittade henne i stugan intill huset."

"Dödsorsak?" frågade Lenny och såg på Amelia.

"Mannen har blivit skjuten framifrån. Från ganska nära håll. Inga andra tecken på våld vad jag kunde se."

Lenny nickade.

"Kvinnan har fått ett slag mot tinningen men dog till följd av ett kraftfullt tryck mot strupen."

Uno fnös till.

"Alltså strypt."

"I det här fallet, ja."

"Varför sa du inte det då?" frågade Uno och flinade hånfullt.

Amelia muttrade.

"Tidpunkt?"

Lenny sneglade på Uno innan han flyttade blicken mot Amelia.

"Omkring kl 21. Som vanligt är det omöjligt att ge en exakt tid med tanke på temperaturerna i omgivningen."

Lenny nickade igen och log förstående mot henne. Uno lutade sig bakåt i stolen och vilade huvudet i händerna.

"Men det här behöver väl vi inte bry oss om. Höjdarna från Stockholm tar väl över?"

Han blinkade mot Ayleen. Hon såg nyfiket på Lenny. Han knäppte händerna på skrivbordet och rätade på ryggen.

"Jag har samtalat med ledningen och det verkar som det här hamnar på vårt bord ändå."

Uno hostade till.

"Va?"

Lenny fortsatte.

"Man har fullt upp med bränderna och eftersom man misstänker mordbrand i flera av fallen har man valt att lägga sitt fokus där."

Han suckade en aning. "Och som ni vet flödar det ju inte av resurser för tillfället, så det blir vi som får ta hand om det här."

Han såg på Ayleen och höll kvar blicken en kort stund. Hon nickade.

"Men vi kommer inte kunna ta det här själva, det är två mord för helvete!"

Uno var på väg att resa på sig men Lenny höjde handen.

"Vi behöver inte lösa det här själva, det finns andra resurser att tillgå, eller hur?"

Han såg på Ayleen igen. Uno såg förvirrad ut och

Amelia log glatt mot honom. Till slut pekade Uno på Alyeen.

"Aldrig i livet! Han är ju ett jävla freak!"

Lenny harklade sig hårt och såg på Uno.

"Sixten må vara lite annorlunda men han kommer inte vara till last för utredningen utan snarare tvärtom. Dessutom är det Ayleen som har kontakten med honom så det behöver du inte bry dig om."

Han fnös till och märkte att han ställt sig upp. Uno höjde händerna och lugnade sig.

"Okej, men jag vill inte att hans medverkande ska ställa till det. Det är bara det. Han är ju en wannabe."

Amelia som suttit tyst en stund vände sig mot Uno.

"Du behöver inte vara orolig att han ska ta ditt jobb eller ta äran för något. Till skillnad från dig vill han bara göra en samhällstjänst."

Uno undvek ögonkontakt med Amelia och stirrade istället in i väggen. Lenny slog ihop händerna.

"Så, var börjar vi?"

"Jag har lite grejer i bilen från brottsplatsen som jag ska hämta bara."

Amelia reste på sig och gick ut ur rummet. Uno tog ett djupt andetag.

"Ja, vi får väl kontakta deras anhöriga och vänner för att få en bild av vilka de var."

"Mmm och grannarna, fast det finns väl inte speciellt många därute."

"Jag hör av mig till Sixten." sa Ayleen och kastade en hård blick mot Uno.

Han svarade med att sätta pekfingret mot tinningen.

Lenny reste på sig och gick ut ur rummet. Precis som han förutspått, Amelia såg ut att behöva hjälp.

"Jag kan ta den där."

Lenny sträckte sig efter kartongen och Amelia tackade.

"Hur är det annars?" frågade han och ställde sig framför henne.

"Det är bra, eller vadå?"

Amelia såg frågande ut.

"Okej, vad bra."

Amelia log och gick förbi Lenny och in på hans kontor. Lenny glömde nästan varför han frågat. Men det tillhörde ju jobbet att vara mån om sina anställda. Han rätade på sig och följde efter Amelia.

"Jag har inte hunnit gå igenom hela huset men jag tog med några saker som jag uppmärksammade."

Hon tog tag i kartongen som Lenny ställt på skrivbordet och välte ut innehållet.

"Du fotade väl allt innan?" frågade Uno dramatiskt.

Hon stampade honom på stortån och hörde hur han höll tillbaka smärtan.

"Jaha, vad har vi framför oss?" frågade Lenny och ställde sig framför stolen.

"Jag har inte hunnit gå igenom Evas dator, det tänker jag delegera vidare, men jag hittade en USB-sticka som kan vara värd att ta en titt på?"

Lenny nickade och började rota bland de inplastade sakerna.

”Vad är det här?” undrade Uno och tog upp en liten lapp.

”Det är en fika-biljett från Second Hand, tror jag. Man får en sådan när man lämnat något där.” sa Ayleen och ryckte lappen från Uno.

”Jaha? Vad ska vi med den till? Ska du lösa in den eller?”

Ayleen brydde sig inte om Unos kommentar utan började peka på en hög med fotografier istället.

”Visst ser det ut som att det saknas något här?”

Amelia plockade upp ett fotografi. ”Det kanske finns saker i den där butiken som de gjort sig av med?”

Uno såg frågande ut.

”Visst brukar äldre par fylla varje vrå med saker och prylar? Det finns några tydliga luckor på några ställen.”

Amelia fortsatte peka.

”Här på pianot finns det en lucka. Här på väggen finns det en till.”

Hon försökte sortera fotografierna men Uno la en klumpig hand i högen och tog upp en informationsfolder med ett stort kors på. Amelia harklade sig och såg på Uno.

”Ja, jag tänkte att man kunde kolla med församlingen om de vet något om Abrahamssons?”

”Varför då?” undrade Uno och granskade foldern.

”De kanske är med i den församlingen?”

”VAR med i.” betonade Uno.

Amelia suckade.

”Mmm, bra tänkt.” sa Lenny utan att flytta blicken från fotografierna.

Amelia log och räckte ut tungan mot Uno.

”Just det, det här fotografiet.”

Ayleen drog fram ett fotografi ur högen.

”Städerskan hade ju tappat det ena glaset men det står ju ett till på bordet. Vems var det?”

”Det skulle kunna vara Evas?”

Amelia såg undrande på Ayleen. Hon ryckte på axlarna.

”Absolut, men om vi tar fingeravtryck på det så kanske vi kan få ett vettigt svar?”

Amelia nickade.

”Jag ska självklart skicka det till NFC så får de kolla på det.”

”NFC?” frågade Uno.

”Nationellt forensiskt centrum.” artikulerade Amelia tydligt.

Uno skakade på huvudet.

”Varför ska man byta namn på saker som fungerar, det var väl inget fel på Statens kriminaltekniska laboratorium.”

Uno artikulera det sistnämnda.

”Dessutom hade kvinnan någon form av torkad vätska i pannan som jag ska skicka vidare också.”

”Vadå för vätska?” frågade Ayleen.

Amelia grimaserade en aning.

”Jag vet inte. Det får NFC ta reda på.”

”Sperma?” frågade Uno.

”Kan vara.”

Amelia ryckte på axlarna.

Lenny pillade sig i örat.

”Skulle vi kunna strukturera upp det hela lite?”

”Vems idé var det att arbeta på skrivbordet, vi har ju

faktiskt en tavla."

Uno pekade på whiteboardtavlan på väggen. Amelia harklade sig.

"Jag tänkte mest visa vad jag hade med mig."

Hon log och såg på Lenny.

"Om du, Amelia, skickar iväg allt som ska till NFC och noterar vad det är så kan Uno och Ayleen börja prata med personer som kan ha känt paret Abrahamsson. Kyrkan och den där Second Hand-butiken." sa Lenny och satte sig ner i stolen.

"Ska vi inte prata med deras anhöriga?" frågade Uno och såg undrande på Lenny.

"Jag har redan informerat dem, men jag tror vi ska avvakta lite där."

Lenny fastnade med blicken en kort stund. Nog för att varje minut kunde vara viktig, men i det här fallet skulle det kännas bättre att ge Morgan och Louise lite utrymme. Han tog ett djupt andetag och blinkade till.

"Jag låter Vera kolla upp andra fakta så vi får en så bred kartläggning som möjligt."

"Glöm inte bort att kolla telefonsamtal och deras bankkonton." påpekade Ayleen.

"Jag strukturerar upp allt på tavlan så träffas vi senare ikväll igen, okej?"

Samtliga nickade och började lämna rummet.

"Ayleen?"

Hon vände sig om mot Lenny.

"Ja."

"Glöm inte bort att delegera till Sixten, så vi slipper göra samma sak flera gånger. Jag litar på honom."

Ayleen log och gav honom tummen upp.

Sixten höll fram sin vänstra arm och följde visaren noga. I samma stund som klockan slog 13.30 höjde han blicken och såg sig omkring. Ett vitt och stilrent tegelhus med svarta takpannor. Två stycken vägglyktor som ramade in husets framsida. En stentrappa, bestående av två steg, framför ytterdörren. Ett garage i anslutning till huset med plats för minst två fordon. En hög med förvånansvärt färgglada löv och en kraftfull kratta. Han snurrade långsamt runt på stället där han stod och konstaterade att en sak fattades. Laura.

Plötsligt hördes en smäll bakom honom och han vände sig instinktivt om. En röd pickup slirade till och parkerade tvärt på vägen intill huset. Sixten såg på armbandsuret igen. Nu hade klockan passerat den utsatta tiden för deras möte. En ung kvinna kastade sig ut ur bilen och sprang fram till Sixten.

"Ursäkta om jag är sen, eller vad är klockan?" flåsade hon.

Sixten höll fram armen och pekade. "Vilken tur, jag

trodde jag var sen."

Kvinnan såg lättad ut och spottade en loska på marken.

"Du är sen. Klockan är 13.32."

"Förlåt. Laura."

Hon sträckte fram handen. Sixten tittade på den en kort stund innan han skakade den. Hon hade ju faktiskt handskar på sig.

"Då går vi in."

Han började gå mot huset och Laura följde efter. Han tryckte på ringklockan och väntade.

"Vilket fint hus."

Laura vred på huvudet och studerade byggnaden. Dörren öppnades av en sliten ovårdad kvinna.

"Hej, du måste vara Sixten. Louise heter jag."

"Ja, det stämmer bra det."

Han klev förbi kvinnan in i huset medan Laura stod kvar.

"Jag heter Laura, jag bad om att få vara med när Sixten arbetar. Jag hoppas det är okej?"

Louise nickade frånvarande och visade Laura in genom dörren.

"Det här är min man, Morgan."

Louise sträckte ut handen mot mannen som kom ut från köket.

"Sixten. Laura." pekade Sixten och satte sig ner i soffan.

Morgan nickade och Louise satte sig försiktigt ner i den ena fåtöljen. Laura satte sig i den andra medan Morgan slog sig ner bredvid Sixten.

"Så bra att ni kunde komma. Jag litar generellt på

polisens kompetens men ibland kanske det hjälper att få ett annat perspektiv på det hela." sa Louise och virade en filt om sig.

"Mycket klokt." höll Sixten med. "Du kan väl börja med att berätta om dina föräldrar. På så sätt bildar vi oss en grundläggande uppfattning."

"Vill ni ha lite te?" frågade Morgan och reste på sig.

Laura nickade medan Sixten skakade på huvudet. Morgan klev förbi Laura och gick ut i köket.

"Ja du, var ska man börja."

Louise såg ner i knät. "Båda var pensionärer. Pappa arbetade som konsult med fokus på transportlösningar och mamma hjälpte honom med det administrativa."

Hon flackade med blicken och lät ögonen flyttas i långsam takt längs med mattan på golvet. "De har aldrig haft problem med ekonomi, det har alltid funnits jobb vad jag vet."

Hon blinkade till och tog ett djupt andetag. "Mamma har alltid tyckt om att fotografera och pappa gillar att röka cigarr och dricka dyr sprit."

Louise log lite. "Han försökte alltid få mig att avnjuta en god cigarr och ett glas whisky men jag har aldrig fattat tycke för smaken på varken det ena eller andra."

Hon såg upp och vände sig om mot bokhyllan. "Jag minns när jag fick min första kamera och pappa ville att jag skulle fotografera min dag."

Hon skrattade till. "När jag var färdig upptäckte jag att jag glömt sätta i en kamerarulle."

Laura log stort.

"Ja, man har alltid minnena. De är viktiga."

Louise slappnade av i kinderna och nickade.

"Mamma och pappa var vanliga människor. Vi hade en bra kontakt och en form av social överenskommelse gällande besök och involvering i våra respektive familjer."

"Vad menar du med det exakt?" frågade Sixten.

Louise ryckte lite på axlarna.

"Ja, man vill väl ha ett privatliv om man säger så. Det var ömsesidigt."

Sixten nickade. Morgan klev in i rummet med en bricka. Han ställde ner den på bordet och sträckte ut handen mot Laura.

"Varsågod."

Han flyttade blicken mot Sixten. "Jag gjorde två koppar om du skulle ångra dig."

Sixten höjde på ögonbrynen.

"Jag har inte ångrat mig, men tack."

Han böjde sig framåt i soffan. "Vet ni vad de hade för sig under gårdagen?"

Morgan såg ut att fundera och Louise stirrade ut genom fönstret. Sixten kände plötsligt en vibration i byxfickan. Han plockade smidigt fram telefonen och vinklade displayen uppåt.

*Från Ayleen: Vi behöver dig på ett dubbelmord. Är du tillgänglig?*

Han ursäktade sig och svarade snabbt.

*Till Ayleen: Nej. Jag har precis blivit kontaktad gällande ett dubbelmord.*

Laura tog upp en av kopparna och sipprade på det varma teet.

"Jag har faktiskt ingen aning." konstaterade Morgan och såg på Louise. "Vet du om de hade något speciellt för sig?"

Louise fortsatte stirra ut genom fönstret och skakade på huvudet.

"Hade de något otalt med någon?" fortsatte Sixten.

Louise såg fundersam ut och vände sig mot honom.

"Jag tror inte det. Inte vad vi har hört talas om i alla fall. Men alla har väl sina fel och brister antar jag."

"Vilka fel och brister hade Sten och Eva?"

"Ursäkta?"

Louise såg på Sixten med undrande ögon. Han skulle precis öppna munnen men Laura avbröt honom.

"Var de med i någon förening eller pensionärsgemenskap?" frågade Laura och ställde ner koppen på bordet.

"Nej. Eller inte vad jag vet i alla fall." sa Morgan och satte sig ner bredvid Sixten i soffan.

"Vet du?" frågade Laura och såg på Louise.

"Jag tror inte det men jag har fått för mig att de börjat gå i kyrkan senaste tiden."

"Varför tror du det?" undrade Sixten.

"Jo, vi brukar äta söndagslunch tillsammans men senaste helgerna har de inte kunnat. Plus att de har pratat lite om Gud och allt det där emellanåt."

Louise började le smått.

"Det kanske är något som blir mer aktuellt när man blir äldre och inte har så mycket tid kvar."

Hennes leende byttes snabbt ut mot tårar och hon reste sig ur fåtöljen och gick ut i köket. Sixten ställde sig upp och tittade ut mot köket, sedan vände han sig mot Morgan.

"Vi behöver inte göra upp ett kontrakt här och nu men vi kommer eventuellt behöva kontakta er under utredningens gång om det dyker upp nya saker."

Morgan nickade. Det vibrerade i Sixtens ficka återigen. "Här är ett kontrakt gällande mord." fortsatte Sixten och plockade upp en liten lunta ur portföljen. "Be Louise läsa igenom detta så hon är införstådd i vad mitt arbete kommer innebära. När utredningen är klar kommer hon få möjlighet att skriva under kontraktet.

Morgan nickade återigen.

"Tack då. Vi återkommer."

Han trängde sig förbi Laura och började gå mot ytterdörren. Hon tackade för teet och följde efter Sixten ut i hallen.

"Var det något annat vi ville veta?" viskade Laura.

"Ja, vilka fel och brister de hade." viskade Sixten tillbaka.

"Det kanske är lite okänsligt att fråga just nu, vi kan ta reda på det senare."

"Okänsligt?"

Sixten såg förvirrad ut.

"Förresten, vi skulle behöva nyckeln till deras hus om ni har det?" frågade Laura försiktigt.

"Absolut."

Morgan gick fram till byrån och plockade upp en nyckelknippa ur översta lådan.

"Tack."

"En sista rutinfråga bara."

Sixten vände sig mot Morgan.

”Ja?”

”Vad gjorde ni själva igår kväll och i natt?”

Morgan fastnade med blicken på Sixten.

”Vi...jag arbetade med lite uppsatser på kontoret och min fru fixade med bilen i garaget, inte sant?”

Han vände sig om mot Louise som stod i dörröppningen till köket.

”Ja, jag tror det.” sa hon och virade armarna om sig.

”Sen gick vi och la oss omkring kl 23.30 om jag minns rätt.”

Louise nickade instämmande.

”Tack så mycket. Hej då.”

Morgan vinkade och de lämnade huset. Sixten stannade upp och vände sig om.

”Vad menade du med okänsligt?”

Laura gick fram till Sixten.

”Ja, hennes föräldrar har precis dött. Det kan uppfattas som okänsligt att prata om något som får dem att framstå i sämre dager.”

Hon försökte le lite. ”Du vet, det där med att man inte ska prata illa om de döda.”

Sixten tittade på henne med frågande blick.

”Men om vi inte får reda på detaljer försvårar det ju arbetet.”

”Ja, men vi kan ju fråga om detaljerna vid ett annat tillfälle när det gått lite tid.”

”Ikväll?” frågade Sixten osäkert.

”Kanske imorgon, eller i övermorgon.”

Sixten kliade sig på hakan.

”Okej. Jag föreslår att vi besöker brottsplatsen. Så vi kan skapa oss en bild av närmiljön.”

Laura nickade.

”Vi kan ta min bil. Hur kom du hit förresten?”

Hon såg sig omkring men kunde bara se hennes egna bil.

”Jag åker moped, klass 1.” förklarade Sixten och pekade till höger.

Laura log glatt.

”Vi kan slänga upp den på flaket så kan du åka med mig.”

Sixten funderade kort. Han hade medvetet valt moped som transportmedel för att slippa åka tillsammans med, eller vara beroende av, någon. Men eftersom han redan bjudit in Laura i utredningen vore det kanske klokt att spendera lite tid med henne, för att undersöka hennes person.

”Låt gå. Men jag råder dig till att respektera trafikreglerna.”

Laura höjde på ögonbrynen.

”Varför skulle jag inte göra det?”

”Vad jag har hört så är kvinnor dåliga på att köra bil.”

Laura skrattade till.

”Du behöver inte oroa dig. Men du får gärna hänvisa till statistiken om du vill. Jag är i alla fall en mycket god bilförare.”

Sixten nickade.

”Då är vi överens, du kör bilen och jag letar fram statistik om kvinnors körförmåga.”

Laura kunde inte låta bli att skaka på huvudet samtidigt som hon började le.

”Kom så lägger vi upp mopeden på flaket, jag har en

smidig ramp."

Sixten nickade och tog fram telefonen ur fickan.

*Från Ayleen.: Om det gäller Sten och Eva Abrahamsson är det samma fall. Vi behöver din hjälp och det skulle underlätta om vi kunde ses och prata om en fördelning av arbetet.*

"Vänta. Jag ska bara svara på ett meddelade."

Han tog fram en nyckel ur fickan. "Du behöver den här."

Laura suckade och tog emot nyckeln.

*Till Ayleen: Meddelandekonversation fungerar utmärkt. Jag har talat med parets dotter och hennes man. Jag åker till brottsplatsen nu och talar med närmsta grannen sen. Ps. Jag har en praktikant med i utredningen också.*

"Nu kan jag hjälpa till." sa Sixten och höjde blicken från telefonen.

Laura smällde igen luckan till flaket och såg irriterat på honom.

"Det behövs inte."

"Så bra. Då åker vi." log Sixten.

## 8

En svag vindpust ryckte i den långa svarta rocken. Natt-
höken blundade. Han förstod att tiden var knapp och
att mötet inte kunde vänta till mörkrets inbrott. Han
sökte med ansiktet i luften och positionerade sig där han
kände att månen fanns. Det mörknade mycket tidigare
nu. Det var han tacksam för. Det var mycket lättare att
operera i mörker. Inte bara för att han kunde försvinna i
ljusets frånvaro utan också för att måltavlan blev allt mer
tydlig. I mörkret syntes alla avvikelser. Det gjorde ho-
nom mer fokuserad. Han öppnade ögonen igen och
knäppte rocken. Med långsamma steg gick han mot det
stora huset som bredde ut sig framför de glesa tallarna
som gav en glimt av horisonten. Han trivdes här ute.
Det var avskiljt och ödsligt. En exemplarisk plats för
dess syfte. Han visste att han inte var först på plats så
han brydde sig inte om låset utan klev rakt in genom
den stora porten. När han stängde den bakom sig slapp-
nade han av. Omgivningen blev genast mörkare. Tre
väggfasta facklor lyste svagt i rummet och han följde

skuggornas dans mot de kalla betongväggarna. På väggen till höger hängde ingen fackla. Istället visade en dörr vägen vidare in i huset, till nästa rum. Framför dörren stod en man i vit kåpa och dolt ansikte. Natthöken behövde inte se ansiktet för att veta vem det var. Den empiriska Klextern tog alltid sin uppgift på fullaste allvar, precis som han själv gjorde. Natthöken bugade kort och Klextern tog ett steg åt sidan. När han passerat sköt han upp trädörren och mötte där en stor gestalt. Den empiriska Klarogon bugade och flyttade sig åt vänster. Natthöken tog ett stort kliv in i rummet som var betydligt större än det tidigare. Ljuset var fortfarande dunkelt och ett hölje av dimma svävade i luften. Facklorna längs med väggarna utgjorde de enda ljuskällorna i salen förutom en eld som sprakade svagt i mitten. Runt om elden stod elva vitbeklädda personer i en stor cirkel. Natthöken tog några steg framåt och fulländade formen. Rakt framför honom på andra sidan elden stod den empiriska Trollkarlen.

"Härmed öppnar jag det empiriska Klonciliet."

Rösten var skarp och auktoritär. Samtliga i rummet böjde sina huvud i en respektfull rörelse. "Så bra att alla kunde närvara med så kort varsel, men tiden är knapp och vi kan inte vänta." Trollkarlen såg rakt igenom elden.

"Är uppgiften slutförd?"

Natthöken nickade. "Ni vet alla vad det innebär. Vi behöver utse en ersättare och som rådgivare är det vår plikt att se till att denna person är lämplig för uppdraget."

Trollkarlen såg sig om i dunklet. "Jag vet att det inte

är vår uppgift att utse denna person, det sköter Stordrakarna, men ni vet vad ni behöver göra. Begrunda er önskan i ensamhet och meddela sedan det val ni gör till den empiriska Kligrappen."

Natthöken förde händerna bakom huvudet och drog huvan över sig.

"I denna sköra tid gäller det att hålla ögonen öppna. Där förändring sker, sker även motstånd." viskade han för sig själv.

9

Ayleen tittade ut genom fönsterrutan och granskade den stora byggnaden utanför. Det såg ut som ett vanligt hyreshus men om uppgifterna stämde var det en helt annan verksamhet som pågick där inne. Fasaden såg påkostad ut och om det inte vore för det stora korset och texten under hade hon inte gissat att det var en kyrka. Hon såg på korset och texten och funderade kort. Hon kände till Pingstkyrkan och Missionskyrkan. Allianskyrkan lät bekant men Andreaskyrkan hade hon aldrig hört talas om. Vem var Andreas? Ayleen tittade på sin klocka och hoppades att Uno inte skulle bli sen. Det var kallt i bilen och hon ville inte gå in ensam. Det knackade på fönsterrutan. Skönt, nu skulle hon få gå in i värmen.

"Hur gick det?" frågade hon samtidigt som hon klev ur bilen.

Hon huttrade till och gömde händerna innanför jackan.

"Jo, det gick bra. Det var en rutinkontroll men hon ville inte gå ensam."

Ayleen såg på Uno en kort stund. Hon var inte van vid att han var blödig eller visade en sentimental sida så när han berättade att han skulle ta sin mor till vårdcentralen reagerade hon. Egentligen var det väl självklart att ställa upp för sin familj men när en person, som Uno, står så långt ifrån att visa ett sådant beteende var det anmärkningsvärt på något sätt. Hon log mot honom.

"Så bra. Ska vi gå in då?"

Hon gick fram till den stora glasdörren och kikade in. Det lyste där inne och ett par personer rörde sig i entrén. Uno satte handen mot pannan och synade verksamheten där inne med försiktighet.

"Vad är det här för jävla ställe då?"

"Ja, det lär vi ju få reda på om vi nu går in."

Uno flinade lite.

"Vågar du inte?"

Ayleen flinade tillbaka.

"Äsch, kom nu."

Hon slet upp dörren och de två personerna stannade till och vände sig mot dem. Ayleen hejdade sig och kände hur dörren stängde igen bakom henne och puttade henne ett steg framåt.

"Hej. Har det hänt något?" frågade en vithårig kvinna.

Ayleen såg ner på uniformen och smålog. I nästan alla situationer där hon mötte nya människor med uniformen på undrade man om det hänt något.

"Nej då. Vi söker någon ansvarig för att ställa några frågor bara."

Kvinnan log stort.

"Vår pastor och föreståndare håller i en ledarträff just

nu men borde vara klar snart. Ni kanske kan vänta en liten stund?"

Ayleen såg på Uno och han såg på henne. Det gick snabbt att tyda det telepatiska språket men Ayleen skakade kort på huvudet och vände sig sedan mot kvinnan.

"Ja, det går bra. Meddela gärna att vi väntar här ute."

"Vill ni inte ha lite kaffe? Det finns gott om kaffe ute i serveringen."

Kvinnan pekade åt höger och in i ett stort rymligt rum med bord och stolar. Uno grymtade till.

"Ja, lite kaffe kan vi ju inte säga nej till i kylan, eller hur Ayleen?"

Han blinkade mot henne och gick fram till kvinnan. Hon gick före och visade vägen in mot serveringen i rummet intill.

"Varsågoda och sitt så kommer jag med kaffet." log hon.

De satte sig ner och flinade mot varandra.

"Har du varit i en kyrka förut?" frågade Ayleen och såg sig runt i rummet.

Uno skakade på huvudet.

"Bara när jag var grabb, men det var länge sen."

Han höjde ett finger mot Ayleen som var på väg att kommentera det han sagt. "Inte SÅ länge sen." påpekade han och log.

Väggarna bestod av lodrät träpanel och små lyktor hängde lite här och där någon meter nedanför taket. På ett antal ställen hängde vackra guldfärgade takkronor och längst fram fanns en liten estrad med ett stort träkors på väggen. Den vithåriga kvinnan kom gående mot dem med en bricka i handen. Ayleen la märke till att det saknades en mjölkkanna på brickan och vände sig mot Uno.

"Vågar jag säga till att jag vill ha mjölk i?"

"Absolut inte." flinade Uno.

Kvinnan ställde ner brickan på bordet och log med hela ansiktet.

"Det är så trevligt att se lite nya ansikten här inne. Vi försöker ju bjuda in människor som inte är med i församlingen men det är lite av en utmaning."

"Ja, det kan jag förstå." sa Ayleen och Uno såg på henne med höjda ögonbryn.

"Hoppas det smakar." fortsatte kvinnan och Ayleen önskade att hon inte skulle dra ut stolen intill och sätta sig ner.

Det gjorde hon inte. Kvinnan vände om och gick in genom en svängdörr nere i ena hörnet.

"Vågar man dricka kaffet?" Jag vill ju inte bli frälst." skrattade Uno och rörde med skeden i den mörka vätskan.

"Hur länge tror du vi behöver vänta?" frågade Ayleen och såg sig över axeln mot utgången.

Uno ryckte på axlarna.

"Det är ju bättre att vara här inne än där ute."

"Är det?" flinade Ayleen och sörplade i sig en skvätt av kaffet.

I samma stund som hon ställde ner koppen på bordet började det höras röster från entrén. Hon bet ihop tänderna när en till synes stor skara vällde in i lokalen. Människor i olika åldrar och kön började ta plats runt borden och den stilla tystnaden byttes ut mot ett vimmel av röster. Uno reste sig instinktivt och Ayleen gjorde likadant. Båda såg sig omkring. En medelålders man höjde handen och vinkade mot Ayleen och Uno. De började röra sig i riktning mot mannen och när de möttes räckte han ut handen.

"Hej! Birger." sa mannen och bockade.

Ayleen och Uno presenterade sig.

"Vad gäller saken?" frågade Birger och stoppade händerna i byxfickorna.

"Vi kanske kan prata lite mer enskilt?" frågade Ayleen och lät blicken fara genom den folkfyllda salen.

Birger log.

"Självfallet, vi kan sätta oss inne i gudstjänstlokalen."

Birger visade vägen tillbaka in i entrén och öppnade en stor dörr på väggen mittemot ytterdörren.

"Här inne kan vi vara ifred."

Han stod kvar i dörröppningen medan Ayleen och Uno långsamt klev in. Han gick förbi dem i gången mellan kyrkbänkarna och satte sig på en stol framför bänken längst fram vid estraden och predikstolen. Ayleen började gå framåt och tittade upp i det höga välvda taket. Bakom Birger och predikstolen stod ytterligare ett kors. Hon ville minnas att hon sett kors där Jesus hängde men på korsen här hängde ingen. Det var nog lika bra. Hon hade sett mycket i sina dagar men att se en hängande död man på ett kors kunde hon klara sig utan, även om det bara var dekorativt. Hon passerade ett mixerbord och satte sig ner bredvid Uno på den hårda kyrkbänken framför Birger.

"Vad gäller saken?"

Ayleen vred lite på sig där hon satt och vände sig mot Uno.

"Det gäller två avlidna personer, troligen mördade."

Birger ryggade tillbaka och satte händerna i knät.

"Oj då, församlingsmedlemmar?"

"Det vet vi inte. Känner du till Sten och Eva Abrahamsson?"

Birger andades ut ett långt andetag och nickade. Han harklade sig.

"Ja, Sten och Eva är nya i vår församling så jag känner dem inte så väl."

Han avslutade meningen abrupt. "Det är ju hemsk."

"Hur fick de kontakt med er församling?" frågade Ayleen försiktigt.

Birger såg lite frånvarande ut.

"Jo, Sten hade varit och lämnat en del saker hos vår Second Hand-butik. Sen dök både han och Eva upp här för några månader sedan."

"Hur skulle du beskriva dem?"

"Jag vet inte, vi är en ganska stor församling och det är svårt att bygga relationer med alla, tyvärr."

"Kan du försöka?" frågade Ayleen.

Birger tog in lite luft och andades ut. Han ryckte på axlarna.

"De var väl som vilka som helst om ni förstår vad jag menar. Lite försiktiga i början och det är inte lätt att komma in som ny i en stor gemenskap, så jag vet inte riktigt vilka de umgicks med här."

Han pendlade med blicken mellan Ayleen och Unos ögon.

"Vi erbjuder alla nya att gå med i en hemgrupp, men jag vill minnas att Sten och Eva avböjde det erbjudandet."

"Vad är en hemgrupp?"

Ayleen såg förbi Birger och vidare på korset på väggen.

"Det är en mindre grupp som träffas i hemmet. Det blir lite lättare att samtala och bygga relationer och utvecklas i sin tro på det sättet."

"Men det ville inte Sten och Eva?"

Birger skakade på huvudet.

"Vet du varför?"

"Nej, men vissa har inte tid eller tycker det är lite obekvämt att bjuda hem folk till sig."

Ayleen nickade förstående. Hon hade nog inte heller velat ha främlingar hemma hos sig. Det kunde vara tillräckligt påfrestande när ens vänner ville stanna för länge.

"Minns du om du pratade med dem någon gång på tu man hand. Eller var hemma hos dem?"

Birger såg ut att fundera en kort stund.

"Inte vad jag minns. Man samtalar ju lite i grupp under fikat efter gudstjänsterna och sådär men jag tror inte jag hade något samtal med dem på det sättet."

Han svalde hårt. Uno vred sig om och såg runt i lokalen. Sedan vände han sig mot Birger.

"Var de frälsta eller vad man nu säger? Eller hur fungerar det?"

Birger pressade fram ett litet leende.

"Frälsningen är högst personlig och det är egentligen ingen annan än individen det gäller som kan svara på den frågan. Varken Sten eller Eva har blivit döpta eller medlemmar, men om du frågar mig så skulle jag hävda att de var bekännande kristna."

"Blev de det här eller var de det innan?"

Birger lutade sig framåt på stolen och såg på Uno.

"Frälsningen är ibland en process som tar lite tid. Jag tror att de båda fattade ett beslut om att följa Jesus när de fick kontakt och råd hos oss här."

Ayleen såg att Uno blev lite obekväm av Birgers närmande och hon beslutade sig för att samtalet var över. Hon reste sig upp och skakade hand med Birger och tackade för samtalet. Uno reste sig upp och började gå längs gången.

"Om du kommer på något som du glömt eller inte velat säga så kan du höra av dig hit. Vi försöker bara hjälpa till att lösa det här."

"Det förstår jag."

Han tog emot kortet och stoppade det i fickan. Ayleen följde efter Uno som väntade på henne i dörren.

"Förresten."

Hon vände sig om. "Varför heter ni Andreaskyrkan?"

Birger log stort.

"Andreas var en av Jesus apostlar och hans namn betyder mod."

Hon nickade och log tillbaka.

"Hej då."

Hon lämnade gudstjänstlokalen och entrén tillsammans med Uno och klev ut i den bitande kylan. Hon tog fram telefonen och läste Sixtens sms igen. Hade han en praktikant? Det lät olikt honom. Men å andra sidan var Sixten olik sig själv för det mesta. Hon andades på händerna och började skriva ett sms tillbaka.

*Till Sixten: Det låter bra. Var försiktiga på brottsplatsen bara. Amelia har inte gått igenom allt. Vi har pratat med*

*Abrahamssons pastor men inte fått fram något. Nu åker vi vidare till församlingens Second Hand-butik. Meddelande-konversation fungerar absolut. Men ring om det skulle underlätta.*

Hon skickade iväg meddelandet. Hon visste mycket väl att Sixten föredrog sms-kontakt men för det mesta var det smidigare att pratas vid, då undvek man missförstånd. Men än så länge hade det fungerat bra och har man med Sixten att göra får man vara beredd på en del kompromisser.

"Nu får du köra." sa hon och satte sig i passagerarsätet. "Jag fryser så om fingrarna."

Uno suckade.

"Och det tror du inte jag gör?"

"Nej, du har ju handskar. Kör nu."

10

Sixten satt på helspänn i passagerarsätet medan Laura gasade på ut ur en korsning. Han synade henne i ögonvrån en kort stund innan han återigen fäste ögonen på vägen. Hon hade varit väldigt drivande i samtalet med Morgan och Louise. Var det bra eller dåligt? Han reflekterade över mötet och kom fram till att det säkerligen fanns både för- och nackdelar med att vara två. Samtidigt var det viktigt att alla förstod att det var han som var den anlitade privatdetektiven i sammanhanget och inte hon. Laura var bara en form av praktikant. Det var fortfarande hans arbete och hans rykte som stod på spel. Han skulle nog få vara mer på sin vakt vid nästa tillfälle. Laura gjorde ytterligare en tillsynes livsfarlig sväng med det tillsynes livsfarliga fordonet. Sedan saktade hon in en aning.

”Kan inte det där vara en granne?”

Hon pekade mot ett litet gult trähus med rött tegeltak lite längre fram. ”Det ser visserligen väldigt glest befolkat ut här ute men man kan ju alltid fråga.”

Sixten tog till orda.

"Jag tycker vi stannar och pratar med grannen. De kanske har sett något av betydelse."

Laura nickade och började leta efter en infart längs den smala grusvägen. Lite längre fram svängde hon åt höger och stannade bilen. De klev ur och Sixten gick fram till Laura och ställde sig framför henne.

"Det vore bra om du inte försökte inta rollen som ledande privatdetektiv, det är nämligen mitt jobb."

Laura såg på honom med förvirrade ögon.

"Vad menar du?"

"Jag menar det jag säger. Jag antar att du inte vill utge dig för någon du inte är."

Laura skrattade till.

"Självklart, chefen."

"Då är vi överens." log Sixten nöjt och började gå mot huset.

Det skötte han bra. Nu fanns det inget tvivel på vem som var vem i sammanhanget. Han visslade lite där han gick men slutade när han närmade sig huset. Byggnaden framför honom var ingen vacker uppsyn. Från vägen hade han inte sett det men det lilla gula huset var oerhört slitet. Hans muntra visslande gjorde inte situationen rättvisa. På långt håll hade det röda tegeltaket smält samman till en enhetlig färg men på nära håll såg Sixten att flera pannor saknades och att någon hade lagt dit kartong för att täcka hålen. De vertikala träplankorna hade flagnat sönder vid foten av huset och tomten framför var igenvuxen och han kom att tänka på Amazonas djungler. Samtidigt som han granskade huset slogs han med förvåning av hur dömande han var i sin utvärdering. Upple-

velsen av en plats varierade beroende på besökarens förhållande till sin egen standard. Det var mycket möjligt
att husets ägare var tillfreds med utformningen. Hans
egen åsikt i sammanhanget var dessutom helt irrelevant.
Han ruskade huvudet för att stänga ute tankarna och
när han kommit fram till husets dörr öppnades den hårt.

"Nej, men vad trevligt med lite sällskap."

En ålderdomlig dam med yvigt färglöst hår stod i
dörröppningen.

"Kom in, kom in."

Hon tog några kliv ut, tog tag i Sixtens arm och drog
honom in genom dörren. Han kunde höra hur Laura
skrattade och vände sig smått orolig mot henne. Hon
log stort och följde efter in i huset.

"Slå er ner. Här. Här kan ni sitta."

Damen tryckte ner Sixten på en gammal kökssoffa.
Han rättade till sig där han satt och såg ner på soffan.
Den blåvitrandiga dynan såg sliten ut och han kunde utan att anstränga sig se ett antal bruna fläckar på den.
Förhoppningsvis kaffe, tänkte han och såg på Laura som
satt sig ner på en röd pinnstol.

"Vill ni ha kaffe? Kakor? Självklart vill ni ha det."

Damen klev in i den lilla köksdelen och började leta i
skåpen. Sixten såg på Laura. Han ville säga något men
han kände sig på något sätt överväldigad av situationen.

"Det är du som är proffset." sa hon och blinkade mot
honom.

Han nickade kort och rätade på sig.

"Jag heter Sixten Salomonsson och undersöker ett
brott som skett här i området."

Hans stämma var tydlig. "Med mig har jag Laura,

min..."

Han avbröt sig. Vad var hon egentligen. Han hade skrivit praktikant till Ayleen men ordet praktikant antydde att hon skulle lära sig något av honom. Det hade han inte tänkt. Som han förstod det ville hon bara vara med honom för att se hur arbetet gick till. Skulle han genomföra någon form av prov? Laura vände sig mot damen.

"Jag heter i alla fall Laura och står till Sixtens förfogande."

Det lät bra. Hon står till hans förfogande. Det indikerade på att det var han som i första hand bestämde.

Sixten nickade och log.

"Precis."

"Jaha, jaha."

Den gamla damen for runt i köket och plockade till slut fram en stor kakburk och öppnade locket. Hon skyndade fram till köksbordet och ställde ner burken. När hon satte sig ner åkte morgonrocken hon hade på sig isär en aning och blottade delar av hennes nakna kropp.

"Oj." sa Laura och log lite generat.

Damen ignorerade Laura och hoppade fram på stolen så att hennes bröst vilade på bordet.

"Vi har några frågor gällande Sten och Eva Abrahamsson, vet du vilka det är?" frågade Sixten och såg på damen.

"Oja. Det vet jag visst. Det är de som bor lite längre bort här vid vattnet. Lite knepigt par det där."

Hon kisade med ögonen och log mot Sixten. "Ska du inte ha en kaka?"

”Vad menar du med knepiga?” frågade han och sträckte sig mot burken.

”De är nybakade. Från igår.”

Sixten nickade fundersamt. Laura lutade sig framåt på stolen.

”Knepiga sa du, hur menar du då?”

Damen vände sig mot Laura.

”Jag heter Samira. Det sa jag kanske inte.”

Laura log mot henne.

”Knepiga?” frågade hon igen.

”Ja, de verkade inte kunna bestämma sig. Först var de ganska otrevliga mot mig när jag hälsade och ville välkomna dem till området. Det är bara jag som bor här.”

”Varför var de otrevliga?”

Samira ryckte på axlarna och såg ut genom köksfönstret.

”Det vet jag inte. Nej, det sa de inte. Men där jag kommer ifrån hälsar man och lägger stor vikt vid att vara social och trevlig. Men det var de inte.”

”Vad hände sen då?” frågade Laura och såg snabbt på Sixten.

”Ja, det var för bara någon månad sedan. Jag mötte dem på min dagliga promenad och de hälsade och pratade och jag trodde aldrig jag skulle komma därifrån.”

Sixten rynkade pannan.

”De kanske bara hade en bra dag?”

Samira skakade på huvudet.

”Nej, de hade aldrig några bra dagar. Var alltid sura och otrevliga.”

Sixten nickade.

”Brukade de ha besök? Igår till exempel?”

Samira reste på sig och gick bort mot spisen.

"Sådär, nu är kaffet klart."

"Hade de besök?" försökte Sixten igen.

"Va? Jaha, nej inte så ofta. Deras dotter och make brukar hälsa på ibland."

Hon sänkte huvudet och började viska. "De bor på andra sidan skogen här men verkar ta bilen i alla fall. Miljöovänligt."

Laura flinade.

"Ja, det är viktigt att tänka på miljön."

Damen nickade.

"Det är därför jag sällan köper nya möbler och saker. Bara om något går sönder."

Sixten studerade köket. Miljövänligt må hända men inte direkt inbjudande. Det kanske var något för honom ändå. Om gamla saker fick folk att hålla sig borta var det värt att fundera över.

"Var det någon som körde förbi igår?" fortsatte Laura.

"Ja, det körde förbi en liten söt bil på förmiddagen och sedan var det en bil till."

Hon såg ut att fundera. Hon kliade sig i det rynkiga ansiktet. "Jag minns inte riktigt men det var en svart bil tror jag. En sådan där vanlig bil."

"En sedan?" frågade Laura.

"Jag vet inte vad bilen heter. Den var svart och vanlig. Men den hade en metallisk form vid backluckan."

Samira blinkade mot Sixten.

"Metallisk form?"

"Konstigt, det såg ut som en fisk."

Laura nickade och log mot Samira.

"Den andra bilen då? Som du såg på förmiddagen?"

"Den var också svart, men det var ingen vanlig bil. Det var en liten söt sak."

"Minns du om bilarna körde tillbaka sedan?"

Samira skakade på huvudet.

"Det vet jag inte. Jag har mycket för mig här hemma så jag tittar inte ut hela dagarna."

"Nej, det är klart." log Laura.

"Kommer du ihåg om du såg något registreringsnummer på någon av bilarna?"

"Jadå, det hade båda bilarna."

Sixten suckade lite. Tålamodet började ta slut.

"Vet du vad det stod för bokstäver och siffror på någon av bilarna?"

Samira funderade.

"Den vanliga svarta bilen hade bokstäver som bildade ett ord, men jag kommer inte ihåg vilket."

Sixten suckade återigen. Men han hade läst att det är bäst att ha en god relation med vittnen och personer som ingår i en utredning.

"Då tackar vi för oss."

Sixten log sitt finaste leende och tog fram ett kort ur innerfickan på kavajen. "Om du kommer på något så kan du höra av dig. Som har med det inträffade att göra."

Sixten drog in lite luft genom näsan. Bra räddat. Hade han inte lagt till det sistnämnda hade hon säkert ringt för att bjuda honom på lite scones eller något. Det ville han inte. Sixten och Laura reste på sig och gick mot ytterdörren.

"Men ska ni inte ha något kaffe?" frågade Samira bekymrat.

Laura log varmt.

"Vi får ta det en annan gång. Hej då och tack för kakorna."

Hon öppnade dörren och gick ut. Sixten följde snabbt efter och tog tag i Lauras arm.

"Vadå en annan gång? Nu har du ju lovat att vi ska komma tillbaka. Det vill jag inte."

Laura flinade.

"Det är bara så man säger ju, för att vara artig."

Sixten funderade.

"Så vi ska inte komma tillbaka och dricka kaffe?"

Laura skakade på huvudet.

"Precis, kom nu innan hon tvingar in oss igen."

Laura började springa mot bilen och Sixten såg sig över axeln innan han började springa efter. De kastade sig in i bilen och Sixten såg oroligt på Laura.

"Kör!" nästan ropade han.

"Vart?" frågade Laura och försökte hålla tillbaka ett flin.

"Abrahamssons hus borde ligga längre fram på den här vägen, skynda!"

11

Dex Lundin satt i en bekväm låg fåtölj inne på sitt favoritcafé. Som stamkund hade han ofta förmånen att tilldelas en fönsterplats. Även om han själv anade att hans yrke hade något med saken att göra. Även denna gång satt han nära fönstret som på andra sidan levde upp med jäktande halvt springande ben. Stockholmsstressen hade smittat av sig även på honom men han hade varit tydlig med sin omgivning att han behövde pauser för att fylla på med energi, både fysiskt och mentalt. Den här gången hade dock pausen i arbetet ett tydligt syfte som han dock inte hade talat om för sin sekreterare. Han hade bara talat om för henne att han skulle på ett möte. Han hade förekommit hennes frågande blick genom att förklara att alla möten inte blev planerade så långt i förväg. Hans sekreterare My var relativt nyanställd och skulle lära sig Dex schema och planering med tiden.

Han höll upp telefonen framför sig och låtsades skriva ett meddelande. Istället för att knappa in bokstäverna med tummarna flyttade han dem åt sidan och granskade sitt utseende i reflektionen. Han ville inte påstå att han var särskilt fåfäng men till skillnad från andra inom politiken tyckte han att utseende spelade en alldeles för stor roll för att inte ta på allvar. Människor litade på attraktiva och beundransvärda ledare. Han drog handen bakåt genom det blonda välklippta håret och vred huvudet lite åt sidan. Hans frisör hade haft rätt. Det korta rakade håret på sidorna passade hans ansiktsform bättre än han först trott. Dessutom var det en frisyr som var populär bland ungdomar, även om det alltid fanns en risk att någon skulle misstänka en form av tidig 40-årskris. Oavsett vad så passade han i frisyren och det kunde bara gynna honom. Han stoppade ner telefonen i fickan och hann se att klockan precis passerat den utsatta tiden för mötet. Det gjorde honom inte så mycket för han utgick ifrån att det skulle gå betydligt fortare än de 30 minuter han avsatt i kalendern. Det skulle ge honom ytterligare tid att stanna upp i den i övrigt hektiska vardagen. Trots den tidiga timmen var det nästan fullt inne i caféet. Majoriteten av besökarna bestod av föräldralediga eller studenter. Lite här och där satt ensamma och upptagna ynglingar med laptops och skrev på, vad han hoppades var, skolrelaterade texter. Ljudnivån passade honom perfekt. Avlägsna röster och skratt hördes runt om i lokalen och i den ibland tydliga tystnaden kunde han till och med höra sörplande från kaffekoppar och temuggar. Förutom den behagliga akustiska dynamiken var inredningen något han fastnat för när han valt café. De matta och skiftande mörka färgerna var lugnande och ett tydligt tema i lokalen var utomhusartiklar. Lyktor och krukor som i normala sammanhang var passande i trädgårdar hängde och var precist utplacerade runt omkring honom. Sist men inte minst hade han följt sina djupt gående animaliska drag. Servitrisen som kom gående mot honom var bara en av de vackra unga kvinnor som arbetade på hans självklara favoritcafé. När han mötte det breda leendet som ibland påminde om Julia Roberts kunde han inte hjälpa att le själv. Det kändes som hela rummet frös till när hon kom trippandes mot honom. Minnah var lång och slank och hade alltid det blonda vågiga håret utsläppt trots att reglerna sa att hon var tvungen att ha håret uppsatt. Han ville tro att det berodde på hans kommentarer om hennes ljuvliga hår men det var nästan att hoppas för mycket. Han kom på sig själv att stirra på hennes lätt fräkniga ansikte och hörde knappt inte vad hon sa när hon ställt sig intill honom.

"Va?" sa han och kunde inte slita blicken från hennes djupa eldiga ögon.

Hon log varmt mot honom.

"Vad vill Migrationsministern ha idag då? Samma som vanligt?"

Att hon hade lagt hans standardbeställning på minnet gjorde honom alldeles varm i kroppen och han nickade utan att säga något. Istället log han sitt charmigaste leende och blinkade med ena ögat.

"Då kommer jag snart tillbaka." flinade hon och drog upp axlarna i en snabb flickig rörelse.

Dex Lundin följde henne slaviskt med blicken och såg hur den dansande rumpan skuttade iväg bort från honom. Han visste att hans beteende egentligen var förkastligt men vardagsflirten var helt enkelt något han inte klarade sig utan. Hans drömska blick och frånvarande sinne förbyttes snabbt mot en suckande besvikelse när han såg mannen han bestämt möte med komma in i hans synfält. Den unga mannen han mött ett antal gånger tidigare gick försiktigt emot honom och Dex funderade återigen på varför han kände ett underläge mot spjuvern framför. Till skillnad från honom själv gav Karl ett oseriöst intryck med det ovårdade blonda håret och den pojkaktiga osäkerheten som syntes i ögonen redan från långt håll. Som om han kände sig vilsen vart han än befann sig. Dex suckade återhållsamt och förberedde sig för det korta men ändå intensiva mötet.

"Hej." log Karl nervöst och satte sig på andra sidan glasbordet.

Dex nickade allvarligt och placerade båda händerna framför sig.

"Jag antar att det gäller samma sak som tidigare?" frågade Dex och kliade sig i skäggstubben.

Karl nickade och vred obekvämt på sig och Dex kunde inte förstå varför man hade skickat ett så fånigt och bortkommet sändebud. Tyvärr gick det inte att välja men Dex utgick ifrån att det måste funnits någon som var bättre lämpad än den veka lilla filuren som satt framför honom och skakade med ena benet så hårt att bordet började vibrera. Dex rättade till den svarta slipsen som satt aningen för hårt och stoppade in handen innanför kavajen. Längst ner i den högra innerfickan låg en väl hopvikt lapp. Han tog ut den och knöt den i handen samtidigt som Minnah kom gåendes med en bricka i handen. Hennes rogivande leende fick honom att glömma bort sig själv för en stund. Hon ställde varsamt ner brickan och till Dex förtjusning såg hon ut att ignorera

Karl.

”En Espresso macchiato utan socker och en dammsugare.”

”Tack så mycket, Minnah.” besvarade Dex artigt och lyfte av koppen och det avlånga bakverket.

Minnah rätade på ryggen och vände sig mot Karl. Dex anade vad hon ville och förekom hennes fråga.

”Han ska inte ha något.” sa han snabbt och Karl såg besviket på honom.

”Okej, hoppas det smakar då, Dex.” sa hon och han fröjdade sig i att hon uttalade hans namn så tydligt.

”Det ser gott ut.” sa Karl.

”Mm...” mumlade Dex och räckte över lappen han hade knuten i vänsterhanden.

Han öppnade handflatan och väntade på att Karl skulle ta lappen ur den. Långsamt sträckte sig Karl efter lappen och i en snabb rörelse grep Dex tag i Karls hand. Han lutade sig framåt en aning och såg in i Karls tomma blick.

”Det här är sista gången.” viskade han.

”Va?”

”Tala om för dem att det här är sista gången.”

Karl såg undrande på honom och nickade osäkert.

”Bra.” sa Dex utdraget och lutade sig bakåt igen samtidigt som han släppte taget om Karls hand. ”Då kanske jag kan få avnjuta det här i fred?” fortsatte Dex och såg menande på den unga mannen som inte verkade vara på väg därifrån. ”Eller var det något mer?”

”Så jag ska tala om för dem att du inte vill ge mer information?”

Dex suckade djupt. Hans tålamod höll redan på att

ta slut. Men det var inte läge att reta upp Karl. Även om han misstänkte att just hans rang inte var speciellt hög. Men att göra sig allt för mycket ovän med en budbärare kunde skapa problem för honom i ett senare skede.

"Ja." sa han lugnt. "Berätta för dem att jag inte kommer ge någon mer information."

Han tog en liten tugga av dammsugaren och försökte sig på ett litet leende. "Det finns garanterat folk inom kommunen som har samma information som jag, prova där istället."

Karl nickade igen och reste sig upp från fåtöljen.

"Tack så mycket för din hjälp." sa han och vände sig om.

Hjälp och hjälp, tänkte Dex och följde Karl med blicken. Även fast han anade varför man valt ut just honom skadade det inte att erbjuda en annan källa. Det gällde att vara smart. Återigen avbröts hans tankar av att Minnah kom gåendes emot honom.

"Är allt till belåtenhet?" frågade hon glatt.

Dex nickade stort.

"Självklart." sa han. "Du gör ett mycket bra jobb."

Han blinkade med ena ögat och log tillbaka mot henne. Hon neg kort och vände sig om och Dex tyckte att hon stannade till en extra sekund innan hon fortsatte bort mot disken igen. Som om hon markant ville visa sin baksida för honom. Återigen slogs han av sitt vedervärdiga beteende men det gjorde sak samma. Just här och nu var han den person som han ville vara. Han var en man av folket.

## 12

———

”Tror du på Gud?” frågade Uno utan att släppa vägen
med blicken. Ayleen rynkade näsan och såg ut genom
fönsterrutan. Vad skulle hon svara? Hon visste knappt
själv. Hon hade blivit fostrad i en gudstroende familj
men det hade aldrig varit något tvång. Hennes egna för-
äldrar pratade om Gud som en enda. Men vilken de me-
nade var de aldrig riktigt tydliga med. Eller, de kanske
trodde att de var tydliga men ju äldre hon blev desto
mer lärde hon sig om fler gudar. Fanns det bara en? Eller
fanns det flera olika. Hon ville inte påstå att hon var reli-
giös, vad nu det betydde, men hon värdesatte religiösa
värderingar och sättet att praktisera den goda viljan. Ef-
ter en stunds grubblande ryckte hon på axlarna.

”Jag vet inte. Det kan väl finnas flera gudar. Vilken
ska man tro på då?”

”Tror du på samma Gud som pastor Birger?” log
Uno och vände sig mot Ayleen.

Hon skakade på huvudet.

”Då får svaret vara nej. Men jag skulle inte ha något

emot att bli motbevisad."

Uno skrattade till.

"Det handlar väl mer om tro än bevis?"

"Jo, kanske. Tror du på Birgers Gud?"

"Jag tror på den kristna guden. Sen vet jag inte om Birger tror på honom." flinade han och började dra av sig skinnhandskarna.

Ayleen flinade tillbaka.

"Redan svettig?"

"Det är ju du som skruvat upp värmen till helvetisk hetta."

Han blängde med ena ögat och slängde handskarna i knät på Ayleen. Hon filosoferade en kort stund där hos satt. Uno var något av ett mysterium. Ena stunden var han trevlig och visade på ett djup av känslor men sedan kunde han brusa upp och föra en jargong som var allt annat är gemytlig. Vad det kunde bero på visste hon inte. Hon kände honom inte så väl. Men hon visste att hon tyckte om den positiva sidan av honom. Den fick henne att känna sig trygg.

"Skinnhandskar klär dig i alla fall." sa hon lågt och plockade fram sin telefon.

Uno bockade och log smått.

"Har du adressen?"

Ayleen nickade.

"Vi ska svänga här borta och så ska det ligga inne på industriområdet."

Uno svängde av vägen och förbi två öppna stängsel-grindar.

"Här ligger ju både det ena och det andra." mumlade Uno och såg sig omkring.

"Där borta!" nästan ropade Ayleen och pekade på en stor röd skylt.

Uno följde riktningen som Ayleen pekade i och parkerade bilen.

"Tror du att det är öppet?"

Uno hukade sig i sätet och synade byggnaden framför bilen.

"Det lyser i alla fall där borta."

Han pekade mot ett fönster intill en öppen garageport.

"Bra, då går vi in."

"Vänta."

Uno fick något dramatiskt i blicken.

"Vad är det?" frågade Ayleen utan att ryckas med.

"Har du med fika-biljetten?" flinade han och öppnade bildörren.

Det hade hon inte. Men om hon hade det skulle hon nog inte välja att dela den med Uno i första hand. Hon följde efter Uno och rättade till polisuniformen. Hon förstod varför Uno ofta klagade på dess otymplighet och det skulle inte förvåna henne om han med mening såg till att den behövde tvättas med jämna mellanrum. Men när han väl hade den på sig var han noga med att poängtera hur olik den var hennes vid axlarna. Att ett litet sträck under en krona kunde göra sådan skillnad för någon kunde hon inte förstå. Å andra sidan hade hon inte långt kvar till hon också skulle få det där sträcket och det skulle helt klart firas. Men än så länge passade Uno på att reta henne för att det minsann var han som hade den högre tjänstegraden. Men utan uniform överhuvudtaget framstod han snarare som en civilperson och då var väl en otymplig uniform ändå att föredra?

Uno gick försiktigt fram till den öppna garageporten och knackade på en metallskiva i väggen.

"Hallå? Är det någon här?" ropade han in i mörkret.

Det började skramlade vid några aluminiumtunnor och Ayleen hoppade till. En gestalt tog form framför dem och Uno tog ett distinkt kliv framåt. Gestalten närmade sig och lampan i taket tändes. En gammal rynkig man ställde sig framför dem.

"Vi ska fixa den här lampan, jag ber om ursäkt." sa mannen och pekade upp i taket. "Det är en sådan där sensor eller något som ska få den att lysa men den verkar inte förstå att det är någon som kommer."

Han veckade pannan och såg på Uno och Ayleen. "Varuinlämningen är tyvärr stängd, men om ni har något så kan jag lika gärna ta det ändå."

Ayleen såg på Uno.

"Nej, vi är från polisen och skulle vilja ställa några frågor." sa Uno med hög röst.

Mannen nickade och la armarna bakom ryggen.

"Jaha, varsågoda."

Ayleen tog några kliv framåt och tittade in i garaget. Det var tydligt att det inte användes för något fordon i första hand. Utrymmet hade nästan fyllts till bristningsgränsen med prylar av olika slag. Säckar, kartonger, hyllor, tavlor, vagnar och skor. Hon blinkade till. Alldeles för mycket information att ta in på en gång, tänkte hon och vände sig om mot Uno.

"Vi förstår att folk brukar lämna in saker hos er som ni sedan säljer i butiken?"

"Ja, det stämmer. Det är grunden för hela verksamheten, människors vilja att hjälpa till." log han och såg på Ayleen.

Först nu såg hon den lilla tunna mustaschen under näsan.

"Vi undrar om du eller någon annan här känner till Sten och Eva Abrahamsson?"

Mannen höjde ena ögonbrynet.

"Jag känner nog inte till dem, nej."

Uno nickade.

"Har du hört någon annan här som pratat om dem någon gång?"

Mannen skakade på huvudet. Plötsligt började det skramla till bakom Ayleen och hon stelnade för ett kort ögonblick.

"Sa ni Abrahamsson?" frågade en medelålders kvinna i pagefrisyr.

"Va?"

Uno såg frågande på kvinnan.

"Ja, Abrahamsson."

"Precis, Sten och Eva Abrahamsson. Vet du vilka de är?"

Kvinnan skruvade lite på sig där hon stod i högen av prylar.

"Nej, men jag var här när de lämnade en kartong med saker för ett tag sedan."

Hon började le smått. "I kartongen fanns en tavla med en jättefin ram som jag uppmärksammade då."

Hon såg ner på sina skor och skrapade i betonggolvet. "Vi brukar inte ta saker själva, eller köpa menade jag, men den var så fin.

"Är du säker på att det var paret Abrahamsson som

lämnade just den kartongen?”

Kvinnan nickade hastigt.

”Jadå. Jag hade varit på en föreläsning om judarnas historia dagen innan och då pratade föreläsaren om Abraham och Sara och allt det där, så därför la jag det på minnet av någon anledning.”

Hon fortsatte le. ”Det passade så bra på något sätt.”

Uno gick fram till kvinnan.

”Har ni kvar kartongen?”

”Ja, självklart.” sa mannen. ”Vi sparar alla kartonger, det är bra för att packa nya saker i.”

Uno tittade snett upp i taket.

”Ja, jag menar om ni har kvar innehållet också?”

Kvinnan funderade.

”Jag tror det, här inne. Kom.”

Ayleen följde efter kvinnan genom havet av saker och in i en liten korridor. Kvinnan gick in genom en dörr på andra sidan och Ayleen stack in huvudet. Runt hela rummet stod bänkar med saker på och i mitten stod ytterligare en bänk, som var tom. Kvinnan rotade runt bland kartonger och påsar och lyfte till slut upp en kartong på bänken i mitten.

”Den här är det, se jag har till och med sparat tavlan.”

Hon log lite generat. Ayleen lutade sig över kartongen och såg ner i den. Hon tog tag i kartongen och hällde ut innehållet på bänken. Hon hörde hur Uno klampade in i rummet med bestämda steg.

”Jaha, vad har vi här då?”

”Inget speciellt vad det ser ut.”

Ayleen log lite ursäktande mot kvinnan. Men det var

sant. Hon förstod varför Abrahamssons hade dumpat prylarna. Uno började sprida ut sakerna på bänken. Han hummade lite.

”Slitet porslin, kul. Fnasiga smörknivar, kuligare. Lampskärm utan glödlampa, kuligast.”

Han smålog lite mot Ayleen. ”Det verkar vara saker som folk slänger mest. Skit.”

Kvinnan klev fram till bänken.

”Vi får faktiskt in många fina saker.”

”Du menar ramen som du köpte själv?”

Kvinnan såg ner på golvet och skruvade på sig.

”Ja, men inte bara sånt.”

”Har ni kvar den här?”

Kvinnan skakade på huvudet.

”Nej, men tavlan är kvar. Man kan ju sätta en ny ram om man vill, om det är någon som vill köpa den.”

Ayleen synade tavlan. Den var svartvit och något suddig men motivet var tydligt. En ljushårig man med högt hårfäste och runda glasögon tittade avslappnat tillbaka på henne. Han var klädd i kostym med väst och slips. Ayleen böjde sig framåt över bänken. Det såg ut som han hade en brosch eller pinn av något slag. Hon kisade med ögonen. Det såg ut som ett likformigt kors. Uno ställde sig bredvid henne.

”Om du böjer dig lite längre ner så kanske han kysser tillbaka.” flinade Uno.

”Kul, kul.”

Ayleen log sitt mest sarkastiska leende. ”Vet du vem han är?” frågade hon.

Uno rynkade pannan och böjde sig en aning framåt.

”Nja, det skulle kunna vara han, du vet.” han började

knäppa med fingrarna.

"Han som basade över Auschwitz."

"Himmler?"

"Ja, precis."

Uno slog ihop händerna och en klapp ekade i det lilla rummet. Ayleen vred huvudet på sned.

"Hade inte han en liknande mustasch som Hitler?" frågade hon mumlande.

Uno slog ut med armarna.

"Han kanske inte hade mustasch hela jävla tiden, eller hur?"

Ayleen höjde ena handen avvärjande.

"Okej, men är det inte lite...okontroversiellt att ha en tavla på Himmler hemma?"

Uno suckade.

"Det kanske var just därför de valde att ge bort den!"

"Okej, okej. Du behöver inte brusa upp."

Uno lugnade sig.

"Jag brusar aldrig upp, jag höjde rösten en liten aning bara."

Han gjorde en charmig grimas och Ayleen kunde inte låta bli att le kort. Hon tog fram sin telefon och höjde den ovanför huvudet.

"Jag ska bara fota grejerna så kan vi gå sedan." sa hon och ställde sig på tå.

"Ja, men då tackar vi för oss." sa Uno och vände sig mot dörren.

Där stod den gamla rynkiga mannen och rynkade på näsan.

"Ska ni inte lämna något?" frågade han och såg på Uno med undrande ögon.

"Jo, självklart."

Han tog fram en liten ketchuppåse i plast ur fickan och gav till mannen.

"Vi hittar ut själva." sa han och trängde sig förbi mannen.

Ayleen följde efter och önskade dem lycka till med verksamheten. Framför henne skramlade det återigen till och hon hörde hur Uno svor.

"De skulle ju fixa den där jävla lampan!" brölade Uno och Ayleen började fnissa.

Hon följde ljuden som Uno gav ifrån sig i mörkret och hamnade bakom honom.

"Alltså, den där jäkla gubben."

Uno tog fram sin telefon och satte igång ficklampan. Han viftade framför sig och tryckte sedan på en knapp intill garageporten. Sakta och ljudligt började den glida uppåt. Uno hukade sig och kröp under porten innan den hunnit ända upp. Ayleen avvaktade och gick sedan efter Uno ut på parkeringen. Han slängde upp bildörren och satte sig bryskt ner i sätet. Ayleen stängde bildörren och vände sig mot Uno.

"Du kanske skulle behöva den där ketchupen nu?" skämtade hon och slog honom lätt på axeln.

Han suckade och försökte lugna sig. Han tog ett djupt andetag och satte på sig skinnhandskarna.

"Jaha, varför åkte vi ens hit?" frågade han och skakade på huvudet.

Ayleen ryckte lite på axlarna.

"För att få en bredare bild av paret Abrahamsson. Och för att eventuellt träffa personer som visste vilka de var."

Hon såg ut genom rutan. "Just här kunde vi ju hittat något speciellt om vi haft tur."

Ayleen fingrade på telefonen i fickan. "Om det nu var Himmler på tavlan så kan ju det vara ett spår att ha i åtanke. Hon såg på Uno. "Att ha en tavla på en känd nazist lär ju inte vara så populärt."

Uno kliade sig i skäggstubben.

"Deras städerska såg ju inte ut att vara svensk, de kanske gjorde sig av med tavlan när hon började jobba där?"

Ayleen vred huvudet åt höger och såg ut genom rutan.

"Jo, så kan det ju vara." mumlade hon.

"Skit samma." sa Uno och såg på klockan bakom ratten. "Vi kanske skulle sticka tillbaka till stationen, eller vad säger du?"

Ayleen nickade. Den gråhårige mannen syntes i ena fönstret. Ayleen skulle precis vinka när persiennerna drogs ner. Hon rös till och plockade upp telefonen.

*Till Sixten: Vi ska ha ett gemensamt möte ikväll på stationen och det skulle nog vara bra om du kunde vara med. Är det okej?*

Hon skickade iväg meddelandet och hoppades att Lenny förstod varför hon ville att Sixten skulle närvara. Konversation mellan ögon var alltid lättast för att undvika missförstånd oavsett vad Sixten egentligen hade för åsikt om det.

—

## 13

Laura tittade på hastighetsmätaren och såg till att pilen inte rörde sig. Hon brukade inte bry sig speciellt mycket om att hålla en exakt hastighet men med tanke på att hon var ute i en form av polisärende var det lika bra att köra så lagligt det gick. Dessutom satt Sixten bredvid henne och höll sig hårt i handtaget i taket. Han var helt klart speciell den mannen. Och då hade hon redan träffat på en del konstiga killar genom åren. Nu var hon visserligen inte så gammal men hon hade en period där hon dejtade en del på nätet. Där vimlade det av skumma typer som hon ganska snart avfärdade vänligt men bestämt. En kille som hon blivit övertygad av att gå på en andra dejt med visade sig ha vänners blod i kapslar i en kyl i källaren. Han hävdade att det var i medicinskt syfte men Laura hade inte för avsikt att bli någon försökskanin som det kunde berättas om i framtida skräckhistorier. I jämförelse med den killen framstod Sixten som mer introvert och annorlunda. Det var väl inget fel med det, det var bara lite svårt att förhålla sig till. Han verkade inte förstå riktigt alla sociala konventioner. Hon vände sig kort mot Sixten och synade honom. Han såg faktiskt rätt bra ut. Hans ansikte utstrålade en karaktär som passade perfekt med hela hans huvudform. Det verkade som han på något sätt var väldigt mån om sitt utseende men hans manchesterkostym fick henne att tveka. Vem har på sig en sådan till vardags? Hon hade också sett ett förstoringsglas i hans ena ficka tidigare och tanken slog henne att han egentligen var ett barn i en vuxen kropp. Som ville leka detektiv efter att ha sett filmer och läst böcker som liten. Men hans CV visade på något helt annat. Han hade fått goda vitsord från utredningar han deltagit i och inom vissa mer privata kretsar var han en välkänd detektiv. Hon sneglade på honom. Det var lite svårt att ta in. Att personen bredvid henne var en framgångsrik utredare. Men det var ju därför hon valt att söka sig till just honom. Förhoppningsvis kunde hon få vara med och visa sig från sin bästa sida och till slut bevisa för hela poliskåren att hon visst var en person att räkna med.

Hennes tankar avbröts av att Sixten tappade greppet om handtaget och hoppade till.

"Måste du köra så ungdomligt?" frågade han och Laura höjde på ögonbrynen.

"Det var ett litet hål i vägen, det har inget med min körning att göra."

Han såg i backspegeln.

"Du kunde ha väjt för hålet." sa han och såg menande på henne.

Hon nickade och log brett.

"Jag ska definitivt undvika hålet på vägen tillbaka."

"Utmärkt. Här ska vi svänga." pekade Sixten och såg ut genom fönstret.

Laura svängde av och såg sig omkring. Vissa kanske valde att bo lite mer glesbefolkat men det gällde fortfarande att ha tur med grannarna. Det verkade Abrahamssons inte ha haft att döma av det första mötet med Samira. Ytterligare en person som framstod som speciell. Hon flinade för sig själv. Samira och Sixten kanske skulle passa bra ihop. Hon körde fram till avspärrningen och parkerade bilen varsamt.

De gick under avspärrningen och vidare upp mot huset. Det hade börjat mörkna och Laura tyckte att det nedsläckta och öde huset påminde om något som var taget ur en skräckfilm. Månens sken som trängde igenom det tunna molntäcket lyste upp delar av huset och skuggorna rörde sig inte på fasaden.

"Vad tycker du om skräckfilmer?" viskade hon svagt och såg på Sixten.

"Jag har aldrig sett någon skräckfilm så jag kan inte kommentera frågan." sa han med en tydlig artikulation.

Laura log brett. På något sätt fick Sixtens närvaro henne att känna sig lugn. Hennes vänner hade utan tvekan försökt skrämma henne och hon hade nog gjort likadant tillbaka. Men med Sixten verkade det inte finnas utrymme för sånt. Det var mer rakt på sak.

Under tystnad gick de vidare upp mot ytterdörren och Laura stoppade nyckeln i låset och vred om. Laura klev in genom dörren före Sixten och såg sig om efter en strömbrytare. Sixten plockade fram en liten ficklampa ur fickan och började lysa in i huset.

"Fan." utbrast Laura och slog med handen hårt på

knappen på väggen.

"Det vore en olycklig slump om deras elavtal precis upphört." sa Sixten och fortsatte lysa med ficklampan. "Eller så finns det en annan förklaring."

"Men du undrar inte varför lyset inte fungerar?" frågade Laura och försökte dölja sin irritation.

"Inte just nu, det räcker med att jag vet ATT det inte fungerar."

"Har du någon mer ficklampa?" frågade Laura och förbannade sig själv för att hon inte fixat den trasiga inbyggda ficklampan på sin mobiltelefon.

Sixten vände sig om och lyste Laura rakt i ansiktet.

"Nej? Varför skulle jag ha det."

Laura skulle precis förklara varför men Sixten avbröt henne. "För att den jag har skulle kunna gå sönder?"

Han nickade mot Laura. "Tack för tipset."

Laura suckade. Hon övervägde för en stund att tala om för honom att den andra ficklampan skulle vara till henne men hon ångrade sig. Hade hon sagt det hade han förmodligen beskyllt henne för att vara ansvarslös som inte hade med en egen ficklampa.

"Varsågod." sa hon istället och började leta efter ett förråd eller liknande.

Det blänkte till åt vänster när ljuset från Sixtens ficklampa for genom vardagsrummet. Laura sträckte ut handen mot handtaget och öppnade dörren. Hon tog ett kliv fram och svepte med handen längs väggen. När hon tryckte på strömbrytaren klickade det till men ljuset uteblev. Hon suckade. Försiktigt började hon röra med fingrarna på de olika hyllplanen hon hade framför sig och till slut grep hon tag i något som kändes som en ficklampa. Hon hade rätt. Hon tryckte in knappen och städskrubben lystes upp i ett starkt sken.

”Förresten Sixten, vad letar vi efter här?”

”Vi letar efter allt som kan ge oss klarhet i vad som har hänt.”

”Men det kan väl vara precis vad som helst?” frågade Laura och började lysa med ficklampan ut i rummet.

”Mmm.” mumlade Sixten.

”Men har inte polisens tekniker redan varit här?”

Sixten vände sig mot Laura.

”Det stämmer, men det verkar förefalla så att andra ögon kan uppfatta andra ting.”

”Det lät bra, vem är det som har sagt det?”

Han satte ficklampan under hakan och lyste upp sitt ansikte.

”Jag sa det, precis nyss.”

Laura log och nickade. Sixten i ett nötskal. Hon tog några kliv in i rummet och vände sig sedan mot Sixten.

”Ska vi dela upp oss kanske, eller vill du ha två par ögon på alla ting?”

Sixten rös till.

”Vi kan väl behålla ögonen i hålorna. Men att dela upp sig lät effektivt.”

Han lyste upp i taket. ”Jag föreslår, alltså fastslår, att jag tar övervåningen med tanke på min erfarenhet av direkta brottsplatser och så tar du undervåningen. På så vis blir skadan inte lika stor om du skulle begå ett misstag.”

Han log nöjt och började gå upp för trappan. Laura såg mot honom med stora ögon. Hon utgick ifrån att han inte menade något illa men hans kommentar var allt annat än snäll. Hon skakade huvudet och gick igenom vardagsrummet till andra sidan och in i ett nytt rum. Hon lät det koncentrerade ljuset passera genom köket och hon började fundera. Ett kök måste väl också betecknas som ett rum. Framförallt om definitionen av rum är någon form av yta. Alla annonser om lägenheter och hus talar ju alltid om antalet rum för att sedan tillägga ett kök. Hennes tankar avbröts av en duns ovanifrån.

"Sixten?"

Inget svar. Hon stack ut huvudet genom den öppna dörren och ropade igen.

"Sixten? Är allt ok?"

"Det beror på vad du menar med allt? Jag har en liten blåsa på insidan av läppen som är väldigt irriterande." ropade Sixten tillbaka.

Återigen lyckades han klä av spänningen. Hon vände om in i köket igen och vidare in i ett nytt rum. Av inredningen att döma var det ett arbetsrum. Ett stort skrivbord prydde den ena väggen och två lägre bokhyllor med diverse pärmar stod på motsatt sida. Hon klev försiktigt in och lyste längs golvet och väggarna. Hon blinkade till när ljuset reflekterades i fönsterrutan rakt framför henne. På skrivbordet vilade ett underlägg av svart läder. Laura bläddrade lite bland papperna. Några fakturor, informationsbrev, kallelse till vårdcentral. Hon fortsatte bläddra. När hon var färdig sköt hon försiktigt ihop papperna och såg då att skrivbordsunderlägget var upphöjd på den högra sidan. Hon tog tag i kanten och lyfte upp underlägget. Ett anteckningsblock. Några ord utan begripligt sammanhang var skrivna till vänster i en kolumn. Hon ögnade igenom sidan. I kolumnen till höger stod några andra ord.

"Kan kanske komma." mumlade hon för sig själv. "Kommer kunna komma."

Hon kisade och bläddrade i blocket. Liknande ord syntes på sida efter sida. Hon tog upp anteckningsblocket och stoppade det i bakfickan. Hon granskade skrivbordet igen. Ingen dator eller läsplatta. Hon bet sig lite i läppen. Teknikern kanske hade tagit den med sig. Det skulle hon nog själv ha gjort. Men på Sixten verkade det som teknikern inte hunnit gå igenom allt än. Hon slogs plötsligt av tanken om hon hade handskar på sig eller inte. Det hade hon. Det borde Sixten ha talat om för henne även om det egentligen var självklart. När hon var klar fortsatte hon tillbaka ut i vardagsrummet och såg Sixten stå högst upp ovanför trappan. Hon funderade kort och rynkade pannan.

"Ska vi fota något här eller har teknikerna redan gjort det tror du?" frågade hon och såg upp på Sixten.

"Amelia har garanterat fotograferat men det är föga troligt att hon fotograferat alla utrymmen i huset."

"Ska vi inte göra det då?"

Sixten log självsäkert och såg in i Lauras ögon.

"Jag har ett selektivt eidetiskt minne."

Laura höjde på ögonbrynen.

"Och på svenska betyder det?"

"Det är svenska." konstaterade Sixten och såg frågande på Laura.

Hon suckade.

"Vad betyder det?"

Sixten höjde pekfingret.

"Det betyder att jag kan lagra synintryck i minnet

vilket gör att minnesbilden blir så intensiv att återgivandet av till exempel en plats blir nästintill hundra procent korrekt.”

Laura nickade osäkert.

”Så vi behöver alltså inte fotografera något.”

”Precis, bra där.” log Sixten. ”Men uppgiften har precis blivit att överlämna paret Abrahamssons fotoalbum till polisen.”

”Jaha? Varför då?” frågade Laura förvånat.

”Ayleen meddelade mig precis om att albumen behövs i utredningen.” svarade Sixten myndigt.

Laura såg sig omkring och lät ljuset från ficklampan svepa över rummet. Hade hon själv ägt fotoalbum hade hon nog förvarat dessa i en bokhylla av något slag.

”Albumen kanske står i någon bokhylla eller så?” ropade hon högt.

”Svar ja, jag har redan lokaliserat dem.”

Laura klev upp för trappan och in i salongen och mötte där en nöjd Sixten.

”Här.” pekade han. ”Det är totalt sex stycken album och för att det ska bli rättvist föreslår jag att vi tar tre stycken var.”

Laura drog på munnen och nickade. Hon gick fram till bokhyllan och sköt ut den understa lådan hela vägen. Det knarrade i lådan när hon lyfte upp albumen och Sixten sträckte ut båda händerna samtidigt som Laura staplade några album i hans famn.

”Bra, jag har rekat övervåningen och jag tycker att vi tar med oss dessa till mötet på stationen och fortsätter samla information där.”

”Okej, men får vi vara med på deras genomgång?”

undrade Laura och såg på Sixten.

"Självfallet, vår uppgift är densamma som deras och för att nå ett framgångsrikt resultat krävs enig samverkan."

Han vände sig om och började gå ner för trappan och Laura följde efter. Plötsligt knakade det till bakom henne och när hon vände sig om for en mörkt gestalt rakt mot henne. Hon snubblade på trappsteget och föll bakåt. Instinktivt släppte hon albumen från famnen och sökte med händerna efter trappräcket. Hon släppte ficklampan och fick tag med högerhanden men i samma veva sprang gestalten förbi henne och knuffade henne åt sidan. Hon stötte in i väggen och en tavla föll ner från väggen.

"Sixten!" ropade hon och Sixten vände sig om.

Den mörka figuren tryckte till honom i bröstet och han föll över en stol ner på marken.

"Stanna!" ropade Laura högt samtidigt som hon reste sig upp och sprang ner för trappan.

En svart silhuett stod framför ytterdörren och Laura kunde inte avgöra om personen stod vänd bort eller mot henne.

"Det här är en brottsplats och du får inte vara här." sa hon med darr på rösten.

Personen svarade inte.

"Vem är du?" frågade hon försiktigt.

Hon hörde ett djupt andetag och personen tog ett steg mot henne. Laura ryggade tillbaka och höll upp händerna framför sig.

"Jag är Natthöken." väste en röst och innan Laura hann reagera kastades hon bakåt av en hård spark i bröstet.

Hon stönade till och slog huvudet i bordskanten. Det svartnade framför hennes ögon en kort stund och när hon återfick medvetandet var mannen borta.

”Hur gick det?” frågade en annan röst och Laura såg upp på Sixten.

Hon tog sig för bakhuvudet.

”Det är okej, jag tror inte jag blöder.”

Sixten nickade koncentrerat.

”Kom.”

Han tog tag i hennes arm och hjälpte henne upp på benen.

Hon kände hur omgivningen snurrade en aning, trots att det var svårt att se i mörkret. Sixten plockade upp samtliga album och ställde sig intill Laura.

”Går det bra eller behöver du stöd?”

”Det är okej.”

De gick försiktigt mot ytterdörren och upptäckte att den stod på glänt. Båda stannade samtidigt. Tänk om han var kvar där ute.

”Det är tveksamt om personen står där ute med tanke på dennes iver att lämna huset.” sa Sixten och Laura hörde att det fanns en antydan till osäkerhet i hans röst.

”Vi kan ju ändå inte stanna här inne.” menade Laura och började gå framåt igen.

Sixten sköt upp dörren med foten och gångjärnen gnisslade till.

”Kom, vi skyndar oss.”

Han ställde sig framför huset och såg sig omkring medan Laura stängde och låste dörren.

”Vad sa han till dig?” frågade Sixten och fortsatte se

sig runt.

Laura såg upp på den mörka himlen.

”'Jag är Natthöken.'”

## 14

———

I skydd av mörkret dolde mannen sin skepnad i bland träden. Han kikade fram och såg två personer lämna huset. Det var nära ögat. Fast ändå inte. Han tvivlade aldrig på sin egen förmåga att lösa uppgifterna han blivit tilldelad. Även om det ibland behövde tas till lite våld. Det var inget han sökte sig till eller brukade i onödan. Samtidigt tvekade han aldrig när nöden krävde det. Likgiltighet förklarade hans innersta känslor inför utövande av våld. Det var det som gjorde att han passade utmärkt för rollen han blivit given. Han avvaktade intill gränsområdet mellan skogen och husets tomt tills personerna åkt iväg. Sixten Salomonsson visste han mycket väl vem det var. Men tjejen han hade med sig var för honom okänd. Laura någonting. Det gjorde detsamma. Ordern var utförd med lyckat resultat. Det var det viktigaste. Anledningen till att han besökte huset ikväll var högst personlig. Han fingrade på fotografiet i fickan. Polisen hade redan varit där och undersökt platsen men det var föga troligt att man sökt igenom alla skrymslen. Det uppenbara hade han redan gjort sig av med, det var först senare han kommit på att det fanns ett fotografi som inte var menat för polisens ögon. Men nu kunde han andas ut. Natthöken vandrade genom skogen och ut på rastplatsen där bilen stod parkerad. Han tittade på klockan. Han hade tidigare under dagen varit på ett oannonserat möte och nu var det dags för ett till. Han var inte förvånad över det hektiska arbetet som låg framför och såg fram emot utvecklingen som skulle ske. Han satte sig i bilen och stängde dörren försiktigt. Utan att slå på stråklastarna smög han ut från rastplatsen och in på vägen.

Det kejserliga Palatset låg med avsikt på en ödslig plats. Det var få som visste dess geografiska position. Och om alla höll sig till reglementet skulle det förbi så. Byggnaden var bred och hög. Trots den väderbitna fasaden höll det måttet. Vissa tyckte att man skulle rusta upp det yttre för att visa på dess glans och betydelsefullhet. Andra menade att det var insidan som räknades och även om det fanns resurser hade man lagt frågan om utsidan på is. Insidan var dock av större vikt. Det var där alla skulle bli inspirerade.

Han stod kvar en stund i månens sken innan han närmade sig huset. Den svarta rocken fladdrade när han med långa kliv tog sig fram till porten. Den här gången kunde han vara först. Natthöken kände på låset och konstaterade att så var fallet. Han tog fram den stora rostiga nyckeln, vred om låset och gick leendes in i mörkret. Det här var fördelen med att vara först. Under normala omständigheter var det den empiriska Klextern som var först på plats och även om de brinnande facklorna hade sitt syfte föredrog han mörkret. Vid detta möte var dock inte Klextern nödvändig, inte än. Det var bara den innersta kretsen i Klonciliet som skulle samlas ikväll. Natthöken fortsatte in i mörkret och vidare till det inre rummet. Mörkret var fortfarande totalt men det störde honom inte det minsta. Han klev runt den fasta eldplatsen i mitten och fram till altaret längst bak. Han la händerna på det kalla stenblocket och stillade sig en stund. Altaret hade aldrig varit en offerplats, det var mer ett symboliskt bord som motiverade vördnaden och dyrkan. Han såg upp i mörkret och påminde sig om avsaknaden av ljus. Ljuset skulle komma tillbaka. Inte bara i Palatset utan främst utanför väggarna. Det sprakade till bakom honom och han vände sig om i bibehållen stillhet. Den empiriska Trollkarlen steg in i rummet tätt följd av ytterligare fyra personer, alla klädda i vitt. Den empiriska Klaliffen slängde ner sin fackla i mitten av rummet och en större eld blossade upp. Samtliga följdes åt fram till altaret och de fyra kvarvarande facklorna placerades i hörnen på det stora stenblocket.

"Jag är återigen tacksam över att ni alla är här. Men som ni förstår måste vi vara flexibla i det här skedet."

Samtliga nickade. "Anledningen till det här mötet bär jag på mig."

Trollkarlen lyfte upp ett kompendium på altaret. "Det här har kommit till mig från högre instans, ni förstår vad jag menar?"

Fler nickningar. Natthöken harklade sig.

"Vad innehåller det?"

"Det är ett nytt manifest."

Personerna runt altaret såg på varandra. "Som inre kärna i Klonciliet är det vår uppgift att lyfta fram detta som något ofrånkomligt."

Återigen tog Natthöken till orda.

"Vad innehåller det mer exakt?"

Trollkarlen slog upp kompendiet och placerade varsamt handen över båda sidorna.

"Det innehåller en ny form av utförande och ordning. Det är dags att vi tar vår uppgift på fullaste allvar."

Den empiriska Klonseln höjde handen.

"Är det något som är av intresse för mig?"

Trollkarlen nickade.

"Våra nya metoder kräver ett större ansvar för dig, det stämmer."

Klonseln mumlade något ohörbart. "Även ni två kommer vara tvungna att sätta er in i det nya manifestet."

Den empiriska Klokarden och Kludden såg på varandra och nickade. "Det går inte att nog förtydliga hur viktigt detta är för vår framtid. Vi vet alla att olika åsikter har slagit rot hos oss, även i Klonciliet. Det är just därför vår uppgift är av största vikt."

Trollkarlen lät blicken vandra mellan personerna runt altaret. "Vi måste se till att vi alla går i samma riktning."

"Något nytt om bränderna?" frågade den empiriska Klaliffen.

"Än så länge har mina tjänster inte behövts, inga gripanden." svarade Klonseln.

"Vad jag vet så är allt under kontroll. Vi väntar på vidare information om lokaler." sa Natthöken kort.

Trollkarlen hostade till av röken och lutade sig framåt.

"Det här nya manifestet medför att vi än mer måste vara överens om vem som ska utses av Stordrakarna för den värdiga uppgiften. Det måste vara någon som kan stå för den nya ordningen. Ett sådant viktigt val kräver att vi noga överväger vem som är mest lämpad, och vi måste vara överens för att vår vilja ska gå igenom."

Det blev tyst och sprakandet av flammorna tog över för en kort stund. Trollkarlen rätade på ryggen.

"Eftersom det är strängt förbjudet att kopiera manifestet föreslår jag en sammanfattande genomgång här och nu."

Samtliga nickade och böjde sig nyfiket över altaret.

**15**

———

Långsamt och smygandes vandrade Felix och Billy längs skogskanten. Trots den sena timmen var det förvånansvärt få hundägare ute och Felix kände hur adrenalinet började bubbla upp inombords. Av någon anledning hade han fått för sig att människor med husdjur som krävde rastning alltid gick en sista runda innan det var dags att lägga sig. Det här bostadsområdet kanske bara hade få hundägare. Han tog några djupa kalla andetag och armbågade Billy i sidan.

"Aj, vad gör du?" frågade Billy uppgivet.

Felix suckade irriterat.

"Äsch, lägg av. Jävla mes. Kom igen nu."

Han puttade till Billy igen och hukade sig ner. Tillsammans smög de sig närmare målet och när de kommit fram till en lövbetäckt buske höjde Felix en knuten hand i luften. Billy stannade snett bakom honom.

"Är det här?"

"Mm." mumlade Felix och synade huset på andra sidan buskaget.

"Jävlar." viskade Billy. "Om de bor såhär fint fattar jag varför man säger att de tar våra pengar." fortsatte Billy och såg imponerat på byggnaden framför.

Ett tre våningar stort flerfamiljshus bredde ut sig några meter framför killarna och mörkret på insidan fick det att se obebott ut. Billy följde slaviskt Felix pekfinger som for över fasaden och slutligen stannade framför ett stort fönster på första våningen.

"Där." pekade Felix. "Det blir skitbra."

Trots att det inte var första gången blev han lite nervös. Det var något med stundens allvar som alltid slog honom hårdare än han var beredd på. Han hade aldrig misslyckats och uppdragsgivaren hade alltid varit tydlig med att man litade på honom. Att Billy fick följa med handlade mest om ett motvilligt involverade. Han ville inte erkänna det för sig själv, men han behövde Billy. Varför, hade han funderat över många gånger men trots det han hade aldrig riktigt kommit fram till en rättvis slutsats. Varför han antog uppdragen var han däremot mycket mer klar över. Det var hans dröm. Barnsligt kanske men ändå något som var verklighet för honom. Han hade tröttnat på att vara ensam och att inte få bidra med något. Något som faktiskt betydde något. Det här skulle ge honom den möjligheten och förhoppningsvis uppfylla hans drömmar.

"Fram med grejerna." viskade Felix och Billy tog av sig ryggsäcken och ställde den framför Felix.

"Hur ska vi göra då?" frågade Billy osäkert.

Felix kunde knappt tro det han hörde. Att folk hade problem att minnas saker det kunde han ibland förstå men Billys minne var något extra.

”Vi gör precis som förra gången.” sa Felix så tydligt han kunde och gjorde en kraftig ansträngning för att inte hugga Billy i nacken med sidan av handen.

Billy nickade och tog fram två glasflaskor fyllda till hälften med en transparent vätska.

”Här.” sa han och gav dem till Felix.

Han tog emot flaskorna och med ett stadigt tag tryckte han ner dem i gräset.

”Vi trycker i dukarna först, va?” frågade Billy.

Felix suckade och nickade. Hur svårt kan det vara, tänkte han och synade sin kompanjon. Billy tryckte ner en vit duk i var och en av flaskhalsarna och tog upp den ena flaskan från gräset.

”Bra, är du beredd?” frågade Felix och såg allvarligt på Billy.

Han nickade kort och vände sig om mot huset. ”Först jag, sedan du.”

Felix plockade fram en helsvart tändare ur jackfickan och höll fram glasflaskan med duken hängandes ner för ena sidan. I en nästan mekanisk rörelse tryckte han till på sidan av gnisthjulet och en låga tändes framför honom. En kort sekund förundrades han över hur ljuset for upp från intet och han följde lågan med blicken fram till den hängande vita duken. Han placerade lågan under och såg hur elden varsamt började spridas. I en nästintill nonchalant rörelse tände han därefter Billys duk och med bestämda steg klev han runt busken och ställde sig framför det utpekade fönstret. Han vred kroppen åt höger för att ta sats innan han lät den eldbeklädda flaskan slungas rakt in genom fönstret. Inom loppet av en sekund krossades glaset i fönstret och en explosion av

värme och splitter for in i huset. Felix ryggade tillbaka
och var nära att snubbla när Billy kom farandes mot ho-
nom. Felix kastade sig åt sidan ner på gräset för att und-
vika Billys frammarsch och såg i ögonvrån hur ett ansik-
te passerade i fönstret intill det som nyss krossats. När
han vred sig om såg han hur Billy ändrat riktning mot
det andra fönstret och innan han hann reagera for den
brinnande flaskan rakt mot en skrikande flicka som höj-
de båda händerna mot fönsterrutan i en skyddande gest.
Felix vände ansiktet mot gräset och hörde ytterligare en
explosion. Mitt i det brinnande kaoset hörde han en il-
ande ljus ton. Flickans skrik pressade sig in i hans öron
och instinktivt kastade han sig upp och rusade igenom
buskarna och tillbaka in i skogen. När han vände sig om
såg han att Billy fortfarande stod framför huset. Lång-
samt sträckte Billy ut armarna åt sidan och lutade huvu-
det bakåt, en syn som fick Felix att tappa andan.

## 16

Sixten Salomonsson klev in i köket på polisstationen och satte sig ner vid bordet. Det var smart att ha ett stort bord istället för flera små. Det främjade gemenskap och motverkade utanförskap. Mitt på bordet låg en rödvit duk med en kakburk ovanpå. Två stearinljus stod på varsin sida om burken. Han fingrade på duken. Den såg hemmagjord ut. Hade Ayleen tillverkat den? Egentligen var han inte speciellt intresserad av att sätta sig in i andra personers sysselsättningar. Det var kunskap han kunde vara utan. Men grunden för att bygga en relation, om det var nödvändigt, var tydligen att visa engagemang för andras privatliv. Det var något han var tvungen att fundera på. Hans tankar avbröts av att Laura drog ut stolen intill hans. Det gnisslade och skrapade mot golvet.

"Det här var ju mysigt." konstaterade hon.

Sixten nickade men förstod inte riktigt vad hon menade. "Man kanske skulle tända ljusen?"

Hon reste sig upp och gick fram till diskbänken. Sixten kollade på klockan och såg mot den stängda dörren på andra sidan. En stängd kontorsdörr brukade betyda att personen på andra sidan var upptagen eller frånvarande. Laura sköt igen en kökslucka och lutade sig fram över bordet alldeles intill Sixten. En väldoft av vanilj letade sig in i hans näsborrar. Han vred på huvudet och tryckte näsan mot hennes tröja. Definitivt vanilj.

"Vad gör du?" frågade hon skärrat och rätade på sig.

"Jag luktar på din tröja."

"Okej?"

"Det luktar vanilj."

Laura såg förvirrad ut. Hon flyttade sig två steg från Sixten, tände stearinljusen på bordet och vände sig mot honom.

"Det är min parfym. Thierry Mugler Angel."

Sixten såg på henne med en fundersam blick.

"Vad i namnet har med vanilj att göra?"

"Inget? Men Beyoncé använder Thierry Muglers parfym." log hon.

Sixtens blick övergick från fundersam till förvånad.

"Vem är denna Beyoncé då?"

Laura suckade.

"Det är en kändis, en musikartist."

"Och du vill dofta som denna artist?"

Laura nickade. Sixten såg upp i taket en kort stund. Intressant. Men han kunde inte undgå att se likheten med sin egen fascination för Sherlock Holmes. Även om det var lite mer självklart att vilja efterlikna honom. Det var väl något som låg i människans natur. Önskan att bli någon annan eller åtminstone imitera en idoliserad person var något som genomsyrade hela samhället. Men till sitt försvar ville han själv inte bli Mr Holmes utan bara

120

inspireras av honom för att sedan kunna bli en ännu bättre detektiv. Han stoppade handen i fickan och pillade på förstoringsglaset.

"Jaha, nu är Kalle Blomkvist här och ska rädda världen."

Uno klev in i rummet och gick runt bordet. Sixten såg på honom med undrande ögon. Laura sträckte ut handen mot Uno.

"Hej, Laura."

Unos föraktande uttryck försvann. Istället såg han på henne med mild blick.

"Hej hej, Uno heter jag."

"Jag jobbar med Sixten."

Uno nickade utan att flytta blicken från Laura.

"Ja, och jag heter ju Sixten. Kalle Blomkvist är en fiktiv person som bland annat spelas av Malte Forsberg, och ingen av dem är här."

Uno hånlog mot Sixten och satte sig ner.

"Just det, Sixten var det visst. Jag har så svårt att se skillnad på er mästerdetektiver."

Sixten anade en antydan till sarkasm men var inte säker. Det skulle kunnat uppfattas som en komplimang.

"Tack." sa han till slut efter en kort stunds överläggande.

Uno lutade sig fram mot Laura.

"Du vet att du inte måste jobba med honom, va?"

Han blinkade mot henne och rätade på sig igen. Laura log osäkert.

"Det är trevligt att jobba med Sixten, han är väldigt kompetent."

Hon vände sig mot honom. Det där var absolut en

komplimang.

"Tack så mycket."

Han sken upp och öppnade den bruna kavajen.

"Snygg kostym förresten." sa Uno och flinade mot Sixten.

"Jag tackar. Det är en skräddarsydd manchesterkostym tillverkad i just Manchester."

Uno skrattade till och sneglade mot Laura.

Dörren bakom Uno öppnades plötsligt och Lenny och Amelia klev in. Lenny bockade och vinkade mot Sixten och Laura.

"Hej Sixten, kul att se dig igen."

Sixten nickade. "Och du måste vara Laura?"

Laura höjde högerhanden.

"Japp, det måste jag." log hon.

"Då väntar vi bara på Ayleen, kommer hon snart?" frågade han och såg på Uno.

"Hon skulle bara på toa."

Lenny nickade samtidigt som Vera klev in i köket. Lenny bet ihop tänderna.

"Jag hämtar tavlan." sa hon och log brett.

Sixten följde henne med blicken. Vera var ny för honom. Ytterligare en person som skulle få plats i rummet. Han såg sig om. Med dörrarna öppna skulle syret inte ta slut i alla fall. Han tog ett djupt andetag. Han var egentligen inte klaustrofobisk, det var bara en känslomässig störning, men att syret kunde ta slut var fakta. Vera rullade ut en ställning med en whiteboardtavla på.

"Ursäkta, men min blåsa är visst lite liten." flinade Ayleen och satte sig bredvid Sixten.

"Bra, då är vi alla samlade. Det här är alltså Sixten

och Laura som hjälper till med utredningen."

Lenny pekade. "Jag heter Lenny och är chefen här. Amelia är vår tekniker och Uno och Ayleen arbetar ute på fältet. Vera här är vår administrativa hjältinna och håller ordning här på stationen."

Han blinkade mot henne med ena ögat.

"Då så, Vera har hjälpt mig att försöka strukturera upp informationen så vi kan väl ta en sak i taget."

Han vände sig mot Amelia. "Något nytt från själva brottsplatsen?"

Hon plockade fram en mapp och öppnade den på bordet.

"Om vi börjar med Sten. Så länge kulan sitter kvar i väggen kan vi inte identifiera något mordvapen, men av ingångshålet att döma rör det sig om en kula av modell mindre. Och ja, jag borde självklart ha plockat ut kulan."

Hon ignorerade Unos skakande huvud och bläddrade bland papprena.

"Om mordet var planerat eller inte är svårt att säga. Det fanns inga fingeravtryck på glaset på bordet, vilket tyder på att mördaren haft handskar av något slag."

Ayleen lutade sig framåt och avbröt Amelia.

"Om det hade varit Evas glas borde det alltså funnits fingeravtryck?"

Amelia nickade.

"Om hon inte hade handskar på sig." menade Sixten.

"Menar du att det var Eva som mördade Sten?" frågade Uno och skakade lätt på huvudet.

Sixten suckade.

"Jag menar att det skulle kunna vara Evas glas trots

allt."

Lenny höjde händerna och vände sig mot tavlan.

"Det är i alla fall troligt att det andra glaset tillhörde mördaren. Och eftersom Stens fingeravtryck saknas på det tyder det på att mördaren själv tog fram glaset ur skåpet."

Amelia nickade.

"Vi har inte hittat några skoavtryck eller liknande heller. Vi återkommer till närmiljön senare."

Hon fortsatte bläddra i papprena.

"Eva då. Hon har avlidit till följd av strypning. Hon har fått ett slag mot huvudet med något föremål som inte kan vara händer eller fötter. Något mer trubbigt. Det låg ett fotostativ intill kroppen som skulle kunna ha åsamkat skadan men Dollberg har inte kunnat matcha det än så vi får se vad det ger. "

Laura lutade sig framåt på stolen.

"Kan man fixa fingeravtryck från halsen på något sätt?"

Amelia bet sig i läppen.

"Det finns metoder för det men chansen att lyckas är ungefär 1 procent, men vi ska självklart testa. Däremot meddelade Dollberg att det är troligt att mördaren är vänsterhänt."

Samtliga i rummet såg undrande på henne. "Avtrycken på halsen." fortsatte Amelia. "Det framgick tydligt vid den okulära undersökningen att mördarens vänstertumme var placerad ovanför den högra."

"Och eftersom invanda beteenden, som till exempel höger- och vänsterhänthet, sker per automatik är det troligt att mördaren är vänsterhänt?"

Amelia nickade och såg imponerat på Sixten.

"Jaja, den där eventuella sperman på pannan då?" undrade Uno.

"Det visade sig vara en droppe från en tår.

"En tår?"

Uno såg frågande ut.

"Exakt. Det går inte att identifiera någon utifrån tårar men det är föga troligt att det är Evas med tanke på placeringen.

"Så det betyder att någon har gråtit över Eva vid själva strypningen?" fortsatte Uno och kliade sig på kinden.

Amelia nickade lite. Sixten harklade sig.

"Det skulle kunna betyda att mördaren kände offret om det handlar om ett känslomässigt utsöndrande av tårar. Men det kan också betyda att det helt enkelt var ansträngande att utföra handlingen."

Uno suckade.

"Det skulle kunna betyda en himla massa. Men förmodligen kände mördaren både Sten och Eva och att det är därför han har gråtit."

"Eller hon." sa Sixten lågt.

Uno himlade med ögonen.

"Statistiken säger att en klar majoritet av alla mördare är män och framför allt när det gäller strypning av kvinnor."

"Det är klart det kan vara en kvinna." viskade Ayleen och log mot Sixten.

Han såg på Uno en kort stund. Uno hade rätt i statistiken. De flesta gärningsmän som begått våldsbrott var män. Men att därför utgå ifrån att det alltid var en man var dumdristigt. Bevisligen begick även kvinnor våldsbrott. Han log för sig själv och sneglade mot Uno. Men vissa var så ivriga att lösa brott att de helt enkelt struntade i att fokusera på alla möjligheter.

"Något mer där?" frågade Lenny och knäckte ena tummen.

"Inget hudavskrap under naglarna på någon av offren." fortsatte Ameila.

"Kan Eva ha fått ett slag mot huvudet först och sedan tuppat av innan strypningen då?" undrade Laura försiktigt.

Amelia ryckte på axlarna.

"Det kan ha gått till så. I stugan såg det ut att vara ordning och inga direkta tecken på bråk eller liknande, förutom fotostativet intill kroppen då."

"Har ni hittat något i närheten, bortsett från stativet, som skulle kunna ha orsakat slaget mot huvudet?" frågade Ayleen och såg mot Amelia.

Hon skakade på huvudet. Uno suckade.

"Hon sa ju förut att det måste ha varit något trubbigt, hade hon varit säker på vad hade hon ju sagt det."

Lenny harklade sig och såg mot Uno med en menande blick.

"Tack, Amelia. Vill du fortsätta med närmiljön och huset?"

Hon log och bläddrade vidare i mappen på bordet.

"Är det någon som vill ha kaffe eller te?" frågade Vera och ställde sig intill tavlan.

"Men va fan! Ska vi inte fokusera lite här nu?!" röt Uno och slog ena näven i bordet.

"Jag tar gärna lite te." log Laura.

"Kaffe, tack." sa Ayleen.

Uno knäppte fingrarna i något som liknade en bön. För en gångs skull förstod Sixten frustrationen hos Uno. Sällskapande gemenskap var visserligen inget fel i sig men just nu borde fokus ligga på utredningen.

"Jag håller med Uno." sa han högt.

"Va?"

Uno grimaserade.

"Mjölk?" frågade Vera och såg på Ayleen.

Hon skakade på huvudet.

"Något mer från huset?" frågade Uno med hög röst och försökte överrösta sorlet i det lilla rummet.

Amelia nickade och log lite. När Vera serverat kaffet och teet fortsatte Amelia.

"Det finns inga skoavtryck i närheten och inga däckspår så gärningsmannen måste ha varit försiktig. Kanske har han eller hon till och med tagit av sig skorna."

Hon såg på Sixten och blinkade kort. Genast lutade han sig mot Laura.

"Vad betyder det om någon blinkar mot mig?"

Laura rynkade pannan.

"Om du menar det Amelia gjorde nyss så betyder det nog bara att hon uppmärksammade dig för att du påpekade att mördaren kan vara en kvinna också."

Sixten hummade lite.

"USB-stickan jag hittade fanns i en liten ficka i Evas jacka och den innehåller lite snuskiga bilder så att säga."

Amelia rodnade en aning. "Jag har tittat igenom en del av dem och är man pryd rekommenderar jag att man avstår från att titta."

"Jasså?" flinade Uno. "Var är bilderna?"

Lenny suckade.

"Jag har dem på datorn, vänta."

Hon reste på sig och gick in på Lennys kontor.

"Det här behöver du nog se." skrattade Uno och nickade mot Sixten.

"Ja, det behöver vi väl alla om det är intressant för utredningen." svarade han och såg undrande mot Uno.

"Såklart, men det kanske är lite mer intressant för dig, du kanske lär dig något." flinade han.

Sixten såg förvirrad ut.

"Ja, det beror ju på innehållet."

Han förstod inte riktigt vad Uno menade. Om de tack vare bilderna kommer på något nytt är det klart det är intressant och lärorikt. Han såg på Laura och upptäckte att hon studerade honom.

"Förstår du vad Uno menar?" undrade han.

"Bry dig inte om honom, han verkar inte ha alla hästarna i hagen."

Sixten höjde på ögonbrynen.

"Har Uno hästar? Det visste jag inte."

Laura skrattade till och lite te skvätte upp ur koppen ner på bordet.

"Nej, jag menar att hissen kanske inte går hela vägen upp."

Sixten såg bortkommen ut. Vad pratade hon om. Hästar och hissar. Vad har det med Uno att göra?

"Vad för hästar och hissar pratar du om?"

Laura såg på honom en lång stund.

"Det är ett uttryck. För någon som inte verkar så smart. Har du aldrig hört det förut?"

Sixten skakade på huvudet.

"Nej, eller jag kanske har hört där det om hästarna

men inte riktigt gjort kopplingen."

Laura log lite.

"Nu vet du iallafall vad det betyder."

Sixten tittade ner i bordet. Hästarnas plats är i hagen. Och om inte alla hästarna är i hagen så fattas det någon. Det är inte fulländat. Han mumlade lite för sig själv. En hiss som inte går hela vägen upp är en trasig hiss. Även där saknas det något. Ett tekniskt fel kanske. Han såg vidare på Uno. Hur kan man avgöra om någon är intelligent genom att studera någons yttre?

"Här."

Amelia ställde ner datorn på bordet och vinklade upp skärmen så att alla kunde se.

Samtliga trängdes framför datorn. Uno log brett och knuffade till Sixten med armbågen.

"Undrar du något över det du ser kan du fråga mig."

Sixten nickade.

"Vilka är det på bilderna?" frågade han och såg på Uno.

Han flinade och skakade på huvudet. Amelias ansikte blev rödare. Hon zoomade in bilden och pekade på ett födelsemärke högt upp på kvinnans innerlår.

"Kvinnan är Eva Abrahamsson. Hon har ett likadant födelsemärke just där."

"Mannen då?" frågade Ayleen. "Är det Sten?"

Amelia skakade långsamt på huvudet och klickade vidare till en bild med en naken manskropp.

"Av kroppsbyggnaden att döma är det inte Sten."

"Så Eva hade en affär?" undrade Lenny.

"Det verkar så."

Amelia stängde ner datorskärmen. Laura såg att Sixten var på väg att ställa en fråga och förekom honom.

"En affär i sammanhanget betyder att hon var otrogen."

Sixten nickade osäkert.

"Det kanske var han som körde den där svarta bilen?"

Laura såg ivrigt på Sixten.

"Vadå för svart bil?" undrade Lenny och alla tystnade.

Hon mötte Lennys blick.

"Grannen hade sett en svart bil köra mot Abrahamssons någon gång under dagen."

"Något registreringsnummer?"

Laura skakade på huvudet.

"Men kvinnan påstod att bilen hade en fisk av metall vid backluckan."

Uno hostade till.

"En Jesusfisk?"

"Vad är det?" frågade Amelia och stängde mappen på bordet.

"Det är en Ictus. En symbol som användes av de tidiga kristna och det är fortfarande en symbol vissa kristna använder sig av." sa Sixten och Uno blängde mot honom.

"Det är en Jesusfisk. De första lärjungarna var fiskare och fisken är en klassisk symbol förknippad med kristendomen." konstaterade Uno med kraftfull stämma.

"Bilen kanske tillhör någon i församlingen?" frågade Laura.

"Kanske."

Lenny kliade sig på hakan. "Vi kan höra av oss till

pastorn där, han kanske vet vems bil det är. Eller vilka som skulle kunna ha en sådan."

Alla nickade. Lenny såg på Ayleen och Uno. "Ni pratade ju med honom förut, ni kan ta det."

Uno himlade med ögonen och Ayleen stötte till honom med axeln.

"Det var ju så trevligt sist, eller hur?" flinade hon.

"Sa grannen något mer intressant?" frågade Lenny och flyttade blicken mot Sixten och Laura. De såg på varandra.

"Hon hade också sett städerskans bil igår på förmiddagen men annars var det nog inget speciellt."

Laura såg fundersamt på Sixten.

"Louise och Morgan var där på besök ibland och brukade ta bilen, så det verkade inte som de varit där igår."

Lenny nickade.

"På tal om pastorn, hade man något att säga från församlingens håll?"

Ayleen ryckte på axlarna.

"Nej, inte direkt. De hade besökt församlingen i några månader och verkade inte ha speciellt mycket kontakt med medlemmarna där."

"På Second Hand-butiken då? Något där?"

Lenny ställde sig vid tavlan och började skriva.

"Enligt en som arbetar där lämnade Abrahamssons en låda med prylar. Jag tog en bild av sakerna, här."

Ayleen tog fram telefonen och visade fotografiet.

"Varför tittar vi ens på det här?" frågade Uno och satte sig i stolen.

Ayleen log osäkert.

"Jag vet inte, allt kan väl vara av intresse för utredningen?"

Sixten nickade.

"Självfallet. Får jag se?"

Sixten tog upp telefonen och granskade bilden.

"Hmm. Intressant."

"Det tvivlar jag på." sa Uno oengagerat och lutade sig bakåt på stolen.

"Vad är intressant?" frågade Ayleen och ställde sig intill Sixten.

"Att Abrahamssons donerat en tavla med William Joseph Simmons på."

"Menar du Himmler?" frågade Uno.

Sixten suckade.

"Nej, jag menar Simmons."

Ayleen zoomade in bilden och fokuserade på tavlan.

"Vi trodde det var Himmler."

Sixten sträckte på sig.

"Inte en helt orimlig gissning, men mannen på tavlan är definitivt Simmons."

"Jaha, men kan proffset berätta vem Simmons är då?"

Uno lät irriterad.

"William Joseph Simmons var den andra klanens empiriska Trollkarl och ledare."

Uno ställde sig upp medan Ayleen såg undrande på Sixten.

"Klan, som i Ku Klux Klan?" frågade hon.

Sixten nickade.

"Menar du att Abrahamssons skulle ha något med KKK att göra?" frågade Laura och kisade med ögonen medan hon tittade på bilden.

Uno skrockade.

"Ku Klux Klan är en gammal organisation med rötter i USA. Den finns knappt längre, framförallt inte i lilla Sverige."

"Men varför har de haft tavlan då?" fortsatte Laura.

"Är man det minsta intresserad av historia kan man ju ha bilder på vem som helst."

Han suckade trött. "Det behöver ju inte betyda att man delar samma åsikter och så vidare."

"Men att man gjort sig av med tavlan helt sonika kan vara intressant." menade Sixten.

Han vände sig mot Amelia. "Du pratade om att det verkade saknas prylar i hemmet. Saker som lämnat luckor i inredningen?"

Amelia nickade.

"Det var därför vi ville att ni skulle ta med fotoalbumen."

Laura gick bort till dörren och hämtade albumen och släppte ner dem på bordet med en duns.

"Innan vi börjar ägna tid åt specifika saker kan vi väl komma överens om nästa steg?"

Lenny vände sig om från tavlan. Vera räckte plötsligt upp handen.

"Ja?"

"Jo, jag har gått igenom deras samtalslistor och ekonomi om det kan vara av intresse?"

Lenny log och nickade.

"Självklart, vad har du fått fram?"

Vera tog fram några papper hon lagt på diskbänken.

"Samtalslistorna var ganska fattiga. Från två veckor tillbaka har det registrerats nio samtal på Evas telefon och två på Stens. Sju av samtalen på Evas telefon går till hennes dotter Louise och de andra två går till vårdcentralen, inget under lördagen."

Hon tog en paus och bläddrade. "Sten har tagit emot ett samtal från Vattenfall och har själv ringt upp E-on strax därpå."

Vera såg upp från sina papper.

"Det var inte många samtal det."

Uno såg ut att fundera.

"Har du telefonerna här?" frågade Sixten och såg mot Amelia.

Hon nickade kort och gick in på Lennys kontor.

"Var det något särskilt?" frågade hon och räckte över Stens telefon.

Sixten svarade inte utan fokuserade på telefonen. Hans föräldrar hade inte lösenord på sina telefoner och det hade inte Sten heller. Han gick in på meddelanden och såg att det var tomt.

"Visst går det att återskapa raderade meddelanden?"

Amelia nickade.

"Jag har en kontakt som kan hjälpa oss med det."

Sixten klickade vidare på telefonen in på de senaste samtalen. Han hummade och la ner telefonen på bordet. Överst på listan stod Louises namn med röd text.

"Det syns visst inte på listan över registrerade samtal men Sten har fått ett obesvarat samtal från Louise kl 07.42 i morse."

Vera såg ner i papperna igen och nickade kort. Uno suckade till.

"Gamla människor är väl inte alltid så tekniska så det är väl egentligen inte så förvånande att den övergripande kontakten är inom familjen."

Det blev tyst en kort stund innan Lenny vände sig mot Vera igen.

"Deras ekonomi såg stabil ut och inget värt att uppmärksamma enligt mig. Däremot har det förts över en stor summa pengar till en stiftelse för ensamkommande flyktingbarn."

"Hur mycket då?" frågade Laura nyfiket.

Vera böjde sig fram mot henne och pekade. "Jävlar!" ropade hon och tog sig för munnen.

Ayleen log.

"Det är väl tur att det finns godhjärtade människor som inte bara tänker på sig själva."

Lenny nickade och flinade brett.

"Det kanske är något för dig, Uno?"

Han fnös till och sköt stolen ifrån bordet så det gnisslade till. Lenny blinkade mot honom och slog ihop händerna.

"Bra jobbat allihopa. Uno och Ayleen ni kollar med pastorn om den där bilen. Amelia, du kollar igenom fotoalbumen och Laura och Sixten ni kan väl åka hem en stund."

Alla nickade utom Sixten. Varför skulle han åka hem? Han var visserligen underordnad polischefen i lagens mening men som privat utredare hade han väl ett eget ansvar. Det var ju egentligen Louise som var hans arbetsgivare. Han stirrade ner i bordet. Under tidigare utredningar hade han varit fri att göra vad han ville. Fast han hade nog aldrig haft befogenheter som sträckte sig över polisens order. Han var nog tvungen att prata med Louise om detta. Kontraktet var inte påskrivet än. Samtidigt var det onödigt att stöta sig med polisen. Utbytet dem emellan var oftast en nödvändighet för hans eget arbete.

"Kommer du?"

Laura avbröt hans tankar.

"Va? Ja, jag kommer."

"Jag kan köra hem dig om du vill så slipper du ta mopeden?"

Sixten såg på henne.

"Slipper? Det är av egen vilja jag avstår från andra fordon."

Laura log mot honom.

"Okej, men om du vill åka med mig så får du det."

Sixten synade Lauras neutrala ansiktsuttryck. Det hörde inte till vanligheterna att någon erbjöd honom sällskap. Eller ville ha honom som sällskap.

"Varför vill du att jag ska åka med dig?" frågade han nyfiket.

"Vill och vill, jag är snäll och erbjuder dig skjuts. Men om du inte är intresserad av mitt erbjudande kan du avböja."

Hon flinade mot honom. Sixten nickade kort.

"Erbjudandet är antaget."

Han sträckte fram handen mot Laura. Hon skrattade till och skakade hans hand.


Laura stannade bilen intill trottoarkanten och såg ut genom rutan.

"Bor du här?"

Sixten nickade frånvarande och öppnade bildörren.

"Vi får återuppta kontakten under morgondagen. Jag hör av mig."

Han gick ur bilen och stängde bildörren efter sig. Laura knäppte upp säkerhetsbältet och gick ur bilen.

"Ska du inte ha din moped?" frågade hon och började gå mot flaket.

Sixten stannade och vände sig om.

"Erbjuder du mig inte skjuts imorgon också?"

Han såg förvånat på henne. Laura fick ett liknande ansiktsuttryck.

"Jo, visst. Men du kanske vill ha mopeden här hemma?"

Sixten ryckte på axlarna.

"Det låter vettigt, jag kan ju inte meddela dig varje gång jag behöver skjuts någonstans."

Laura flinade och släpade ner mopeden från flaket.

"Vi hörs imorgon då." sa hon och satte sig i bilen igen.

Hon vinkade hastigt innan hon körde iväg igen. Det hade varit en intressant dag. Hon hade fått vara med på riktigt, precis som hon ville. Visserligen hade hon väntat sig lite mer action men verkligheten skiljde sig såklart från filmens värld. I sina fantasier hade hennes partner dessutom varit raka motsatsen till Sixten. Hon kom på sig själv att le och tittade upp i backspegeln i taket. Hennes ögon glimmade. Hon rynkade pannan och skakade huvudet. Sixten var inte i närheten av vad hon brukade leta efter hos en kille. Han framstod som introvert och konstig. Samtidigt var det något hos honom som fångade hennes uppmärksamhet. Han såg bra ut, det var hon tvungen att inse. Manchesterkostymen var dock inte vidare klädsam eller snygg men det fick henne att se på honom som en humoristisk person. Även om hans sätt att prata inte visade på samma sak. Att en persons motsats kunde attrahera visste hon men hon hade aldrig upplevt det själv. Inte kunde hon väl vara attraherad av Sixten? Hon hade tidigare bara haft relationer med personer som liknade henne och Sixten var nog helt klart raka motsatsen.

Hon svängde förbi en bensinstation och såg två tjejer hålla varandra i handen medan den ena tankade bilen. Hon log för sig själv. Hon började tänka på Mirjam. Deras relation var väldigt komplicerad. Om det ens var en relation. De var rumskamrater som hjälpte varandra att få utlopp för sina sexuella frustrationer. Att Mirjam haft besök av en kille tidigare bekom henne inte direkt. De visste ju båda vad de hade inlett för något. Även om det lät mycket enklare i början än vad det visade sig vara. Då hade de bara varandra men var överens om att de inte var ett par utan vänner med särskilda förmåner.

Laura körde in på gatan där hon och Mirjam bodde och parkerade intill den stora eken. Hon stängde av bilen och tittade upp mot vardagsrumsfönstret. Det lyste svagt från lamporna på fönsterbrädan. Hon tittade på klockan på telefonen. Den digitala klockan slog precis över till 20.55. Kanske gick det någon bra film på TV? Hon klev ur bilen och smällde igen dörren. Hon andades in den kalla luften och såg hur lite rök svävade ut från hennes mun. Hon suckade till när hon såg en klump med löv som fastnat i vindrutetorkarna nedanför framrutan. Laura böjde sig över motorhuven och började gräva med handen. I ögonvrån såg hon hur en mörkklädd man kom gående på trottoaren. Hon fortsatte gräva efter löven och vred sedan huvudet mot mannen när han passerade. En svag vindpust smekte hennes ansikte och hon vände huvudet i riktning mot mannen. Den största nackdelen med vinterhalvåret var helt klart mörkret. Det gick knappt ens att se någon i ögonen när man möttes. Å andra sidan kunde det ibland vara skönt att förbli anonym i natten. Att slippa bli sedd. Men just nu behövde hon lite närhet. Hon såg upp mot fönstret i lägenheten igen och hoppades på att Mirjam var hemma.

## 17

Vinden susade förbi utanför familjen Salomonssons hus och dörren for igen med en smäll. Sixten huttrade till lite där han stod på mattan. Han tog av sig sin svarta rock och hängde den prydligt på den vinröda trägalgen som var hans. Den var perfekt utformad för hans typ av rock och han behövde inte ens förklara varför den inte fick reserveras för något annat. Han tog några kliv in i hallen och ställde sig framför den avlånga spegeln. Han vred huvudet åt höger och vänster. Såg han intelligent ut? Han tänkte på samtalet han haft på stationen tidigare. Det var väl egentligen viktigare om han lät intelligent. Men om någon dömde honom på förhand utan att ha hunnit tala med honom kanske utseendet ändå var avgörande. Han knäppte upp kavajen och synade sig själv i spegeln.

"Hej, hur har det gått?" frågade Marie och torkade händerna på ett förkläde som hängde runt hennes midja.

"Vi har inte löst fallet, men jag är övertygad om att vi kommer göra det."

Marie log och såg stolt på sin son.

"Kom, det finns middag till dig, du måste vara hungrig."

Sixten följde efter sin mor genom köket ut till vardagsrummet. På det stora matsalsbordet var det endast dukat åt en person. Hans föräldrar hade garanterat ätit tidigare under kvällen.

"Sätt dig, så kommer jag strax."

Hon pekade på den utdragna stolen på kortsidan och Sixten gjorde som hon sa. På soffan satt hans far och tittade mot TV:n. Den var inte påslagen. Sixten funderade kort på varför men förstod snabbt att hans far förmodligen glömt sätta på den. Han reste sig upp ur stolen och gick fram till soffan. Han såg sig omkring och lokaliserade fjärrkontrollen på bordet framför soffan. Han plockade upp den och la den i sin fars hand.

"Här är den."

Gunnar såg upp mot honom med ett tacksamt uttryck.

"Tack så mycket, jag hade glömt bort var den låg."

Sixten log och började gå bort mot matsalsbordet igen. När han tagit några steg stannade han upp och vände sig mot TV:n. Han tittade sin far i nacken och suckade trött. Med långsamma steg gick han fram till sin far igen och tryckte på den röda knappen på fjärrkontrollen. Gunnar log mot honom med hela ansiktet.

"Tack så mycket, jag hade glömt bort vilken det var."

Sixten nickade kort och satte sig på stolen igen. Hans far hade inte bara glömt bort vilken knapp som satte igång TV:n. Han hade nog glömt bort varför han satt där överhuvudtaget. Efter en kort stund blinkade TVskärmen till och ett välbekant ansikte tog form i rutan. Migrationsminister Dex Lundin blev tillsynes oplanerat intervjuad om den krisande flyktingpolitiken och attentaten mot flyktingboenden den senaste tiden. Som vanligt slingrade sig politikern i rutan och undvek att svara på de ställda frågorna.

"Han är bra!" nästan ropade Gunnar och la armarna i kors samtidigt som Marie kom ut med en tallrik och satte ner den på bordet framför Sixten.

"Hur är det med honom?" frågade Sixten och tog en tugga av lasagnen.

Marie såg lite bekymrad ut.

"Det är nog bra tror jag. Men det märks att han glömmer saker lite snabbare nu."

Sixten nickade.

"Men han är inte aggressiv eller oförskämd?"

"Nej då, inte alls. Han är fortfarande glad och trevlig."

Marie började le och såg kärleksfullt på sin make i soffan.

"Hur har det gått för dig och Laura idag då?"

Hon fortsatte le och väntade på att Sixten skulle tugga klart. Han svalde och tog en klunk vatten.

"Det är intressant att arbeta tillsammans med någon. Laura är..."

Han avbröt sig och tittade upp i taket. Kristallkronan lyste svagt. "Laura är annorlunda."

Marie flinade lite.

"Menar du att hon är annorlunda jämfört med dig?"

Sixten ryckte på axlarna och nickade.

"Men jag tror att det är någonting bra. Hon verkar

vara lite speciell och inte som alla andra."

Han tog en tugga till och såg på sin mor.

"Jag brukar ju sällan trivas i andras sällskap men med Laura känns det, trivsamt. Hon verkar inte döma mig för att jag är normativt avvikande. Jag tror att hon kan förstå mig, med tiden."

Marie stirrade på honom med stora ögon. Hon log. Sixten harklade sig och började pilla med gaffeln i maten.

"Får jag fråga dig en sak?"

"Självklart.

"Brukar ni prata om mig genom att använda idiomatiska uttryck?"

Marie såg undrande på honom.

"Vad menar du?"

Sixten tog ett djupt andetag.

"Att jag inte har alla hästarna i hagen?"

Marie reste sig från stolen och sköt den närmare Sixten.

"Nej, det gör vi inte. Och vi uppskattar inte när andra göra det heller."

Hon såg honom i ögonen och log med hela ansiktet. "Du vet att vi älskar dig för den du är, inte för någon du inte är."

Sixten pressade fram ett leende.

"Tack."

Han åt upp det sista av maten och hällde upp lite mer vatten i glaset.

"Varför undrar du det? Är det någon som varit stygg mot dig?"

Marie fortsatte titta på Sixten med sökande blick.

Han skakade på huvudet.

”Nej, det var Laura som sa det om någon annan.”

Hon nickade lite.

”Du får väl tala om för henne att du inte uppskattar det?”

Sixten andades långsamt.

”Ja, det låter som en rimlig idé.”

Marie bar ut porslinet i köket och Sixten satt kvar på stolen. Hur skulle han förklara för Laura att han inte uppskattade idiomatiska uttryck utan att tala om att anledningen är att han inte förstår dem? Han skulle kunna ljuga. Nej, det är oetiskt. Han mumlade tyst för sig själv. Han kanske skulle påpeka mottagarens perspektiv av uttrycket, att den personen inte skulle uppskatta det. På så sätt behövde han inte tala om sig själv. Han log brett. Så fick det gå till. Han skulle precis resa sig från stolen när det vibrerade i fickan. Han plockade upp telefonen och la den på bordet. Det var från Ayleen.

*Från Ayleen: Amelia har gått igenom fotoalbumen och det finns tydliga kopplingar till KKK bland föremålen som plockats bort från hemmet. Du verkar insatt, är det något du kan hjälpa till med?*

Att han kände till William Joseph Simmons borde inte ha varit förvånande, det tillhörde allmänbildningen. Om det var orsaken till att han framstod som insatt hade hon förstått fel. Han kände till den basala informationen liksom vem som helst. Det tillhörde det man fick lära sig i skolan. Däremot visste han inte mycket om Ku Klux Klan som organisation i Sverige. Det skulle till och med han behöva hjälp med. Han var inte den som behövde framstå som kunnig i alla lägen men om han kunde bistå med betydelsefull fakta till utredningen skulle det ge honom mer inflytande på området. Han sökte i minnet och slöt ögonen. Sökorden Ku Klux Klan tog honom till det lokala biblioteket, vidare till avdelningen för religion. Han koncentrerade sig. Hylla Ohe. Han lokaliserade boken han sökte efter långt där inne. *Ku Klux Klan – en del av Amerikas historia*. Han lutade huvudet åt höger för att kunna se författarens namn. Alexandra... Han rykte till av att någon tog honom på axeln.

"Vill du ha lite te?"

Sixten såg upp på sin mor med tom blick. Han nickade utan att blinka, sedan skakade han huvudet kraftigt.

"Jag var ju så nära."

Han suckade och såg in i köket. Marie kom ut med en kopp och en burk med honung.

"Vadå?"

"Jag sökte efter ett minne och du avbröt mig."

Marie gjorde en ursäktande grimas och ställde ner koppen på bordet.

"Vad letade du efter?"

Han suckade igen.

"Efter ett namn på författaren till en bok om Ku Klux Klan. Alexandra någonting."

Marie veckade pannan och funderade.

"Alexandra Josefsson?"

Sixten sken upp. Hans känsla var dock tudelad. Han hade velat komma på det själv.

"Det stämmer!"

I samma stund som endorfinerna pulserade upp i

hjärnan sjönk han ihop på stolen.

"Vad är det?" undrade Marie.

"Jag vet inte vem hon är."

Hon såg fundersamt på honom.

"Det är ju hon som är författaren till boken."

Sixten kliade sig i huvudet.

"Ja, men jag vet inte vad jag ska med henne till."

Marie log lite. En rosslande röst hördes från soffan.

"Alexandra Josefsson är journalist och har skrivit en bok om Ku Klux Klan i USA."

Sixten vred huvudet mot soffan och rätade på sig. En journalist med kunskap om klanen. Om han talade om för henne att det fanns anledning att tro att KKK förankrat sig i Sverige skulle hon utan tvekan stå till hans förfogande. Han låste upp telefonen och skrev in namnet i sökrutan. Träff direkt. Han letade fram numret till hennes mobiltelefon och skrev in kontaktuppgifterna.

*Till Alexandra: Sixten Salomonsson, privatdetektiv. Jag har anledning att undersöka Ku Klux Klans verksamhet i Sverige. Du besitter information som kan vara användbar för mig och jag vill träffa dig. Gärna så snart som möjligt. Jag har möjlighet redan under morgondagen. Återkom med tid och plats.*

Han stoppade tillbaka telefonen i fickan och tog med sig tekoppen ner i källaren. Trots betongväggarna höll sig värmen i rummet. Han passerade tavlan med Sherlock Holmes och satte sig på stolen framför skrivbordet. Försiktigt ställde han ner koppen på underlägget intill tidskriftssamlaren. Han öppnade en skrivbordslåda och tog fram ett papper. Kontraktet var väl förberett och det enda som behövde fyllas i var namnunderskrifter och den ekonomiska ersättningen. Det var en självklarhet att ersättningen hade med utredningens omfattning att göra. I kombination med arbetsgivarens ekonomiska resurser. Han hade varit tydlig redan från början med att han inte drev sin byrå för ekonomisk vinning. Ersättningen var främst en formalitet som gav arbetsgivaren möjlighet att visa sin uppskattning. Han var självklart viss om att han behövde pengar för att överleva i samhället men hans föräldrar stod alltid bakom honom. Det var han tacksam för. Han såg in i väggen mitt emot. Det borde han nog tala om för dem. Det vibrerade i fickan. Innan han hunnit plocka fram telefonen vibrerade det igen. Inte ett meddelande. Journalister kanske föredrog att samtala. Det skulle han behöva tala med henne om. När han såg namnet på displayen tvekade han en aning. Det var inte Alexandra. Han tryckte på den gröna symbolen och svarade.

## 18

Den nya utomhusbelysningen gjorde verkligen sitt jobb.
Fasaden lyste nu upp och gjorde att det stora påkostade
huset blev allt mer inbjudande. Dex Lundin hade inte
haft några större problem att övertala sin fru, Jenny, att
få installera downlights runt omkring huset. Det enda
argumentet hon hade lyft fram som en nackdel var insy-
nen genom husets största fönster. Något som Dex enkelt
avfärdade med tanke på husets avlägsna plats. Han hade
till och med valt starkare lampor än vad säljaren rekom-
menderat. Familjen Lundin bodde i närheten av den
Stockholmska skärgården och hade ett vackert rinnande
vattendrag alldeles utanför vardagsrumsfönstren. Huset
med vit träpanel och svart tak var designat av paret själ-
va. Dottern Lova hade också fått dragit sitt strå till stack-
en genom att välja vilket rum på nedervåningen som
skulle bli hennes. Både Dex och Jenny hade varit överens
om en öppen planlösning för att på så sätt få en mer hel-
hetskänsla var man än befann sig i huset. De hade med-
vetet valt att ha sovrummet på övervåningen för att slip-

pa oroa sig för att någon utanför skulle titta in. Något som de i övrigt inte oroade sig speciellt mycket över. Det var få som visste exakt var huset låg och med tanke på de slingriga skogsvägarna var det i stort sätt bara personer med ärenden till familjen som kom på besök. Dex hade valt marken med omsorg och närmsta granne befann sig på flera kilometers avstånd. Det var ett sätt att komma undan stressen från innerstan och arbetet som så ofta involverade jäktande kollegor och möten.

Den här kvällen likt så många andra satt han i den av fåtöljerna som blivit hans egen. Bakåtlutad och med en kopp kaffe i handen såg han ut på det mörka landskapet utanför. När han blundade kunde han nästan höra hur vattnet försiktigt och harmoniskt dansade fram i det lilla vattendraget. Lova hade somnat i soffan direkt efter barnprogrammens slut och varsamt hade han lagt henne i sängen med en förhoppning om att hon skulle sova hela natten där. Något som sällan inträffade. Tystnaden som utspelade sig tog Dex noga vara på och han tog en liten klunk av det varma kaffet.

”Älskling?” hördes från en avlägsen röst.

”Mm?” mumlade Dex djupt försjunken i balanserade tankar.

Jenny hasade fram på golvet i sina nyinköpta prickiga mockasiner. Själv föredrog han att vandra runt i huset i bara strumporna eller barfota. Det var ytterligare en kontrast till den professionella klädkoden han var tvungen att stå ut med på dagarna. Han passade visserligen i kostym men ibland kunde det bli för mycket. Han såg trött ner på sin beklädda kropp och undrade varför han fortfarande inte bytt om. Svart figursydd kostym och stel vit skjorta var inte direkt avslappnande.

"Lampan utanför garaget har slocknat, skulle du kunna fixa det så jag slipper åka ut i mörkret i morgon?"

Jenny lät lika trött som honom själv men till skillnad från honom hade hon hunnit byta om efter jobbet. Jenny arbetade inom äldreomsorgen, vilket gynnade Dex politiska karriär, men hon frågade ofta osäkert om hennes arbete var tillräckligt fint för honom. Dex svarade alltid samma sak. Att han uppmuntrade hennes yrkesval och förtydligade gång på gång att det var en av anledningarna att han fallit för henne. En sanning med modifikation. Han snurrade långsamt runt i fåtöljen och såg på sin hustru. Det rödlätta håret var slarvigt uppsatt i nacken och slingor av hår hängde okontrollerat ner för hennes smala kinder. Hennes kropp var nästintill formlös och hon försvann praktiskt taget i den långa koftan som svängde nedanför hennes höfter. I det dimmiga ljuset kunde kan knappt se den lilla runda leverfläcken ovanför hennes överläpp som han av någon anledning tyckte om. Dex kliade sig lite i ögat och drack ytterligare en klunk av kaffet.

"Utanför garaget?"

Jenny nickade och gäspade.

"Snälla, kan du göra det på en gång?"

Dex Lundin svepte det sista av kaffet och reste på sig så hastigt att han drabbades av blodtrycksfall. Han blundade snabbt för att slippa se hur rummet försvann framför honom. Efter ett djupt andetag log han varmt mot sin fru och strök henne på armen.

"Självklart, jag kan passa på att ta ut soporna också."

"Tack, älskling, du är en stjärna."

Dex Lundin stängde dörren med sidan av foten och förbannade sig själv för att han erbjudit sig att ta ut soporna. I hans enögda värld hade det bara funnits en soppåse men Jenny hade glatt påpekat att även komposten behövde slängas. Med händerna fulla av skräp släpade han sig fram över stenplattorna framför huset som efter några meter vek av åt höger där soptunnan stod placerad. Med viss aggressivitet kastade han ner soporna i tunnan samtidigt som han höll andan för att inte behöva inhalera den sunkiga doften av gammal skit. När han vänt sig om andades han ut igen och började gå mot garaget på andra sidan. Han suckade djupt, både åt den trasiga lampan i taket ovanför carporten men också åt Jennys ovilja att köra ut bilen i en gnutta av mörker.

”Den andra lampan ger väl tillräckligt med ljus.” muttrade Dex för sig själv innan han plockade ner stegen som hängde på sidan av garaget.

Fortsatt irriterad ställde han oförsiktigt upp stegen under downlighten och klättrade upp. Enkelt klickade han bort kåpan och skruvade loss glödlampan. När han klev ner missade han ett steg och halkade till samtidigt som han tappade greppet om glödlampan som splittrades mot den hårda asfalten.

”Fan!” svor Dex och såg ner på havet av glas som bredde ut sig nedanför.

Plötsligt krasade det till bakom honom och en väsande röst viskade i mörkret.

”Inte bra...”

Dex vände sig instinktivt om och en mörk gestalt tog ett hård tag om hans hals samtidigt som han pressade Dex bakåt mot stegen. Dex försökte svälja men hostade istället till och tog tag om armen som höll i honom.

"Vem är du? Vad vill du?" krystade Dex fram.

I det vaga skenet från den fungerande lampan i garagets tak såg Dex ett allvarligt ansikte.

"Jag är kuriren som mottagit ditt meddelande." viskade mannen.

"Vilket meddelande?" frågade Dex förvirrat och såg in i mannens förvånansvärt behärskade ögon.

Mannen log iskallt mot honom och lutade sig aningen närmare.

"Inte ska du sluta ge oss information? Jag trodde att du ville bidra till framtidens Sverige."

Dex förstod till slut vad mannens agenda var och lugnade sig. Det var föga troligt att han ville skada honom, snarare klargöra ett missförstånd. Dex kände hur greppet om hans hals lättade och han svalde hårt.

"Självklart! Karl måste ha missuppfattat vad jag menade."

"Så bra, då är vi överens?" sa mannen undrande och tog ett steg bakåt.

Dex nickade ivrigt.

"Absolut. Jag gör vad ni än begär av mig. Allt jag menade var..."

"Tack..." avbröt mannen med kylig stämma.

Han drog en svart huva över huvudet och dolde sitt ansikte samtidigt som han varsamt placerade högerhanden på Dex bröst.

"Jag antar att ni inte vill ha besök av Natthöken igen..." viskade han och Dex skakade på huvudet.

Natthöken nickade kort och tog några steg bakåt. Med en elegant handrörelse plockade han fram en liten ask och höll den framför sig. Efter ett kort knastrande ljud tog en flamma form i mörkret. Natthöken höll tändstickan horisontellt framför sig och med nästan hypnotisk blick följde han elden som långsamt dansade närmare hans fingrar. Till slut riktade han stickan uppåt och elden dog ut. Utan att säga något svepte han därefter odramatiskt in i mörkret.

19

Ayleen stod innanför lägenhetsporten och såg ut genom ett fönster. Uno var inte känd för sin punktlighet så hon hade inte gått ut för att vänta. Det var dimmigt ute. Som om små regndroppar stelnat och fastnat i luften. En bil stannade till på gatan utanför. Inte Unos. En äldre man klev ur bilen och gick mot porten. Hon koncentrerade sig för att minnas vad han hette men kunde inte komma på det. Han öppnade porten och hälsade glatt.

"Hej Ayleen, allt väl?"

Hon nickade och log brett.

"Jadå, det är synd att klaga."

Mannen nickade.

"Du får ursäkta, jag har lite bråttom."

Han öppnade den inre dörren och började gå upp för spiraltrappan bakom hissen. Hon hade bott i lägenheten allt för länge för att inte minnas namnen på sina grannar. Hon var egentligen observant och hon lyckades mestadels uppmärksamma saker och ting. Ansikten brukade hon också vara duktig på att komma ihåg. Men att koppla ett namn till ett ansikte var svårare. Hade hon vetat vilken våning mannen bodde på hade hon kunnat säkerställa efternamnet på brevinkasten i entrén. Men inte ens det visste hon. Hon suckade djupt och konstaterade att det skulle bli ändring på den saken.

En ny bil stannade till utanför porten och den här gången var det Unos bil. Stationens enda polisbil var fortfarande på reparation. Hur länge visste hon inte. Men så länge alla kollegor var tydliga med att de kom från polisen när de var i tjänst skulle det ordna sig. Det hade Lenny talat om. Om han hade varit på Uno om uniformen visste hon dock inte. Men så länge hon hade den på sig blev det inga missförstånd. Hon hoppade in i bilen och log glatt.

"Så du bestämde dig för att inte frysa idag?"

Uno skakade huvudet trött.

"Tro inte att det är tack vare dig bara."

Den tjocka gröna jackan såg ut att vara inhandlad på Naturkompaniet. Vadderingen gjorde att han såg minst 10 kilo tyngre ut. Men det skulle hon vänta med att tala om för honom tills hon fick en god anledning. Ayleen höll tillbaka leendet en aning och plockade fram telefonen.

"Har du fått tag på honom eller behöver vi åka dit?" frågade hon och såg ner på displayen.

Uno skakade på huvudet.

"Jag har försökt ringa men han förbereder väl gudstjänsten."

Ayleen nickade och tryckte in numret.

"Jag försöker en sista gång."

Signalerna gick fram men ingen svarade.

"När brukar de ha gudstjänst nuförtiden? Kl 10, eller 11?"

Uno la i en växel från friläget och började köra. Ayleen tittade på klockan på telefonen. 08.35.

"Om vi åker dit nu hinner vi säkert tala med honom innan mötet börjar."

Uno tryckte ner gaspedalen ytterligare och ökade farten. Det tätbebyggda området utanför fönstret ersattes av öppet landskap för en stund innan hus och villor prydde omgivningen igen.

"Amelia hittade fler saker i huset som har kopplingar till KKK." sa Ayleen och tittade ut genom fönstret. "Så det kanske inte är helt orimligt att Sten och Eva hade med dem att göra?"

Uno mumlade och hummade ohörbart innan han suckade smått.

"Ja, då är det väl något invandrarpack som tröttnat och börjat slakta medlemmar i klanen."

"Kanske..." sa Ayleen fundersamt. "En intressant tanke. Jag meddelar Lenny om infallsvinkeln så kanske han kan kolla med spanarna i Stockholm."

Uno fnös till.

"De lata jävlarna. De sitter väl mest och äter munkar och dricker kaffe. Dessutom blir de ju polare med buset, så därifrån får vi nog inget."

Ayleen vände sig mot Uno som såg lite uppgiven ut.

"Det skadar ju inte att kolla i alla fall." sa hon tydligt och sökte efter Unos blick.

Han fortsatte titta framåt ut genom framrutan och verkade inte intresserad av att titta på henne. Han kanske hade en dålig dag.

"Hur är det med din mamma förresten?"

Hon såg på Uno med en allvarlig men samtidigt omtänksam blick. Han tittade i backspegeln innan han vände sig mot henne.

"Det är bra, som sagt det var bara en rutinkontroll. Blir så när man blir äldre."

Hon log med ena mungipan och nickade.

"Bor hon ensam eller har hon..."

Uno avbröt henne.

"Var det här vi skulle svänga in?"

Hon såg på honom en kort stund. Som polis var det en klar fördel att kunna läsa av stämningen i ett rum eller samtal. Det kunde hon. Att Uno ville byta ämne var tydligt, men inget att göra en sak av.

"Ja, kyrkan ligger väl här framme till höger."

Hon kikade på honom i ögonvrån. Han visste mycket väl vart kyrkan låg. Men det var bara att spela med. Det var enklast så. Vissa frågor behövde man ju ändå inte svar på. Hon ville nog mest visa att hon brydde sig.

"Titta där!" nästan skrek hon och pekade ut genom rutan.

Uno parkerade bilen intill trottoaren alldeles utanför kyrkan och stängde av den. "Tror du att det är den?" frågade hon och såg ivrigt på Uno.

"Det får vi ta reda på."

De klev ur bilen och började gå framåt. När förardörren till den svarta bilen framför dem öppnades stannade de till. En lång och smal man klev ur bilen och när han fick syn på Ayleen och Uno bockade han artigt.

"Ni är lite tidiga. Gudstjänsten börjar inte förrän klockan 10." flinade han och sköt igen dörren.

Uno gick fram till bilen och pekade på märket på bakluckan.

"En Audi va?"

Mannen nickade osäkert.

"Ja, jag tror det. Jag kan egentligen inte så mycket om bilar."

Han log varmt och sträckte ut handen mot Uno.

"Det där då, vad är det för märke?"

Uno pekade på fisksymbolen. Mannen sken upp.

"Det är en Jesusfisk. Den fungerar som symbol..."

"Känner du Sten och Eva Abrahamsson?" frågade Uno och avbröt honom.

Hans entusiastiska uttryck försvann. Han såg undrande på Uno.

"Abrahamsson?"

Uno nickade och tog ett kliv fram mot mannen. "Det tror jag inte. Borde jag det?"

Han såg osäkert på Ayleen som ställt sig snett bakom Uno.

"Ja, du var hemma hos dem i fredags."

Mannen höjde på ögonbrynen och såg uppriktigt förvånad ut..

"Nu förstår jag inte."

Plötsligt öppnades kyrkans entrédörr och ett bekant ansikte närmade sig. Mannen framför Uno vände sig bort från dem och plockade upp något ur byxfickan.

"Här, jag tror att det ska vara rätt." log mannen osäkert och höll fram en USB-sticka.

Birger tackade och hälsade på Uno och Ayleen.

"Om ni är här för gudstjänsten är ni lite tidiga." log Birger och blinkade mot mannen bredvid honom. "Det här är August."

"Ja ja. Det är inte därför vi är här." sa Uno kort.

August tog ett djupt andetag och mötte Unos blick.

"Jag vet tyvärr inte vilka Abrahamssons är, jag måste kila vidare nu."

Han stoppade handen i den andra byxfickan och plockade fram en bilnyckel. Han ursäktade sig och gav nyckeln till Birger innan han joggade in i genom dörren till kyrkan. Ayleen såg på Uno och Birger la händerna bakom ryggen.

"Undrade ni något mer om Abrahamssons?"

Uno tog ett steg närmare Birger.

"Ja, vi undrar varför du var hemma hos dem i fredags?"

Birger rätade på ryggen.

"Om vi inte låter det ta allt för lång tid kan vi ta det här inne, kom."

20

---

Sixten satte sidan av handen mot pannan och kikade in genom fönstret. På andra sidan satt ett antal personer runt olika stora bord och samtalade och skrattade. Några bord saknade stolar och hade istället fåtöljer eller bänkar med vadderat underlag på. Golvet bestod av mörkt trä och gliporna mellan brädorna var tydliga. Längs väggarna stod bokhyllar fyllda med böcker och tidningar. Rakt framför honom syntes en bardisk av någon slag. Han var inte säker på vad det kallades egentligen, det var inte hans starka sida. Längst in i ena hörnet satt en ensam kvinna. Bordet framför henne var tomt förutom en vit duk med en liten vit lykta på. Det skulle kunna vara Alexandra Josefsson.

"Vi går in."

Det bildades en immig fläck på fönsterrutan och han vände sig om mot Laura. Hon stod med armarna i kors och såg frustrerat på honom.

"Tänk om det har hänt henne något allvarligt?"

Sixten funderade.

"Då borde hon väl inte sitta där inne så harmoniskt?"

Laura gick fram till honom och såg honom allvarligt i ögonen.

"Inte Alexandra! Mirjam, din idiot!"

Han ryggade tillbaka en aning. Lauras tonläge hade inte förändrats sedan samtalet kvällen innan. Han förstod inte riktigt varför han var tvungen att upprepa det han redan sagt till henne.

"Om du har ringt polisen är det nog inte mycket mer du kan göra. I normala fall behöver en person vara försvunnen längre än 12 timmar innan man gör något åt det från polisens håll."

Laura började vanka fram och tillbaka. "Hon kanske bara vill ha lite egen tid?"

"Men du såg inte hur lägenheten såg ut!"

Hon torkade en tår med baksidan av handen. Laura såg uppriktigt orolig ut. Sixten var inte expert på att avläsa ansiktsuttryck men oro hade han lärt sig att se. Även om hans mor blivit bättre på att kontrollera den hade han senaste tiden fått se mycket av den i hennes ögon.

"Har du ringt henne?"

Hon skakade på huvudet.

"Hennes telefon låg kvar i lägenheten."

"Okej. Jag behöver tala med Alexandra Josefsson, om du inte vill det så behöver du inte."

Laura torkade ytterligare en tår och harklade sig.

"Om det har hänt Mirjam något, lovar du att hjälpa mig då?"

Sixten nickade. Han hann inte ens fundera på om det var något han egentligen ville ställe upp på. Det var inte likt honom. Han lovade precis att avsätta tid för ett ärende av personliga skäl. Han gjorde det för Lauras skull. Känslan var kort sagt främmande. Alla utredningar han tog sig an var visserligen av personliga skäl, men det här skulle bli något annat. Nu gällde ärendet inte en främmande person utan någon han visste vem det var, även om han inte kände Laura mer än vad det senaste dygnet tillåtit. Han vände sig om och såg in genom fönstret igen.

"Vill du följa med eller inte?"

Laura såg förbi Sixten.

"Jag följer med, men lova mig att du inte glömmer bort Mirjam."

Sixten tvekade inte den här gången heller.

"Jag lovar."

Laura nickade och rättade till mössan. De gick in genom dörren och en liten klocka plingade till.

"Hej!" ropade en käck tjej i sena tonåren.

Hon bar svarta byxor och en svart skjorta som var oknäppt i de översta knapparna. I bröstfickan hängde en namnskylt med ett suddigt namn skrivet på. I skärpet hängde ett anteckningsblock och en penna. Laura hälsade medan Sixten gick raka vägen fram till den ensamma kvinnan i hörnet. Han ställde sig bredvid henne.

"Är du Alexandra Josefsson?"

Den mörkhåriga kvinnan såg upp på honom med glittrande gröna ögon.

"Det är jag, är du Sixten Salomonsson?" log kvinnan frågande.

"Det är jag."

Sixten satte sig i en av skinnfåtöljerna på andra sidan bordet. "Jag har förstått att du har djup kunskap om Ku

Klux Klan, stämmer det?"

Alexandra nickade och såg fundersamt på Sixten.

"Ja, det var ju därför du hörde av dig, eller hur?"

Sixten nickade tydligt. "Vad är det som du utreder?" undrade hon nyfiket.

"Det kan jag tyvärr inte gå in på, av utredningstekniska skäl."

Alexandra lutade sig bakåt mot väggen.

"Skit i det nu. Det har skett två mord i trakten och vi har anledning att tro att KKK kan vara inblandade."

Laura räckte fram handen mot Alexandra och hälsade.

"Det där paret Abrahamsson?"

Laura nickade. Sixten funderade kort. Han var medveten om att information kring dödsfall sällan gick att undanhålla. Dessutom var hon journalist och hade säkerligen ett internt nätverk som försåg henne med information. Dock hade han lärt sig att journalister inte var att lita på. De gjorde vad som helst för ett så kallat scoop. Här gällde det att inte avslöja för mycket utan att få något i gengäld.

"Och varför skulle jag hjälpa er?"

Där kom det. Sixten log säkert.

"Om vår utredning visar sig ha med klanen att göra kommer resultatet gynna dig också."

"Ensamrätt?"

"Det kan vi inte lova, det är polischefen som hanterar media. Men vi kan se till att du får tala med honom om vi kommer överens."

Alexandra nickade.

"Okej, vad vill ni veta?"

Sixten flyttade på lyktan så att han kunde se Alexandra tydligare.

"Har Ku Klux Klan etablerat sig i Sverige?"

Hon började le med ena mungipan.

"Klanen har funnits i Sverige under en tid, ja. Men på senare år har organisationen blivit mer, vad ska jag säga, engagerad."

Sixten lutade sig framåt.

"På vilket sätt?"

"Klanens syfte har alltid varit frihet, rättvisa och säkerhet för den egna vita rasen."

"Men?" frågade Laura och satte sig bredvid Alexandra.

"Men med tanke på den flyktingström och politik som drabbat Sverige den senaste tiden har man trappat upp sitt engagemang så att säga."

Sixten funderade.

"Hur har detta tagit sig i uttryck då?"

Alexandra såg ut genom fönstret.

"Ni kanske har läst i tidningarna om bränderna runt om i Stockholmsområdet?"

Sixten och Laura nickade.

"Myndigheterna har inte gått ut med detta, men samtliga bränder under den här perioden har varit riktade mot flyktingboenden av olika slag."

"Hur vet du det?"

Laura såg på henne med en skeptisk blick. Alexandra log lite.

"Jag är journalist. Det är mitt jobb att ta reda på sådant som allmänheten inte redan vet."

"Men hur vet du att det är just KKK som anlagt

bränderna?"

Alexandra lutade sig fram över bordet och sjönk ner en aning.

"Jag har en insider."

"I klanen?" frågade Sixten.

Hon nickade.

"Och det är han som förser dig med information?"

Återigen ett nickande svar. Laura harklade sig hårt och såg på Sixten.

"Varför tror du att det är en han?"

Han log lite.

"Det var en rimlig gissning med tanke på att den klara majoriteten av klanens medlemmar är män."

Han såg mot Alexandra.

"Det stämmer. Men det är fel att tro att det enbart är män som är välkomna. Man värnar mycket om sina kvinnliga medlemmar och kvinnans rätt i samhället."

"Så länge hon är vit?"

"Ja, det är en grundläggande princip."

En servitris närmade sig med ett block i handen. Hon log stort och såg dem alla i ögonen innan hon frågade vad som önskades.

"Vatten med tre isbitar. Ingen citronskiva. "

Servitrisen flyttade blicken till Laura.

"Te, tack. Gärna något fruktigt."

"Jag tar kaffe, svart."

Alexandra blinkade mot Laura och Sixten. Laura kunde inte låt bli att le lite. Sixten såg frågande ut.

"Med tanke på ämnet." viskade Laura.

Han hummade och nickade sakta. Alexandra följde servitrisen länge med blicken innan hon såg tillbaka på

Sixten.

"Varför tror ni att er utredning har med KKK att göra?"

Sixten bet sig lite i läppen.

"Det har påträffats en del kopplingar till klanen i offrens hem. Symboler, porträtt, den klassiska sydstatsflaggan."

Innan Alexandra hann fråga fortsatte Sixten. "Vi är väl medvetna om att det inte alls behöver finnas en koppling men vi måste följa alla spår som kan vara av intresse."

Hon nickade.

"Så ni tror att Abrahamssons var med i klanen?"

"Det är en hypotes, ja."

Laura suckade och såg ut genom fönstret.

"Vet du något om vilka som är med?" frågade hon och Sixten hörde hur trött hon lät.

Alexandra skulle precis säga något när servitrisen kom gående med en bricka i handen.

"Sådär, ett glas isvatten utan citron."

Hon log varmt mot Sixten och han tog emot glaset. "Ett fruktigt te till dig, och svart kaffe till dig."

Hon ställde ner kopparna på bordet och önskade dem en trevlig stund. Alexandra följde henne med blicken. Ett barnskrik hördes bakom dem och Laura och Sixten vände sig om. En kvinna satt med ett spädbarn intill bröstet och försökte amma. Laura såg generat bort medan Sixten fortsatte titta. Han hade hört talas om diskussionerna om offentligt ammande men aldrig sett fenomenet själv. Laura armbågade honom i sidan och han hoppade till.

”Vad är det?”

”Stirra inte, det är oförskämt.”

Sixten sneglade på kvinnan med det halvt blottade bröstet. Kunde diskussionen ha med obekvämhet att göra? Det verkade inte som om kvinnan själv var obekväm, däremot syntes det ett antal frånvända personer runt omkring henne. Alexandra flinade och såg på Sixten.

”Första gången?”

Sixten nickade. ”Du kommer hinna se fler.”

Hon tog en klunk av kaffet och blev allvarligare. ”Jag vet inte vilka personer som är med i klanen förutom min kontakt och ytterligare en person.”

Sixten hörde hur det knastrade i glaset när isbitarna förenade sig med vattnet.

”Och vilka är dessa två?” frågade han och tog upp glaset i handen.

”Min kontakt förblir anonym, det är en förutsättning för att han inte ska råka illa ut. Men jag har hans telefonnummer.”

Laura såg finurligt på Sixten. ”Kontantkort.”

Alexandra blinkade till med ena ögat. Laura suckade. ”Men jag vill prata med honom först och tala om att ni kommer höra av er.”

Sixten nickade.

”Det låter rimligt. Och vem är den andra?”

Alexandra såg pillemariskt på Sixten.

”Det kanske ni kan hjälpa mig med?”

”Hur menar du?”

Hon log.

”Ku Klux Klan i Sverige är likt den ursprungliga klanen väldigt hierarkiskt. Dock är klanen i Sverige mycket mer intern.”

Laura såg undrande på henne.

”Jaha?”

”Det betyder att jag inte har ett namn på personen men jag har en titel och en adress.”

Sixten nickade lite.

”Och eftersom ett namn inte finns kopplat till adressen behöver du vår hjälp att föra dem samman.”

Hon nickade.

”Ni har lite mer resurser än vad jag har. Som frilansjournalist har jag dessutom ännu fler begränsningar och är inte alltid så populär.”

Sixten såg på Laura som verkade tappa tålamodet.

”Jaja, vad är det för adress och vad har han för titel?”

”Markgatan 31, Tumba.”

Hon log lite innan hon fortsatte. ”Han är Stordrake.”

Laura höjde på ögonbrynen. Alexandra nickade och log bredare. ”Känner ni till titlarna i klanen?”

Båda skakade på huvudet. ”Titlarna är samma som i den ursprungliga klanen men innebörderna kan variera vad jag har förstått.”

”Hur menar du?” frågade Sixten fundersamt.

Alexandra tog ett djupt andetag.

”Jag ska ta det från början.”

Laura suckade till och såg ut genom fönstret.

”Den första klanen existerade 1865 till 1871 och grundades av bland andra Nathan Bedford Forrest. Det var en sorts reaktion på det förlorade inbördeskriget, alltså sydstaterna.”

Sixten nickade. ”Man jagade fria slavar, spred terror och mord var även förekommande.”

Alexandra drack av kaffet och sökte efter Lauras blick.

"Fortsätt du." sa hon och fortsatte tittade ut genom fönstret.

"Den andra klanen, 1915 till 1944 drevs starkast av William Joseph Simmons."

Laura flyttade blicken och såg på Sixten. "Han samlade vita amerikaner och bildade ett hemligt sällskap vars uppgift var att skydda hemmets lycka och bevara den vita rasens härskande ställning. Det är också här som den vita dräkten kommer in i bilden. Man spred skräck och jagade afroamerikaner, katoliker och judar."

Laura kliade sig på halsen.

"Jag trodde man bara hatade svarta?"

Alexandra log.

"Ett vanligt missförstånd. Man försvarade även den kristna protestantismen, och då var det ett antal samfund som stod i vägen."

"Okej, fortsätt."

Sixten kände hur Lauras otålighet spred sig till honom själv.

"Den tredje klanen på 1960-talet bekämpade medborgarrättskampen och begick ett antal mord bland annat på Schwerner, Goodman och Chaney."

Både Laura och Sixten såg ut som frågetecken. "Som ni kanske märker dyker klanen upp när det finns ett behov så att säga. Vilket också gör att klanerna kan se lite olika ut. Dessutom måste man förhålla sig till tiden man lever i."

Sixten tog en klunk av isvattnet och svalde den sista isbiten.

"Så den nya flyktingpolitiken har drivit fram en ny klan i Sverige?"

Alexandra ryckte lite på axlarna.

"På sätt och vis. Klanen har säkert existerat tidigare i ett latent tillstånd  men blivit mer aktiv nu, som jag sa tidigare."

Laura suckade igen.

"Men hur var det med titlarna?"

"Just det. Enligt min källa är titlarna i Sverige identiska med titlarna under den andra klanen. Överst står den empiriska kejsaren. Det är han som är grundaren kan man säga. Trollkarlen är titeln på personen som styr och ställer, kan liknas vid en VD för ett företag. Klaliff och Klazik är personerna som står i tur efter Trollkarlen. Varje klan har en Klokard, en form av lektor. En Kludd som fungerar som präst."

Laura såg ut att vilja fråga något men Alexandra höjde handen. "Vi tar frågorna sedan." Laura tittade på Sixten som såg fokuserat på Alexandra.

"Det finns en Kligrapp som likställs vid en sekreterare. En Klabee som ansvarar för ekonomin. En Klarogo och en Klexter som ansvarar för säkerheten vid möten. Till slut också en Klonsel som är som en jurist eller advokat av något slag."

Alexandra drack upp det sista av kaffet och såg upp i taket en kort stund. Laura försökte räkna på fingrarna men gav upp.

"Var det alla?" frågade hon och gav ifrån sig en gest av utmattning.

Alexandra funderade.

"Jag kanske har glömt någon." log hon. "Alla dessa

titlar finns i klanerna men de empiriska titlarna finns bara i den innersta kretsen."

"Finns det fler klaner i klanen?" frågade Sixten.

Alexandra nickade.

"Där kommer Stordrakarna in. Det är de som styr över rikena, provinserna och den lokala klanen."

"Vänta nu. Kan du förklara det lite mer?"

Alexandra log glatt.

"Visst. Man kan likna detta vid landskap, kommuner och städer. I ett landskap kan det finnas flera kommuner som i sig har flera städer."

Laura sjönk ihop.

"Så det kan finnas hur många klaner som helst?"

Alexandra skakade lätt på huvudet.

"I praktiken kan det visserligen vara så. Men Ku Klux Klan i Sverige är inte så pass etablerad att så är fallet. Enligt min källa har man mest etablerat sig här i Stockholmsområdet. Han har dock påpekat att det finns små klaner på andra platser i landet men dessa sköter sig mest själva med lokala frågor."

"Men din kontakt, vad har han för roll?"

Alexandra fick något tråkigt i blicken.

"Tyvärr är han bara en simpel medlem. Å andra sidan hade det nog varit svårt att få kontakt med någon högre uppsatt, med tanke på hemlighetsmakeriet som pågår."

Laura drog jackan om sig och såg ut att frysa. Hon tryckte ner händerna djupt i fickorna. Sixten tittade runt i lokalen och noterade att majoriteten tagit av sig ytterkläderna. Han såg ner på sin egen rock och konstaterade att vistelsens varaktighet förmodligen spelade en roll.

"Vet du var de håller till?" frågade Sixten och öppnade rocken ytterligare en aning.

"På lokal nivå håller man till i medlemmarnas hem. Det är Kligrappen som bestämmer detta."

Hon himlade lite med ögonen. "Men man har en lokal eller ett Palats som det kallas. För stora möten."

Sixten skulle precis fråga men hann inte.

"Jag vet inte var det ligger."

Han suckade. Laura såg plötsligt på Sixten och Alexandra med dröjande blick. Sedan slängde hon upp en anteckningsbok på bordet. Hon hummade kort.

"Jag hittade det här hos Sten Abrahamsson."

Hon bläddrade fram en sida och vände blocket mot Alexandra.

"Vad är det där?"

Sixten lutade sig fram över bordet. Laura pekade högst upp på sidan.

"Förstår du innebörden av det här?"

Alexandra veckade pannan och granskade sidan.

"Jag känner inte igen orden direkt men jag känner igen kombinationen på något sätt."

Hon kliade sig på hakan.

"Kan kanske komma?" mumlade Sixten och studerade blocket. "Ett möte?"

Alexandra hoppade till och sträckte sig efter sin väska.

"Just det! Vänta. Det är kodord för dagar och veckor och sånt."

Hon grävde i väskan och plockade fram sin dator. "Originalorden är på engelska, det var därför jag inte kände igen dem på en gång."

Laura satte sig närmare Alexandra och Sixten reste sig

för att ställa sig bredvid henne. Hon klickade på en ikon och öppnade ett dokument.

"Här. Skräckinjagande står för november."

Hon pekade på skärmen. "Gråtande står för den fjärde veckan och Dödlig står för söndag."

Sixten satte sig ner på huk och pekade längst ner till höger på skärmen.

"Kan du öppna kalendern."

Alexandra gjorde som han sa.

"Va fan. Det är ju idag." konstaterade Laura och såg på Sixten.

"Ikväll, om jag känner klanen rätt." Alexandra fällde ner skärmen. "Det här är en enorm möjlighet."

Hon såg på dem med ivrig blick.

"Men vi vet inte vart de håller till." sa Laura och flyttade lite åt höger.

"Den där Stordraken kanske kan tala om det för oss?" menade Sixten och reste sig upp.

Alexandra sken upp men Sixten höjde ena handen.

"Det kommer bara vara jag själv och Laura som besöker honom."

Alexandra sjönk ihop.

"Men jag vill ha namnet." sa hon bestämt.

Sixten nickade. Laura räckte fram handen och tackade för samtalet. Sixten bockade kort innan han vände sig om och började gå mot utgången. Han hann bara ta två steg innan han stannade till.

"Det var en titel till förresten."

Sixten vände sig om och såg förbi Laura mot Alexandra.

"Natthöken..."

**21**

Birger satte sig ner i en av fåtöljerna. Ayleen satte sig i den intill och plockade fram sitt anteckningsblock. Uno gick fram till skrivbordet och sjönk ner i kontorsstolen. Han la upp fötterna på hurtsen och såg på Birger. Birger såg ut genom fönstret bakom Ayleen och lutade sig därefter framåt och vilade armbågarna på det lilla glasbordet framför honom. Han rättade till duken innan han vände sig mot Ayleen.

"Så? Varför var du hemma hos Abrahamssons i fredags?"

Birger harklade sig och såg på henne.

"Jag var där och hade ett samtal i förtroende."

Uno plockade upp en penna från en mugg på skrivbordet och började bita på den.

"Och det tyckte du var värt att ljuga om när vi träffades förra gången?"

Birger såg besvärat mot honom och nickade.

"Jag vill helst undvika att tala illa om de döda och med tanke på tystnadsplikten tycker jag inte att jag gjort något fel."

Uno slängde ner fötterna från hurtsen på golvet i en smäll.

"Ni och era jävla tystnadsplikter."

Ayleen pekade på honom och gav honom en hård blick.

"Med tanke på det inträffade kanske tystnadsplikten får stå åt sidan?" menade Ayleen och försökte le mot Birger.

"Kanske det. Inom kyrkan är integriteten något vi värnar om väldigt mycket. Blir församlingen medveten om att vi inte är att lita på påverkar det hela rörelsen."

Uno suckade överdrivet högt.

"Skit i det nu. Vem pratade du med hos Abrahamssons och vad handlade samtalet om?"

Birger svalde hårt. Ayleen såg på honom och förundrades över hur den självsäkra ledargestalten förvandlats till en liten och osäker man.

"I fredags hade jag ett samtal med Sten. Han..."

Birger vilade huvudet i högerhanden. "Innan han gick med i församlingen var han medlem i en annan förening."

"Ku Klux Klan?" frågade Ayleen och försökte se så oberörd ut som möjligt.

Birger såg förvånat på henne och nickade kort.

"Ja. Hur visste ni det?"

Hon log en aning.

"Det visste vi inte. Men vi anade."

"Fortsätt."

Uno såg uppfordrande på Birger.

"Som ni kanske förstår går deras ideologi och våran

inte hand i hand och Sten behövde rådgivning och stöd."

"På vilket sätt då?"

Uno lutade sig framåt på skrivbordet och välte koppen med pennor. Birger var på väg att resa sig upp men Ayleen la handen på hans axel.

"På vilket sätt behövde han rådgivning och stöd?"

Birger satte sig ner i fåtöljen igen och såg på Uno. Han såg upp i taket innan han ställde koppen med pennorna på sin plats.

"Stens roll i klanen var väldigt viktig om jag förstod honom rätt och han kunde inte lämna hur som helst. Så våra samtal handlade mycket om hur han skulle förhålla sig till sin nya tro samtidigt som han var kvar i klanen."

"Och vilka råd gav du honom?"

Birger harklade sig.

"Jag talade om för honom att han skulle försöka avveckla sig själv successivt för att på ett smidigare sätt hoppa av. Men..."

Han avbröt sig.

"Men vadå?"

Ayleen sökte efter Birgers blick.

"Men jag fick känslan av att han hade en annan plan."

"Vadå för plan?"

Uno reste sig från stolen och gick fram till den ena bokhyllan som stod intill väggen bredvid Birger. Han ryckte på axlarna.

"Jag vet inte. Men jag vet att det var väldigt tufft för honom den sista tiden, inte bara med klanen."

Birger tittade på sin klocka och såg trött på Ayleen.

"En liten stund till bara. Vad menade du med att han haft det tufft men som inte hade med klanen att göra?"

Birger såg mer och mer obekväm ut.

"Kom igen nu, vi är poliser. Vi har hört det mesta förut." menade Uno och lutade sig mot bokhyllan.

"Jag hade en del samtal med Eva också. Utan Stens vetskap."

"Och?"

Uno såg ut att tappa tålamodet en aning.

"Hon berättade för mig att hon haft eller hade en utomäktenskaplig relation."

Uno såg oberörd ut och uppmanade Birger att fortsätta. "Hon sa aldrig med vem och nej, jag vet inte om Sten visste om relationen."

Ayleen lät blicken fara över bokhyllorna som stod längs med väggen där Uno stod.

"Sa hon något om vem han var?"

"Det enda hon talade om för mig var att det var någon Sten kände väldigt väl och att han absolut inte fick veta något."

Uno nickade.

"Vid vilken tid var du där?"

"Vi hade avtalat tid klockan 14.00. Jag stannade i ungefär en timme innan jag åkte hem."

Birger reste sig från fåtöljen och ursäktade sig.

"Jag måste tyvärr gå nu."

Han gick fram till dörren och öppnade den. Uno ställde sig framför Birger och såg honom i ögonen.

"Kommer du på något mer, ring!"

Han lämnade rummet uppenbart frustrerad och började gå ner för trappan.

"Lycka till med gudstjänsten." log Ayleen och följde
efter Uno.

## 22

Sixten lät dörren skjutas igen bakom honom och han hörde den lilla bjällran klinga till när dörren stängdes. Alexandra hade varit förvånansvärt medgörlig, med tanke på hennes yrke. Journalister brukade ge ett girigt intryck men hon verkade uppriktigt intresserad av att dela med sig av uppgifterna. Visserligen hade han lovat henne ensamrätt om Lenny gick med på det. Media var Lennys område och än så länge hade han varit relativt avvaktande mot de journalisterna som tagit kontakt, om Sixten förstått det hela rätt. Oftast var media något som bara tog onödig tid och försvårade utredningar, det var iallafall Sixtens egen erfarenhet. Alexandra skulle kunna vara ett undantag.

Han såg på Laura som stannat framför honom och verkade titta upp mot den mulna himlen. Hon följde en skata med blicken. Den satte sig på en gren i ett avklätt träd lite längre bort. Med precision hoppade den från gren till gren tills den nått boet i toppen av trädet.

”Natthöken...”

Laura mumlade nästintill ohörbart. En man som
också följde skatan med blicken stötte till Laura och ur-
säktade sig. Hon log trött och vände sig mot Sixten.
Mannen gick förbi honom och tog ett kraftfullt tag i
handtaget på dörren till caféet och klev in i värmen.

"Snacka om korvstoppning, eller hur?"

Sixten såg fundersamt på henne. Han sökte i minnet
efter betydelsen av ordet och nickade sedan.

"Ja, men förhoppningsvis nyttig information. Kom
nu, vi har en adress att besöka."

Laura nickade trött.

"Skulle vi kunna ta det lite senare?"

"Varför senare?"

Sixten såg oförstående ut.

"Jag skulle vilja åka hem och kolla om Mirjam kom-
mit tillbaka."

Hon tittade på honom med en vädjande blick. Det
fanns visserligen en liten chans att Mirjam skulle vara
tillbaka, men troligtvis inte. Om Laura åkte hem och såg
att hon inte var där kanske hon skulle kunna släppa tan-
karna på Mirjam en stund och fokusera mer på utred-
ningen. Sixten kontrollerade tiden. Den var onekligen
knapp men ett besök hemma skulle passa honom också.
Även om hans mor hade god uppsikt över fadern var det
hans plikt att stå till tjänst.

"Då säger vi det. Vi åker till våra respektive hem och
besöker Stordraken efteråt."

Laura såg uppskattande mot honom.

"Tack..."


Alexandra drack upp det sista av kaffet och tittade ut genom fönstret. Hon såg Sixten och Laura stå utanför en stund innan de försvann ur sikte bakom den hängande gardinen. Hon hade delat med sig av lite för mycket, det visste hon. Men ibland var man tvungen att chansa för att få ihop till en bra story. Nu hade hon eventuellt fler källor att hämta information ifrån. Och även om hon inte fick ensamrätt var hon säker på att hon var den som hade mest kött på benen gällande klanens organisation i Sverige. Om fallet med Abrahamssons var kopplat dit skulle hennes artiklar vara mycket mer intressanta än de övriga.

Hon såg ner i den tomma koppen och tänkte på Sixten. Han var rak på sak, det gillade hon. Allt för många drog ut på det de ville säga och tog alldeles för mycket tid på sig. Att Sixten var annorlunda förstod hon direkt. Hon smålog en aning. Att han skulle vara attraktiv var hon inte lika beredd på. Men tanken på att han tagit med sig en kvinna till mötet gjorde henne osäker. Hon hade visserligen ett gott självförtroende men eftersom statusen mellan Sixten och Laura var oklar ville hon inte verka allt för intresserad, något som han kanske inte ens märkte. Hon försökte titta mer på honom än Laura vilket dessutom blivit naturligt eftersom Sixten suttit rakt framför henne. Alla förstod inte andemeningen med vissa blickar och rörelser. Det verkade iallafall inte som Sixten gjorde det. Hon kände hur hon blev varmare i kroppen och hon visste att det inte berodde på kaffet. Hon hade blivit upphetsad. Hon fortsatte småle. Ibland behövdes det inte mycket för att kroppen skulle reagera. Hon tittade på klockan. Hon hade lite tid över. Alexandra rätade på ryggen och tryckte fram brösten en

aning. Hon var väl medveten om att hennes storlek inte
var av största sort. Men hon var också väl medveten om
att gemene man inte brydde sig om storleken, förutom
deras egen. Oftast räckte det med att hon var kvinna.
Hon såg ut över borden och fastnade för en man med
rakat hår på sidorna och en tydligt friserad lugg som
stod precis innanför dörren. Hon höjde huvudet och fo-
kuserade på honom med blicken. Det tog inte lång tid
innan han såg in i hennes mörka ögon. Hon log sitt fi-
naste leende och drog det vågiga bruna håret bakom ena
örat. Han log tillbaka. Napp på första försöket, tänkte
hon och skulle precis resa på sig. I samma stund ropade
en kvinna på mannen och kvickt flyttade han blicken till
henne i stället. Det var den ammande mamman som ro-
pade. Alexandra suckade djupt. Storleken kanske spelade
roll för honom med tanke på kvinnans enorma byst.
    "Vänta bara tills hon slutat amma." flinade hon för
sig själv.
    Hon sjönk ihop lite där hon satt och såg ut genom
fönstret igen. En skata hoppade runt i en björk. Hon lät
blicken falla och i den fläckiga stammen skymtade hon
ett par ögon. En man stod och kollade på henne i reflek-
tionen i fönsterrutan. Hon vände sig mot baren och där
stod mycket riktigt en lång smal man med kort mörk
frisyr och stirrade på henne. Kanske inte den typen av
blick hon önskade men det kunde gå ändå. Hon stude-
rade honom en kort stund. Han hade en kort välansad
skäggstubb och såg ut att vara i 40-årsåldern. Det gillade
hon. Äldre män hade generellt mer erfarenhet även om
sexet ibland kunde bli frustrerat från deras håll. Det be-
rodde oftast på hur deras eget sexliv såg ut. Om det

fanns något eller om de fick utlopp för sina fantasier. Alexandra drog ner det svarta linnet en aning och reste sig från bordet. Sakta och med överdrivna höftrörelser gick hon fram till mannen. Hon ställde sig framför honom utan att säga något. Han såg på henne med klara blå ögon.

"Ursäkta om jag stirrar, men du är otroligt vacker."

Hon log. Den här gången skulle det bli lätt.

"Tack, jag gillar din blick på mig."

Hon avvaktade och inväntade hans nästa mening.

"Får jag bjuda på något?"

Hon log igen och bet sig i läppen samtidigt som hon skakade lätt på huvudet.

"Vi behöver väl inte dra ut på det här?"

Hon blinkade med ena ögat och såg på honom med eldig blick. Han svalde hårt och hon hoppades för ett ögonblick att hon inte varit allt för framåt. Han strök henne över armen och nickade.

"Efter dig."

Alexandra började gå mot utgången och putade lite extra med rumpan. Även om hon inte såg det själv var hon övertygad om att han följde henne noga med blicken. Hon pressade upp dörren och vände sig mot honom.

"Vi kan väl ta min bil?"

Han log varmt och nickade. Hon var inte direkt oerfaren gällande okända män men hon föredrog att ligga steget före så ofta hon kunde. Att köra själv och att vara på hemmaplan var något hon alltid föreslog. Det brukade sällan vara något problem. Ibland var männen gifta eller hade relationer och föredrog samma sak som hon.

"Fan."

”Vad är det?”

”Jag glömde min telefon i min bil, vänta jag ska hämta den.”

Han joggade bort till en bil som stod parkerad ett tiotal meter bort. Alexandra följde sakta efter och kastade en blick mot skatboet i björken. Mannen kikade in genom rutan i förarsätet och suckade lite.

”Hittar du den inte?”

”Den ska ligga här, jag måste ha tappat den när jag klev ur.”

Alexandra gick fram till passagerardörren och tittade in.

”Där ligger den, i baksätet.”

Han pekade på sätet snett framför Alexandra. Hon klev åt sidan och öppnade bakdörren och sträckte sig efter telefonen. I samma stund knuffades hon in i bilen bakifrån och föll ner bakom förarsätet. En tung främmande man la sig ovanpå henne och tryckte en våt trasa över hennes mun. Hon försökte vända sig om men mannens tyngd gjorde det omöjligt. Hon skrek men ljudet dämpades i trasan. I ett kraftfullt ryck kastade hon huvudet uppåt och sparkade med benen. Mannen fortsatte trycka trasan hårt mot hennes mun och pressade ner hennes huvud med ett stadigt grepp om nacken mot bilgolvet. En obekant doft spred sig in i hennes näsborrar men hon visste att hon bara hade några minuter på sig innan hon skulle förlora medvetandet. Hon blundade och gjorde en ansträngning för att minnas det som precis hade skett. Hon såg mannens ansikte framför sig. En kort skäggstubb. Mörkt hår. Inga utmärkande drag. Hon tog motvilligt ett djupt andetag och kände hur hon blev yr i huvudet. Bilen. Hon försökte minnas ett registreringsnummer men siffrorna och bokstäverna hon fick fram gick inte ihop. Bildörren framför henne slog igen och mannen hon nyss träffat satte sig i förarsätet. Paniken kokade upp inom henne och trots att hennes tankar blev allt mer avlägsna kunde hon känna hjärtas hårda slag genom bröstkorgen. Hon ryckte till en sista gång för att se ansiktet på den tunga mannen som låg ovanpå henne men det enda hon kunde se var den svarta mattan på golvet. Precis innan hon förlorade medvetandet hörde hon en röst från framsätet.

"Du behöver inte vara orolig. Du har inget som jag behöver."

Han gjorde en kort paus. "Däremot har du något jag inte behöver."

**23**

———

Lenny hoppade ur bilen och kände omedelbart hur vinden tog tag i den gråa kalufsen. Som vanligt hade han inte gjort sig besväret att kamma sig. Han var väl medveten om att hans gråa långa hår inte var vidare modernt, men det fick honom att känna sig yngre på något sätt. Han hade iallafall rakat sig. Det spretiga skägget var inte till hans fördel. En gammal god vän hade talat om för honom att hans skägg påminde om Albert Einsteins yviga hår, fast på hakan. Det hade de skrattat åt ett flertal gånger. Lenny kunde inte låta bli att uppleva en känsla av ensamhet där han stod. Han hade visserligen ett nätverk av både kollegor och ett antal bekanta men det var länge sedan han satt med en öl i handen med någon han litade på fullt ut. Kollegorna på stationen var trots den lilla skaran ofta återhållsamma och ytliga. Det kunde han dock förstå med tanke på hierarkin. Det var sällsynt med nära relationer mellan chef och övrig personal. Han kanske inte ansträngde sig tillräckligt för att framstå som en chef att lita på, även på ett personligt plan. Den han kommit närmast senaste åren var Uno. Inte heller så konstigt med tanke på att de känt varandra längst på stationen. Hans relation till Uno var dock inget vidare stabil. Men det var alltid något. De hade iallafall kommit dit att han kunde säga till Uno på skarpen utan att det blev några långrandiga diskussioner. Det fanns på något sätt en ömsesidig respekt mellan dem.

Lennys tankar avbröts av att en röst ropade på honom. Han vände sig om över bilen och såg hur en kvinna kom gående mot honom. Hennes ljusa tunna hår fladdrade i vinden och hon kämpade för att hålla igen den oknäppta vinterjackan. Lenny stönade högt och suckade när han såg kameran under kvinnans arm. Han slängde igen bildörren och gick runt motorhuven.

"Hej! Monica Andreasson."

Kvinnan räckte leende fram handen men Lenny tog den inte.

"Jag vet. Jag har inget att säga till dig."

Monica ställde sig framför honom och sträckte sig efter kameran. "Om du vill behålla den skulle jag låta den vara."

Han såg på henne med uppenbar irritation. Leendet försvann.

"Men något kan du väl säga? Folk vill ju veta, det är deras rättighet."

Lenny såg henne i ögonen och suckade henne rakt i ansiktet. Samma sak varje gång. Folket vill. Journalistkåren vill. Samhället måste få veta.

"Du vet, precis som jag, att min kontakt med media inte består av enskilda samtal med journalister som kan vända och vrida hur de vill på det som sägs."

Kvinnan såg uppgivet på honom.

"Varför är du här?"

"Var det där en fråga? Om jag svarar verkar det här leda till ett samtal. Kommer du ihåg vad jag nyss sa om samtal med personer som du?"

Han flyttade på henne med armen och började gå mot huset. "Jag såg en överkörd katt på vägen hit, skriv något om det."

I samma stund som han avslutade meningen hörde han ett klickande ljud bakom sig. Han vände sig om och gjorde en ansats framåt. Journalisten tog snabbt ytterligare ett kort innan hon lämnade tomten och sprang iväg ned för gatan. Lenny pressade ihop käkarna och knöt näven. Han visste att det inte var något han egentligen kunde göra men han kunde inte låta bli ilskan som trängde sig fram i blodkärlen.

"Hej, jag tyckte allt jag hörde något."

Louise stod i dörröppningen och virade sin morgonrock om sig. Den mörka färgen runt hennes magra kropp gjorde att det redan bleka ansiktet fick henne att se döende ut. Han visste att så inte var fallet. Men en traumatisk händelse som den hon upplevt kunde absolut påverka det yttre avsevärt. Det fick honom att tänka på sig själv för ett antal år sedan. Han viftade snabbt bort tankarna och klev fram till dörren.

"Hur är det med dig?"

Lenny försökte se avspänd ut trots att han fortfarande var märkbart irriterad. Louise ryckte trött på axlarna.

"Kom in."

Hon vände in i huset och lät dörren stå öppen. Han följde efter henne in i hallen och stängde dörren försiktigt bakom sig. Han böjde sig ner och drog ner dragkedjorna på de svarta kängorna och klev ur dem. Han hade med avsikt valt skor av denna design och typ för att få anledning att böja sig ner och på så sätt tvinga kroppen att röra på sig. Han såg sig själv i spegeln på väggen ovanför byrån och upptäckte att det inte var en vidare smickrande position han befann sig i. Men det var inte det viktiga. Att hålla sig i form var det väsentliga. Det tjatade hans läkare om vid varje besök. Lenny rätade på sig och följde efter Louise in i vardagsrummet. Hon hade redan satt sig ner i soffan och försökte sig på ett leende.

"Vill du ha något att dricka?" frågade hon utan minsta antydan till att resa sig upp.

Lenny skakade på huvudet.

"Nej tack, sitt du där. Behöver jag något kan jag ordna med det själv. Om det är okej med dig."

Han log varmt mot henne och han tyckte sig se att hon sjönk ner ytterligare en aning där hon satt.

"Jag hoppas de inte är på er för mycket?"

Han nickade i riktning mot fönstret ut på framsidan av huset.

"Hon var faktiskt den första. En av fördelarna med att bo här." sa hon och lät lika trött som hon såg ut.

Lenny höll med. Att bo på en liten ort utanför huvudstaden hade sina fördelar. Man var alltid mer intresserad av vad som hände inne i Stockholm än utanför. Dessutom fanns det färre personer att skvallra till och på så sätt läckte inte information ut på samma sätt.

"Jag vet att det är ert eget val om ni vill tala med media eller inte, men jag skulle önska att ni inte gjorde det.”

Lenny ansträngde sig för att låta så vädjande han kunde. Louise nickade.

”Jag öppnade inte ens dörren när hon ringde på.”

Han log tacksamt. ”Har ni kommit någon vart förresten?” frågade hon rakt ut i rummet.

Lenny skruvade lite på sig och tog stöd på det stora matsalsbordet. Han harklade sig. Det här tyckte han alltid var svårt. Hur mycket skulle man säga? Vissa anhöriga ville egentligen inte veta något alls förrän man hittat den skyldige. Andra ville vara högst delaktiga och veta minsta rörelse från polisens håll. Att han dessutom hade en personlig relation till Louise och Morgan gjorde det hela knepigare. Men det var inte första gången han var tvungen att berätta eller tala om något han helst ville undvika. För ett antal år sedan hade han gråtfärdig och hjälplös knackat på deras dörr. Utan frågor hade han blivit insläppt och omhändertagen. Hans fru och barn hade lämnat honom och varför han valde just Morgan och Louise hade han nästan glömt bort. Men han ångrade inte sitt val. Han hade blivit erbjuden allt han kunnat önska sig. Rum för en obestämd tid. Närhet och stöd. Han reflekterade inte över det särskilt ofta men han var skyldig dem. Lenny vände sig mot Louise och lutade sig mot bordet.

”Vi följer upp en del spår. Tyvärr har vi inte hittat någon som går att knyta till själva...”

Han tog en paus. ”Händelsen.”

Louise fortsatte titta rakt ut i rummet. ”Men jag behöver inte besvära dig med detaljer om det känns obekvämt.”

Louise nickade frånvarande. "Men vi gör självklart allt som står i vår makt för att gå till botten med det här."

Lenny hörde en ton av desperation i rösten. Han ändrade tonfallet till en mer mjuk sådan.

"Jag ville mest kolla hur det var med er."

Han såg sig runt i rummet. "Är Morgan inte hemma?"

Louise tog ett djupt andetag och såg på honom med rödsprängda ögon. Hon svalde innan hon svarade.

"Han behövde komma ut lite. Jag tror han är på universitetet."

Lenny nickade förstående.

"Klarar du dig själv här eller vill du att jag ska vänta tills han kommer tillbaka?"

Louise pressade fram ett litet leende.

"Nej då, det behöver du inte. Uppriktigt sagt är det ganska skönt att vara för sig själv ibland. Det är så tyst här hemma."

"Då kanske jag stör?"

"Inte alls, men du behöver inte stanna för min skull."

Lenny såg på Louise och konstaterade att hon var väldigt olik sig. Som om hon var på väg att tyna bort in i tomma intet. Att man kunde förlora mycket muskelkraft vid längre sjukdom var inget att förvånas över men att på så kort tid förvandlas till en skugga av sig själv skrämde honom en aning. Att den späda kroppen inom en framtid skulle meka med bilar och lyfta tunga maskiner igen gick inte ihop. Han veckade pannan bekymrat och vände sig mot bokhyllan. Böckerna stod i storleksordning och i en tydlig linje längs med hyllans främre kant.

Han tog några steg och gick fram till bokhyllan och vred på huvudet en aning. Ovanpå en rad av böcker låg en bok med framsidan uppåt. Inslagen i ett vitt presentsnöre som såg ut att forma ett kors. *God's undertaker: Has science buried God?* Boken var skriven av professor John C. Lennox och Lenny tyckte genast att namnet lät bekant. En troende matematiker som undervisade vid Oxford University i England. Lenny ville minnas att Lennox var en förespråkare av att religion och vetenskap talade olika språk ifråga om samma sak. Mysterierna om universum. Han letade i minnet efter en debatt mellan Lennox och en till person. Inte Darwin. Han lät namnet krypa längre fram på tungan. Dawkins var det. Dr. Richard Dawkins. Trots att han själv inte var speciellt intresserad av de allt för stora frågorna hade han fastnat för diskussionen mellan de två pålästa herrarna. På något sätt hade det funnits en ömsesidig respekt mellan dem trots deras helt skilda åsikter och förklaringar av den värld de båda levde i. Det uppskattade han. Han tyckte inte om smutskastning och det var troligtvis därför han hade så svårt för journalistikens ibland hänsynslösa metoder. Lenny plockade upp boken och vände på den.

"Den där, jag fick den av pappa för bara några dagar sen."

Louise gjorde en ansats att resa på sig.

"Men du tycker inte om att läsa?"

Lenny försökte sig på ett leende. Louise nickade lite. Han tog ett djupt andetag. Det nya samtalsämnet var en smidig övergång till en fråga han velat ställa men avvaktat med.

"Jo..." började han. "Du ringde ett samtal till Sten

igår på morgonen, kommer du ihåg det?"

Louise såg förbryllat på honom. Det var tydligt att hon blivit förvånad över frågan och hon såg ut att fundera en kort stund.

"Ja, det stämmer."

Hon kliade sig lite i bakhuvudet. "Vi hade inte hörts av på ett tag och jag tänkte dubbelkolla om de inte ville äta lunch med oss på söndagen trots allt."

Hon såg på Lenny. Han log varmt mot henne.

"Hur kom det sig att du ringde så tidigt?"

Louise såg förbryllad ut igen.

"Ja du, jag antar att jag kom på det när jag vaknade och ville inte glömma bort att fråga."

Lenny förstod vad hon menade. Han hade själv haft en förmåga att skjuta upp saker till ett senare tillfälle, speciellt under sin tidigare relation. Han slogs plötsligt av oroväckande tankar. Fast det var väl inte därför hon lämnade honom, eller? Att han ibland prioriterat fel i hennes ögon visste han. Det hade hon talat om för honom. Det kanske var hans oförmåga att förändra sitt beteende som var orsaken. Ärligt talat visste han inte. Hon hade bara lämnat honom. Utan ett ord, utan en förklaring. Trots att det inte var helt oväntat hade det smärtat honom mer än han kunnat ana. Lenny avbröt sina tankar. Sin bekymmersamma ensamhet fick han grubbla på en annan gång. Nu var han här för Louises skull. Han svalde och skiftade fokus.

"Ja, oftast är det ju dumt att skjuta upp saker."

Louise log lite. Lenny la tillbaka boken i bokhyllan och gick fram till en av fåtöljerna och satte sig långsamt ner i den. Han övervägde en kort stund om han skulle ställa nästa fråga eller om det passade bättre en annan gång. Samtidigt kunde informationen vara viktig för utredningen och även om det han skulle berätta fick Louise att må ännu sämre kunde han nog inte vänta. Han vilade armbågarna på knäna och lutade sig framåt.

"Jo, det var en sak till."

"Ja?"

Louise såg oroligt på honom. Lenny bet sig i läppen och ångrade nästan det han påbörjat.

"Vi har fått veta att Eva hade en utomäktenskaplig relation."

Louise såg på honom med tom blick. Det blev alldeles tyst. Kom igen nu Lenny. Du klarar det här. Han andades tungt. "Är det något du vet något om?"

Ännu en tystnad. Han försökte igen. "Vet du med vem hon...?"

Louise avbröt honom genom att huka sig framåt och ta sig för munnen. Hon hostade till och Lenny ryggade tillbaka. Louise sa något som Lenny inte uppfattade. Han visste inte om han skulle hämta ett glas vatten eller en hink.

"Otroligt..." pressade hon fram mellan fingrarna.

"Ska jag hämta ett glas vatten åt dig?"

Lenny var på väg att resa sig när Louise skakade på huvudet.

"Det behövs inte."

Hennes röst hade blivit tunn och rosslig. "Det hade jag ingen aning om."

Hon svalde och såg ner i bordet.

"Förlåt, det kanske var okänsligt att ta upp detta nu. Jag ber om ursäkt."

Lenny kände mer och mer att han borde ha väntat med informationen om otroheten.

”Det är ingen fara. Men otroligt...”

Lenny började känna sig obekväm och beslutade sig för att besöket var över.

”Jag måste tyvärr gå, klarar du dig tills Morgan kommer hem?”

Louise nickade och tog upp en tofs ur ena fickan på morgonrocken. Hon satte slarvigt upp håret och rätade på sig.

”Det är ingen fara. Han kommer säkert snart.”

Lenny reste sig upp ur fåtöljen och började gå mot ytterdörren.

”Jo, en sista sak bara.”

Lenny vände sig om och såg lugnt på Louise.

”Vadå?”

”Sixten Salomonsson är inkopplad i utredningen från vår sida. Du hade visst kontaktat honom också?”

Louise nickade.

”Jag fick hans kontaktuppgifter av en bekant som anlitat honom med gott resultat.”

Lenny såg nyfiket på henne och Louise fortsatte. ”Hennes 15-åriga dotter var försvunnen för ett tag sedan och polisen brukar ju vänta lite för länge innan man gör något åt saken.”

Lenny log snett. Det var hon inte ensam om att tycka. Han kunde själv hålla med ibland men om polismyndigheten skulle lägga resurser på försvunna personer utefter de anhörigas önskemål skulle kåren behöva dubblas i antal. Minst. Louise fortsatte.

”Sixten hittade henne redan morgonen därpå.”

Lenny nickade.

"Var hade hon varit?" frågade han undrande.

"Hon hade blivit bortförd av sitt ex och inlåst i hans källare."

"Det var bra jobbat. Vi får hoppas att han kan hjälpa till med den här utredningen också."

Han tog på sig skorna och tackade för samtalet. Louise gäspade i armvecket och vinkade. Lenny stängde dörren bakom sig och andades ut. Det hade varit mer plågsamt än han väntat sig. Han plockade fram mobilen och läste meddelandet från Ayleen igen.

*Från Ayleen: Enligt pastorn var Eva otrogen. Upplysningen verkar trovärdig. Tänkte bara meddela detta.*

Jag hoppas för guds skull att hon har rätt, tänkte Lenny och började gå mot bilen.

## 24

———

Hemmet såg förvånansvärt öde ut och för en sekund undrade Sixten om det var någon hemma. Att föräldrarna rörde sig utanför husets fyra väggar var inte ovanligt men tidpunkten gjorde honom osäker. Förmiddagarna var ofta reserverade för lugn och ro, vilket passade pensionärsidyllen väl.

Sixten klev av sin moped klass 1 och började gå mot huset. Den röda träpanelen och de vita knutarna var ett drömutseende för många hussökare, det hade han alltid fått höra, men hans mor och far klagade mest över renhållningen. De hade egentligen föredragit ett tegelhus, vilket aldrig blivit av. Själv var han inte speciellt imponerad av byggnaden men den fyllde sin funktion som värmegivande och trygghetsskapande. När han gick längs stenplattorna som visade vägen fram till huset hörde han ett avlägset skrockande. En djup stämma som verkade komma från husets baksida. Han gick med stadiga steg i det lätt våta gräset och stack ut huvudet bakom ena knuten. Mitt ute på husets tillhörande tomt satt Gunnar i en upprätt solstol. I handen höll han en stor bok och skrockandet hördes igen när han bläddrade i den. Familjens Salomonssons tomt var till skillnad från närliggande tomter fri från träd och buskar. Den öppna gräsytan gjorde att det lilla grönområdet såg större ut, något som hans far alltid gillat. Sixten synade sin far och såg att ytterligare en solstol stod ute på gräsmattan, snett bakom Gunnars. Med vana steg klev Sixten fram till sin muntra far och satte sig intill honom.

"Hej." sa han kort och lutade sig en aning över ena armstödet för att kunna se bokinnehållet tydligare.

Då såg han att det inte var en vanlig läsebok utan ett fotoalbum.

"Titta, är det inte skoj?" sa Gunnar med hög röst och pekade på ett foto.

Sixten studerade fotografiet som verkade föreställa en badsemester från Sixtens barndom.

"Vad är det jag ska titta efter?" frågade han fundersamt och lyckades inte vid första anblick se det som hans far verkade skratta åt.

"Badbyxorna!" nästan ropade Gunnar och Sixten fokuserade blicken där hans far nu pekade.

På fotografiet hade Gunnar ett par röda korta badshorts med en vit rand längs sidorna.

"Vad är det som är så skoj med dem?"

"Jag ser ju inte klok ut." fortsatte Gunnar och såg på Sixten.

Han log osäkert och anade att han, istället för att hålla med, skulle uppmuntra sin far.

"Modet förändras hela tiden. Jag utgår ifrån att denna typ av badbyxor var något som var vanligt förekommande under 80-talet." sa Sixten tydligt.

Gunnar såg undrande på honom.

"80-talet? Jag är inte född på 80-talet."

Sixten skakade på huvudet.

"Nej, det är jag medveten om. Det är jag som är född då."

"Är du född på 80-talet?"

Sixten nickade och pillade fram fotografiet i albumet. På baksidan stod mycket riktigt ett årtal från 1980-talet. En vana som hans mor haft sedan länge, och ett sätt att hålla reda på alla fotografier.

"Jag är då inte född på 80-talet." sa Gunnar igen och Sixten misstänkte att faderns minne spelade honom ett sjukligt spratt.

Innan Sixten hann öppna munnen igen för att tillmötesgå sin far öppnades altandörren. Marie klev ut med en bricka i handen och log trött mot Sixten.

"Jag såg att du kom. Vill ni ha lite fika?" frågade hon och började gå emot dem.

Sixten överlade kort med sig själv om han var sugen på fika eller inte. Han hade nyss varit på ett café och säkerligen fyllt sin kvot av fikarelaterade livsmedel där. Marie gav brickan till Sixten och gick snabbt iväg och hämtade ett litet vitt fyrkantigt träbord. Sixten placerade brickan på bordet och tackade artigt, trots att han troligtvis inte skulle röra vid något på brickan.

"Ska jag inte hämta jackan, du måste frysa?" frågade Marie och såg på Gunnar.

"Nej!" röt han och slöt sig i solstolen.

"Okej, okej." log Marie och gick in i huset igen.

Gunnar drog åt sig en av Maries egenbakade mandelkubbar och började genast smula i albumet han höll framför sig i knät. Som tur var var fotografierna väl skyddade under en tunn plastfilm. Trots att Gunnars humör sviktade och gjorde honom aningen oberäknelig uppskattade Sixten stunder som den här. Det var en sorts intimitet han kände sig bekväm med och tyckte om. Personen intill honom var betryggande och det var enkelt att slappna av. Gunnar fortsatte trycka i sig mandelkubb och bläddrade snabbt i albumet. Plötsligt slutade han och fastnade med blicken på ett fotografi på mitten av sidan. Bilden föreställde tre personer som satt i en brun soffa som Sixten inte kände igen, antagligen för att han aldrig sett den tidigare. Gunnar grymtade till och kliade sig i sitt nyrakade ansikte.

"Vem är det där?" frågade Gunnar osäkert och pekade ner på bilden.

I mitten på bilden satt Gunnar i en grön enfärgad tröja med armarna i kors och såg över ett par glasögon. Intill honom på höger sida satt Marie i en vit blommig klänning och verkade samtala med någon strax utanför bilden. Till vänster om Gunnar satt en lång smal man med ljusblå skjorta med uppvikta ärmar. Sixten letade i minnet och kom fram till att mannen på bilden var en gammal kollega till Gunnar vid universitetet.

"Det är Yngve, din kollega vid universitet." sa Sixten och övertygade sig själv om att han hade rätt.

"Ja, det vet jag väl." sa Gunnar med lätt irritation i rösten. "Jag menar han i mitten."

Sixten vände sig mot sin far och såg aningen roat på honom.

"Det är ju du." sa han och log.

Gunnar rynkade pannan och skakade långsamt på huvudet.

"Hmm, nej det där är inte alls jag." sa han och petade med pekfingret på bilden.

"Inte? Vem skulle det annars vara?"

"Det vet jag ju inte!" röt Gunnar och slog igen albumet.

Smulor från mandelkubb for ner på gräset nedanför och Sixten hoppade till.

"Pappa..." sa Sixten med den lugnaste röst han kunde frambringa. "Det är inte lätt att komma ihåg allt. Ibland kan man faktiskt till och med glömma bort sig själv, eller hur man ser ut."

Gunnar suckade och sjönk ihop i solstolen. Sixten kunde se i hans ögon att stunden smärtade honom.

"Jag vill...jag vill inte glömma..." sa han med sprucken röst och en tår rann ner för hans ena kind.

"Pappa. Jag ska hjälpa dig att minnas." sa Sixten och upplevde en blödig känsla. Han svalde hårt. "Tillsammans glömmer vi aldrig."

Gunnar lutade sig framåt och strök med handen ovanpå sina svarta träskor.

"Vi måste nog sluta måla nu, jag har fått färg på skon." sa han och reste sig upp.

Sixten lutade sig bakåt i solstolen och såg sin fars ryggtavla försvinna in i huset. Han tog ett djupt andetag och såg upp mot himlen. Han harklade sig samtidigt som han gned baksidan av vänsterhanden mot ena ögat. Han visste mycket väl vad framtiden skulle visa för hans far, och honom själv. Han hade bearbetat situationen många gånger men det fanns ett fåtal tillfällen då han

tappade kontrollen. Han visste också varför han reagera-
de som han gjorde. Han saknade sin pappa.

———

## 25

Ayleen och Uno for fram i Unos bil. Innan Ayleen satt sig ner i passagerarsätet hade hon utifrån sett hur förmiddagssolen reflekterats i bildörren vilket gjorde att den röda lacken fick en rosa ton. Det hade aldrig slagit henne tidigare att Unos bil faktiskt var röd med en aning rosa i sig. Det bekom henne inte själv men det kändes lite överraskande att en machotyp som Uno valt en färg som ofta förknippades med flickor. Visserligen var en förändring på väg gällande det feminina och maskulina i förhållande till färger. Men hon tvekade på att Uno skulle vara en förespråkare i sammanhanget. Hon fick snarare känslan av att han var mer konservativt lagd. De diskuterade sällan politik och när hon tänkte på det diskuterade de nog inget speciellt mycket alls. Deras konversationer bestämdes istället naturligt av var de befann sig eller vart de var på väg. Det var väl egentligen inget att klaga på. Hon var inte ens säker på om hon ville utveckla en närmare relation till Uno än den hon hade. Hon var inte riktigt hans typ, inte ens på ett vänskapligt plan. Men det gjorde inte att hon inte uppskattade deras jargong och hans sällskap. Hon var bara inte intresserad av ytterligare en person att lägga tid på. Vänskap innebar ett kontrakt som ofta var svårt att fullfölja, framför allt eftersom kontraktet såg olika ut beroende på relation. Det var därför hon tyckte om Sixten. Han var okomplicerad gällande deras relation. Han var alltid tydlig med vad han ville. Det gick inte att missförstå och det fanns inget utrymme för tolkningar. Hon log lite där hon satt på sätet och skickade iväg ett meddelande till honom.

*Till Sixten: Vi är på väg till mannen som hade en relation med Eva. Återkommer med ytterligare information.*

"Vad gör du?" frågade Uno och sneglade på Ayleens telefon.

"Jag meddelar Sixten vart vi är på väg." sa hon utan att lyfta blicken.

Uno suckade.

"Måste han veta varje drag vi gör?" sa han lätt irriterad.

"Varje drag? Han är ingen motståndare i schack."

"Du vet vad jag menar."

Ayleen såg ut genom fönstret.

"Han tycker om att få informationen och vara delaktig. Dessutom slipper vi göra dubbelarbete eller lägga energi på samma saker. Jag tycker det är klokt."

"Kanske det." mumlade Uno. "Vad var det för adress?" sa han och bytte ämne.

Ayleen öppnade meddelandet från Amelia.

"Klostervägen 42F."

Ayleen öppnade en app i telefonen och skrev in ad-
ressen. Amelias kontakt hade arbetat snabbt med åter-
ställandet av meddelanden i Evas telefon. Hon var inte
vidare insatt i teknikens värld och hade ingen aning om
hur det gick till men så länge det blev gjort var hon
nöjd. Telefonnumret var registrerat på en Henry Svart-
dahl och han fanns enligt Vera inte i belastningsregistret
eller misstankeregistret. Det spelade egentligen ingen
roll. Ayleen var alltid på sin vakt vid möten med eventu-
ella misstänkta.

"Har du ingen GPS i bilen?" frågade hon och tittade
på instrumentbrädan."

Uno skakade på huvudet.

"När tror du tjänstebilen är tillbaka?"

Uno ryckte på axlarna.

"Vet inte. Det beror på hur pengakåta mekanikerna
är. De kan ju säga vad som helst och en annan har ju
ingen aning om vad det betyder."

Ayleen nickade och tittade ner i telefonen. Adressen
låg i utkanten av Stockholm och ju närmare de kom des-
to tätare blev trafiken. En grå Mercedes svängde hastigt
ut från en parkering och Uno bromsade tvärt.

"Va fan."

Han skakade på huvudet. "Det är ju söndag, borde
inte folk vara i kyrkan eller nåt?"

Ayleen flinade.

"Om 300 meter, sväng höger." sa hon med entonig
och datoriserad röst.

Uno kunde inte låta bli att le. Även om han inte ver-
kade vilja medge att det Ayleen sagt var roligt.

"Kul, kul." sa han sarkastiskt och försökte dölja leendet.

Ayleen fortsatte leka GPS och trafiken avtog efter en stund när de närmade sig ett litet bostadsområde av radhus. Husen bildade en cirkel med en enda väg in. Det ser ut som en stor munk, tänkte Ayleen och sa åt Uno att sänka farten. I mitten lekte några barn på en lekplats och ett antal föräldrar satt på bänkarna runtomkring. Bakifrån såg det ut som de sov men Ayleen förstod att de snarare kollade ner i sina telefoner. Ett vanligt fenomen tydligen. Det var vid sådana här tillfällen en civilbil var till klar fördel. Självklart hade de inte kört in med blåljus och sirener men ibland räckte det med synen av en polisbil för att personer skulle bli nervösa, vilket egentligen var motsatsen till dess syfte. Iallafall om man trodde på det Rikspolischefen nyligen sagt i ett uttalande angående bränderna i Stockholmsområdet. Hon hade förtydligat att polisens närvaro i samhället skulle skänka trygghet och inte oro. Ayleen tittade ut genom fönsterrutan på husväggarna och räknade upp.

"42F borde vara på andra sidan, där borta."

Hon pekade förbi Uno som ökade farten en aning. Radhusen såg likadana ut i grunden men det var uppenbart att flera hushåll velat sätta sin egen prägel. De små gräsplättarna framför husen var nästan alla olika. Några hade låtit göra soldäck, andra planterat träd och buskar. En flicka spelade basket mot en garageport och en liten pojke lekte med en grävmaskin i en sandlåda. Ett perfekt boende för barnfamiljer, tänkte Ayleen och kände hur det spände till i magen. Hon visste att det inte var något farligt, det hade hennes psykolog talat om för henne.

Men även om den vaga smärtan var harmlös gjorde den fortfarande tillräckligt ont för att uppmärksammas.

"Ayleen? Hur är det?"

Uno såg oroligt på henne och hon höjde handen avvärjande.

"Det är okej, lite magknip bara."

Uno nickade och stannade bilen intill ett av radhusen. När Ayleen tittade ut såg hon att färgen på huset hade flagnat avsevärt. Alla husen var målade i samma färg, vilket inte var så förvånande med tanke på att området troligtvis var en gemensam förening, men just det här huset såg inget vidare välskött ut. Stenläggningen in till huset såg ut att vara slarvigt lagd och den rödvitrandiga markisen ovanför fönstret bredvid ytterdörren hängde snett. Löv och kvistar täckte majoriteten av gräsytan framför huset och en mörkgrön postlåda stod på marken och lutade mot ett stålrör. Ayleen kisade med ögonen och såg på postlådan. Under lappen för ingen reklam stod ett efternamn skrivet med bläck. "Svartdahl."

"Det är här." sa hon och såg på Uno.

"Ska du eller jag?"

Ayleen log osäkert.

"Du? Vi kanske skulle dölja uniformen lite nu när vi har en som är utan?"

Uno nickade.

"Du kan ställa dig snett bakom mig till höger. Då ser han bara mig först."

Samstämmigt klev de båda ur bilen och gick fram till dörren. Uno letade efter en ringklocka men det verkade inte finnas någon. Han knackade avslappnat på dörren och väntade. Det dröjde tio sekunder. Tjugo. Uno skulle precis knacka på igen när handtaget vreds ner och dörren sköts upp. Framför Uno stod en ljushårig medelålders man i fläckiga blåa jeans och en svart munkjacka med vita snören.

”Hej?” sa mannen frågande.

Ayleen tittade fram bakom Uno och såg hur mannen fick något förvirrat i blicken. I samma stund som Uno skulle börja tala knuffade mannen till honom hårt i bröstet och Uno föll baklänges ner för stenavsatsen. Ayleen tog instinktivt några kliv framåt och tog emot honom. Samtidigt kastade hon en hastig blick in genom dörren och såg hur mannen for genom huset i riktning mot baksidan.

”Fan.” pustade Uno. ”Följ efter du så tar jag andra hållet.”

Uno slet sig loss ur Ayleens grepp och sprang mot bilen samtidigt som Ayleen rusade in i huset och tog några långa kliv genom hallen in i vardagsrummet. Hon sicksackade mellan stolar och bråte som mannen vält omkull för att vinna tid. Hon skrek till när hon stötte till en av stolarna och det började genast värka i smalbenet. Ayleen fortsatte genom vardagsrummet och höjde händerna när hon kom fram till glasdörren ut mot baksidan av huset. Utan att sänka farten tryckte hon upp dörren och hoppade ut. Hon landade på lövtäckta plankor av trä som såg murkna och slitna ut. Ayleen halkade till och föll ner på sidan. Hon tog emot sig med armbågen och en ilande smärta spred sig i armen.

”Jävla idioter som sticker!” skrek hon och reste sig upp.

Hon tog några kliv ut på gräsmattan och spanade över häckarna. Åt vänster såg hon hur mannen hoppade över staket och buskar över granntomterna. Genast följde hon efter och utan att tveka kastade hon sig in i den första häcken. Det visslade till i uniformen när hon gled igenom och hon fortsatte hålla blicken fäst på mannen. En äldre kvinna tittade upp från sin tidning när Ayleen rusade över tomten och hoppade över ett staket. Det rasslade i handklovarna när hon landade på gräset igen. Plötsligt försvann mannen ur hennes synfält. Hon stannade till en aning och svepte med blicken omkring sig. Han kunde väl inte bara försvinna? Hon hörde ett stönande längre fram och fortsatte springa. När hon hoppade över nästa staket såg hon hur mannen hukande tog sig för ena benet.

"Stanna! Polis!" skrek hon högt och mannen vände sig emot henne.

För ett ögonblick såg det ut som han skulle ge upp men han vände sig hastigt om igen och kastade sig igenom häcken på andra sidan. Ayleen såg hur han föll ner på gräset och försökte resa sig upp. Hon hade närmat sig avsevärt och kunde nu se honom bara ett tiotal meter framför sig.

"Stanna! Polis!" skrek hon igen.

Mannen reste sig upp och tog några trevande steg framåt. Ayleen hoppade över ytterligare ett staket. Det enda som skilde dem åt nu var en meterhög häck och mannen vände sig mot Ayleen och höjde avvärjande händerna. Med adrenalinet pumpandes genom kroppen kastade hon sig tveklöst genom häcken och rakt över mannen. De föll ner på gräset i en duns.

"Jag ger mig!" ropade mannen högt och Ayleen vände honom om på mage.

"Ligg still!"

Hon kände hur kroppen skakade en aning men rutinerna satt i ryggmärgen. Hon tog tag i mannens armar och placerade dem hårt över ryggen. Hon tog loss handklovarna och satte dem över handlederna och drog till.

"Henry Svartdahl?" frågade Ayleen och tryckte ner ena högerknät i hans rygg.

Mannen nickade och jämrade sig.

"Jag har inte gjort något, jag lovar." stönade han.

"Jag är så trött på folk som flyr så fort man ser en polis." flåsade Ayleen och hjälpte mannen upp på fötterna. "Då har ingen gjort någonting. Inte ens pallat ett äpple."

"Vad vill ni mig?" frågade mannen och försökte se på Ayleen.

"Det tar vi sen."

Hon vände sig mot ett äldre par som stod och stirrade på dem med stora ögon.

"Jag är från polisen, det är ingen fara."

Paret nickade i samförstånd men slet inte blicken från Ayleen. Hon bockade kort innan hon föste mannen ut via tomtens kortsida och i riktning mot områdets början och slut.

"Jag kan gå själv, du behöver inte dra i mig." sa mannen och lät irriterad.

"Det behöver jag visst." menade Ayleen och tog ett nytt hårt tag om hans överarm.

När de närmade sig det sista radhuset kom Uno gående med raska steg.

"Är det okej?" frågade han och började jogga fram

mot Ayleen.

Hon nickade.

”Det är Henry Svartdahl.”

”Bra.” sa han och tog ett ordentligt grepp om Henrys andra överarm.

”Fan. Jag kan gå själv, jag ska inte sticka, jag lovar.”

Han såg vädjande på Uno.

”Du har just bevisat att så inte är fallet.” sa Uno med auktoritär stämma.

Framme vid bilen öppnade Uno bakdörren och kastade in mannen. Därefter satte han sig i sätet bredvid. Ayleen förstod att han ville att hon skulle köra. Hon stängde igen dörren och gick runt bilen och satte sig i förarsätet. Uno räckte henne nycklarna och hon startade bilen.

”Vart ska vi?” frågade Henry osäkert.

”Vi vill prata med dig på stationen.” sa Uno utan att möta hans blick.

”Om vadå? Jag har inte gjort något?”

”Det har du visst. Du har knullat med Eva Abrahamsson.”

Henry såg förbryllat på Uno.

”Eva vem?”

Uno suckade.

”Eva Abrahamsson.” sa han långsamt och nästan bokstaverande.

”Det vet jag inte vem det är.”

Uno tryckte upp Henry mot bilrutan och la en hand över hans kind.

”Lägg av!”

Unos hårda röst studsade runt i bilen. Ayleen tittade

i backspegeln och samtidigt blev det tyst en kort stund. Hon kisade med ögonen och kunde inte tro det hon såg. Unos läppar röde sig men inget ljud kom ut. Hon svalde hårt. Uno viskade något till honom.

———

## 26

Tvärt och utan vidare känsla stannade Laura bilen utanför Markgatan 31 i Tumba. Bilfärden hade varit förvånansvärt tyst tyckte Sixten. Inte från hans sida men från Lauras. Hon verkade inte vara en person som hade svårigheter att prata, även om han misstänkte att mycket av det hon sa saknade värde. Själv tyckte han det var befriande att slippa föra talan eller krysta fram frågor han egentligen inte var intresserad av. Det senare övade han dock på. Efter påtryckningar från sin mor. Ibland fick det honom att känna sig som ett barn. Men föräldrarnas uppgift var att uppfostra framtidens medborgare med allt vad det innebar och på samma sätt som man behövde utbildas i historia och samhällskunskap behövde man också utbildas i social kompetens. Det var egentligen ingen grundläggande skillnad. Båda var något man lärde sig.

Han kastade ett öga på Laura som stirrade ut genom framrutan. Sixten betraktade hennes ansikte och räknade sekunderna. Laura blinkade mer sällan än normalt. I vanliga fall blinkade ögat ca 15 gånger per minut. När Sixten räknat till 30 hade Laura bara blinkat två gånger. Sixten hade lärt sig att antalet kunde sjunka när man koncentrerade sig. Han lutade sig aningen framåt på sätet för att se henne tydligare. Hennes ansikte var avslappnat och munnen var öppen. Han kände på sig att han borde fråga något men var osäker på vad som vore lämpligast. Han funderade kort och såg ut genom framrutan han också. Tidigare hade hon varit upprörd över Mirjams frånvaro. Kunde det fortfarande vara det som upptog hennes tankar? Han tvekade en aning.

"Du tänker på Mirjam?" frågade han osäkert.

Hon nickade långsamt. Hennes knogar hade vitnat i det krampaktiga greppet om ratten. Rätt. Nästa fråga.

"Var hon inte hemma?"

Laura skakade på huvudet.

"Ska vi gå in då?" frågade han med mer självförtroende den här gången.

Laura vände sig mot honom och han möttes av hennes tårfyllda ögon. När hon till slut blinkade rann en tår ner längs hennes kind.

"Du fattar ju inte..." sa hon matt.

Sixten vred på sig.

"Jo, jag förstår att du är orolig över vart din vän tagit vägen."

Laura andades långsamt in och spände ögonen i honom.

"Men du fattar inte konsekvensen av det!" skrek hon och ytterligare en tår föll ner på hennes ben.

Sixten ryggade tillbaka en aning. Var konsekvensen av hennes oro mer oro? Han förstod inte vad hon menade.

”Vill du förklara?” frågade han kort.

Laura suckade.

”Jag vill veta var hon är! Jag kan inte bara sitta här eller springa runt och leka detektiv när något kan ha hänt henne.”

Laura torkade näsan i armvecket på jackan.

”Jag förstår.”

”Nej, det gör du inte.”

Laura lutade huvudet på nackstödet och såg upp i taket.

”Det gör jag faktiskt.”

Han vände sig om mot henne och la händerna i knät. ”Min far diagnostiserades nyligen med MCI. Lindrig kognitiv störning.”

Laura sneglade på Sixten.

”Vad är det?”

”Det är ett förstadium till Alzheimers.”

Laura vände sig mot honom.

”Oj...”

Sixten log lite.

”Jag är orolig för honom ibland. Även för min mor.”

”Jag förstår det.” sa Laura och såg bekymrad ut.

”Det tror jag inte.”

Han fortsatte. ”När jag är orolig brukar jag ha för vana att tänka på något annat. Sjukdomen är inget jag kan påverka vilket i sin tur gör det ologiskt att försöka.”

”Men tänk om det finns något jag kan göra för Mirjam då?”

”Som vadå?” frågade Sixten.

Laura ryckte på axlarna och suckade.

"Vet inte. Jag kan iallafall försöka leta efter henne."

Laura öppnade bildörren och smällde igen den bakom sig. Sixten såg hur hon gick runt bilen och klättrade upp på släpet. Det small till när hon fällde ner rampen och rullade ner mopeden. Sixten klev ut och Laura slog ut med armarna.

"Förlåt, men jag måste leta efter henne. Om jag har tur kommer hon hem snart."

Sixten gick fram till mopeden och ställde den intill staketet vid huset och såg hur Laura slirade med däcken och körde iväg. I ensamheten hörde han hur vinden susade förbi honom och han upptäckte att det var på väg att mörkna. Det skumma molntäcket gjorde att dagen kapitulerade en aning tidigare än vanligt. De hade spenderat längre tid hemma än vad han hade räknat med. Det var tydligt att hans mor behövde någon form av avlastning. Gunnars tillstånd var inte krävande på ett fysiskt plan, men desto mer på ett psykiskt. De senaste åren hade Sixten övat mer på att förstå andra människors känslor och uttryck men det var fortfarande en utmaning. Det underlättade iallafall i hemmet. Han hade upptäckt att ju närmare relation man hade med någon desto lättare blev det att läsa av personen. Därför var det relativt enkelt att förstå att Marie behövde en paus från Gunnar ibland. Varför var han inte riktigt säker på än. Däremot var Lauras beteende svårare att förstå. Att leta efter en försvunnen person var som att leta efter en nål i en höstack. Den liknelsen hade han lärt sig. Nålen motsvarade personen och höstacken ytan där personen kunde befinna sig. Däremot funderade han på om någon åtagit sig uppgiften att faktiskt leta efter en nål i en höstack. Dessutom borde chansen att hitta nålen bero på höstackens storlek, och nålens storlek. Det fick han läsa på om senare. Han avbröt sina tankar om nålar och höstackar och konstaterade att uppdraget att leta efter en försvunnen person borde lämnas åt kompetenta människor och inte känslomässigt påverkade anhöriga.

Han vände sig mot huset han var på väg att besöka. Fasaden var klädd i vitt tegel ända ner till marken. Taket pryddes av svarta takplattor som Sixten anade var nylagda. En stentrappa visade vägen till ytterdörren och avslöjade samtidigt att huset hade ett källarplan. Sixtens blick for längs fasaden men inget källarfönster syntes till på framsidan. Både till höger och vänster om ytterdörren fanns två fönster. Men frånvaron av ljus gjorde det omöjligt att se in från där han stod. Bakom huset och bakom skorstenen reste sig ett naket träd och Sixten påminde sig om att trädgårdsarbete inte var intressant för alla. Den vildvuxna framsidan var ett bevis på det. Han gick fram till den höga brevlådan som stod på marken och såg siffran 41 stort och tydligt. Inget namn. Då hade Alexandra inte behövt hans hjälp. Han tog några långa kliv fram till ytterdörren och knackade på. Han väntade tålmodigt innan han knackade igen. Ingen verkade vara hemma. Det var självklart en chansning att besöka en adress oannonserad men han hade hoppats på att någon ändå var hemma. Han vred huvudet åt höger för att se om det gick att se in genom fönstret men istället såg han bara reflektionen från utsidan. Han lutade sig mot fönstret ytterligare och reagerade plötsligt när han såg hur grannen drog igen gardinen i huset intill. Han kliade sig på hakan. Nyfikna grannar hörde till vanligheten. Det hade han upplevt själv. Allt för ofta hade han haft oönskade åskådare när han som liten gömt skatter i rabatterna och byggt kojor i träden. Varför förstod han inte riktigt. Hade de inte något bättre för sig än att studera hans lekrutiner? Dessutom var det aldrig någon av grannbarnen som ville vara med och leka så intresset och nyfikenheten måste ha varit ambivalent.

Han gick över till huset intill och tryckte på ringklockan. En klingande melodi spelades inifrån huset och en lampa släcktes i rummet där grannen bara sekunder tidigare hade stått.

”Jag vet att någon är där inne.” sa han med hög stämma.

Det blev tyst när ljudet från ringklockan försvann. Han tryckte en gång till och knackade. Till slut öppnades dörren och ett skrynkligt kvinnoansikte tittade ut genom springan.

”Jag vill inte köpa något.” väste hon och kisade mot Sixten.

”Jag vill inte sälja något.” väste Sixten tillbaka.

Kvinnan tryckte ut huvudet några centimeter till och såg undrande på honom.

”Vad vill du då?”

Sixten log sitt varmaste leende och hukade sig.

”Jag undrar om du vet vad din granne här till vänster heter?” sa han och pekade.

Kvinnan såg genast skräckslagen ut.

”Vi pratar inte med eller om honom.” viskade hon innan hon försiktigt stängde dörren igen.

Sixten suckade. För ett ögonblick kom han att tänka på böckerna om Harry Potter och hur ingen ville säga

Lord Voldermorts namn. Grannen kunde knappast vara lika ondskefull som mörkrets furste. Han vände sig om och såg ut mot vägen. Månljuset som försökte tränga sig igenom molnen blockerades av ett stort lönnträd. Så fort han såg ett lönnlöv tänkte han på Kanadas flagga, Maple Leaf Flag. Han var egentligen inte intresserad av varken flaggor eller träd men hans minne svek honom sällan. Han klev ner för stentrappan och var precis på väg att kliva ut på trottoaren när en obekant röst viskade till honom. Han vände sig mot lönnen och såg två mörka skuggor under trädet. Han tog några tveksamma steg i riktning mot dem.

"Du kan stanna där." fortsatte rösten.

Den lät inte hotfull utan snarare inbjudande men reserverad. "Är du Sixten Salomonsson?" frågade rösten.

Sixten nickade, fortfarande en aning förvånad av det plötsliga mötet med två främmande figurer.

"Ja, det är jag." sa han osäkert. "Vilka är ni?"

Den andra skuggan skrockade.

"Vi förstår att du är intresserad av klanen, inte sant?"

Sixten nickade igen. Personen till vänster som först talat till Sixten tände en cigarett och för en sekund lystes ett ansikte upp. Sixten noterade att det var en man. Mer hann inte registreras.

"Vi vill mer än gärna välkomna dig och din kollega Laura till ett möte."

Mannen tog en paus. "Som en demonstration av vår välvilliga klan."

En låga av hopp tändes i Sixten. Ett utmärkt tillfälle att få insyn i klanen.

"Jag accepterar erbjudandet." sa Sixten tydligt.

Sedan tänkte han på Laura. Hon var inte där. Men personerna framför honom visste att hon existerade och att hon var hans kollega. Och de ville bjuda in henne också. Han svalde.

”Jag kan inte tala för Laura, hon är inte med mig för tillfället.”

Mannen drog ett bloss och ett rökmoln bolmade ut från hans mun.

”Det är av största vikt att hon medverkar.” sa han myndigt. ”Men observera att inbjudan endast gäller er två.”

Sixten bekräftade. ”Kom till den här adressen så tar vi er till mötet.”

Han räckte fram ett litet visitkort och Sixten tog emot det och stoppade det i bröstfickan på rocken. Mannen förekom Sixtens frågande min.

”Klockan 18.42. Det ger dig tillräckligt med tid att underrätta Laura.”

Mannen släppte cigaretten och trampade ner den hårt i marken innan de båda försvann in i mörkret igen.

———

## 27

Mörkret hade börjat sänka sig runt honom och det enda som lyste upp vägen var strålkastarna från hans egen bil. Här trivdes han bra. Ljuset var ett nödvändigt ont i sammanhanget och för uppgiften han hade framför sig var ett fordon oundvikligt. Han föredrog att promenera eller vandra omsvept av mörkret och den svarta natten men platsen låg för långt bort för att det skulle vara tidseffektivt att gå. Vägen han körde på var en avlägsen sådan och han rynkade pannan när han såg två små ljuskristaller i backspegeln. Uppenbarligen var inte vägen avskild nog. Han stoppade handen i byxfickan och plockade upp en tändsticksask. Han studerade den traditionella asken och konstaterade att han inte reflekterat över om det var en flicka eller pojke som skyndade sig fram under den stora varma solen. Han visste att det var Einar Nerman som ritat etiketten men var osäker på hur motivet hade bestämts. Hade det inte varit för hans egna kunskap om Solstickans ursprung hade han nästan gissat att bilden av det skyndande barnet var ett resultat av könspolitiken som blomstrat den senaste tiden. Han ryste till. Man är man och kvinna är kvinna, tänkte han. Hur svårt skulle det vara att förstå det. Han hade haft otaliga samtal senaste åren med människor som menade att samhället var tvunget att följa med utvecklingen. Men han hade alltid ifrågasatt samhällets egen medvetenhet. Genom alla år av nyupptäckta vetenskapliga rön som motbevisats borde människan insett att nuet inte är att lita på. Morgondagen skulle kunna visa på ett nytt avslöjande och likaså dagen efter den. När han kallats konservativ och bakåtsträvande hade han dock nickat instämmande. Det hade han inget problem med. Han ville utan tvekan bromsa upp utvecklingen och var alltid orolig för snöbollseffekten. Något som från början upplevts som harmlöst skulle med tiden växa till något okontrollerbart. Som tur var hade han människor runt sig som delade hans åsikter.

Hans tankar avbröts när bilen bakom plötsligt slog på helljuset. Suckande tryckte han till fliken under backspegeln och genast blev ljuset mindre intensivt. Bilen bakom accelererade och körde ut i den vänstra körfilen samtidigt som ytterligare en bil dök upp bakom. Dagens ungdom, tänkte han och sänkte farten en aning. Bilen i den vänstra filen körde om och svängde in rakt framför honom. Samtidigt körde bilen som nu låg bakom ut i vänsterfilen och placerade sig alldeles bredvid. Genom fönsterrutan skymtade han två män som var alldeles för gamla för att kategoriseras som ungdomar. När han kört ett hundratal meter utan att någon av bilarna flyttat på sig slog det honom. Vägpirater. Han tittade på klockan på instrumentbrädan och log lite för sig själv. Det fanns tid. Han höjde avvärjande vänsterhanden och såg med ett skräckslaget uttryck på männen i bilen bredvid och sänkte farten. Båda bilarna som omringade honom gjorde likadant. När han stannat bilen hissade han ner bilrutan, öppnade bildörren försiktigt och höjde båda händerna. Han reste sig långsamt upp och stängde lugnt dörren. Han gav sken av att vara nervös och orolig när tre personer lämnade bilarna och gick fram till honom. Samtliga var svartklädda och två av dem bar huva. En utav männen, som såg ut att vara äldst, talade till honom på bruten svenska.

”Bilnycklarna.”

Han kände igen brytningen. Öst ifrån. Han nickade hastigt och vände sig mot sin bil. Han hukade sig in genom rutan och sträckte sig efter nyckeln i tändlåset. För ett ögonblick övervägde han att sträcka sig ännu längre fram till handskfacket. Men att skjuta piraterna skulle gå alldeles för fort. Dessutom behövde han öva på närstrid. Han vred huvudet snett bakåt och såg hur en av männen med huva ställde sig bakom honom. Sakta greppade han tag om bildörren med båda händerna och tryckte sig närmare den. Sedan stötte han ifrån med full kraft samtidigt som han kastade huvudet bakåt. Ett krasande hördes när näsbenet krossades på mannen bakom honom, som genast föll till marken samtidigt som han skrek till och tog sig för ansiktet. Natthöken vände sig omedelbart mot den andra mannen med huva som tog några tveksamma kliv fram emot honom. Ur fickan plockade mannen upp en två decimeter lång kniv och riktade den rakt mot honom. Natthöken avvaktade i väntan på en eventuell attack och fokuserade. Samtidigt blickade han bort mot den tredje mannen, utan huva, som stod aningen chockerad ett par meter bort. Mannen framför honom viftade med kniven och sa något på ryska. Natthöken väntade på ett tillfälle att avväpna den mörkklädda personen framför sig och plötsligt skickade mannen fram kniven rakt emot honom. Natthöken vinklade vänsterarmen i 90 grader vid armbågen och slog åt höger rakt över mannens arm. Samtidigt tog han ett kliv åt vänster och slog ett kraftfullt och välriktat slag underifrån med högerhanden, riktat mot nedre revbenen och njuren. Mannen framför honom böjde sig framåt och tappade kniven. Natthöken höjde återigen vänsterhanden. Den här gången sänkte han mannen till marken genom ett hårt slag mot nacken. Vägpiraten med det brutna näsbenet gnydde och spottade blod bakom honom. Långsamt plockade Natthöken upp kniven från marken och böjde huvudet lite åt höger. Han studerade mannen utan huva och log ett självsäkert leende.

”Det är du som bestämmer hur det här ska sluta.” sa han och knäckte nacken.

Han verkade få sitt svar. Mannen utan huva var betydligt yngre än de andra två. Han var svarthårig och hade ett slätrakat juvenilt ansikte och en piercing i det högra ögonbrynet. Han flinade tillbaka och gömde ena handen bakom ryggen. Natthöken förstod direkt att han sökte efter något i byxlinningen. En pistol. Genast minskade han avståndet till mannen men han nådde inte ända fram förrän en pistolmynning riktades mot honom. Han stannade till och höjde händerna i luften. Mannen sa något som inte gick att förstå. Natthöken granskade vapnet han hade framför sig. En Beretta 92. Han förvånades ett ögonblick av att en person från Ryssland använde sig av ett vapen förknippat med den amerikanska militären. Men i den undre världen florerade väl otaliga vapen från olika platser, tänkte han. Han upptäckte hur ovanligt lugn han blev. Adrenalinet hade börjat pumpa i och med att han bestämt sig för att oskadliggöra männen men nu när det plötsligt blev en allvarlig situation sjönk hjärtslagen och han kunde utan problem ta djupa medvetna andetag. Sekunderna gick. Men ännu inget skott. Natthöken började ana att mannen utan huva ville undvika att behöva avlossa ett skott. Samtidigt såg han hur mannens pekfinger låg pressat intill avtryckaren. Om ett skott skulle brinna av var det mer troligt att det var av misstag. När Natthöken insåg detta bestämde han sig för att inte vänta längre. Han nickade skräckslaget mot mannen och satte högerknät i marken samtidigt som han flyttade vänsterfoten framåt intill punkten där knät var placerat. Därefter böjde han sig framåt och satte händerna långsamt med handflatorna neråt i marken. Nu stod han som i ett startblock redo för ett 100-meterslopp. Utan att höra något startskott tryckte han ifrån med fötterna och flög upp i mannens bål. Kraften gjorde att mannen kastades bakåt och Natthöken föll över honom. Genast tog han tag i mannens handled och slog den i marken. Pistolen studsade iväg in under hans egen bil, in i mörkret. Han tog ett nytt tag om kniven han fortfarande höll i handen och riktade den mot mannens hals. Han möttes av en chockad och stirrande blick. Mannen utan huva darrade på läppen och skakade lätt i hela kroppen.

”Det var ett modigt försök.” sa Natthöken lugnt.

Mannen som låg på marken under honom tittade plötsligt snett förbi honom. "Ligg still." viskade Natthöken och reste sig upp.

Han vände sig sakta om och såg på mannen med den krossade näsan. "Är du säker?" frågade han och såg på det blodtäckta ansiktet.

Han hörde en djup suck och mannen med huva och krossad näsa tog några kliv bakåt. Natthöken log milt och nickade. "Ett klokt val."

Han passerade försiktigt mannen som fortfarande låg på marken tillsynes medvetslös och satte sig i förarsätet. Ur fickan plockade han fram en svart tändsticksask. Han vred om nyckeln i tändlåset och tittade på klockan. Lite sen kanske han skulle bli. Men de kunde gott vänta.

**28**

Alexandra slog upp ögonen och möttes av ett kompakt mörker. Trots att hon inte såg något kände hon hur huvudet snurrade. Det kliade i ögonen och hon blinkade ett antal gånger för att bli kvitt känslan av att vara nyvaken. Hon behövde inte anstränga sig för att minnas vad som hänt. Hon hade gått i en fälla. Rätt åt mig, tänkte hon och började treva med händerna i luften. Allt för många gånger hade hennes oförsiktighet belönat henne med en tillfällig sexuell stimulans. Inte för att hon hade väntat på det men hon visste att dagen till slut skulle komma då hon ångrat sitt tillvägagångssätt i jakten på nya amorösa upplevelser. Men att det skulle sluta i en kidnappning hade hon aldrig ens tänkt på. Ändå befann hon sig nu på en mörk plats full av ångest och oro. Hon kände försiktigt med händerna runtomkring sig. Hon låg på en mjuk madrass. Den var bäddad med lakan, och täcke. Hon kände snabbt med händerna på kroppen och konstaterade att hon fortfarande hade kläder på sig. Hon satte sig upp där hon låg och fortsatte söka med händerna i närheten. Åt höger rispade hon nageln på någonting kallt och hårt. Betong? Luften var sval men det var inte direkt kallt. Utan att vara helt säker anade hon att hon befann sig under marknivå.

Hon ryckte till när ett gnissel hördes några meter ifrån henne. Hon höll andan kort innan hon viskade ut i mörkret.

”Är det någon där?”

Ljudet som lät påminde om fjädringen på en säng. Låg det någon annan där ute? ”Hallå? Är det någon här?”

Det gnisslade till ytterligare en gång och Alexandra sköt knäna intill kroppen och tog tag i täcket.

”Hallå?” viskade en återhållen röst tillbaka.

Fler ljud hördes och Alexandras ögon for fram och tillbaka i mörkret. Plötsligt hördes ett snabbt skrapande ljud och en ljuslåga blinkade till och tändes. Hon följde den dansande lågan intensivt med blicken. Till slut stannade den och en ny låga tändes. Det blev genast ljusare i rummet och Alexandra kunde urskilja en gestalt framför sig. Personen framför henne reste sig upp och tände en ny tändsticka. Fler ljus tändes i rummet och i skenet av vakande skuggor såg Alexandra förvånansvärt klart. En mörkhårig ung kvinna satte sig på en säng på andra sidan rummet.

”Vem är du?” frågade Alexandra försiktigt och virade täcket om sig.

”Mirjam... Vem är du?”

”Alexandra.”

Det blev tyst en kort stund.

”Hur länge har du varit här?” frågade Alexandra men

var osäker på om hon ville veta svaret. Tänk om kvinnan på andra sidan rummet varit här i veckor, månader, år. Det knöt sig i magen på henne och hon kvävde en kräkning.

"Bara en natt. Jag vaknade upp här igår." sa Mirjam med en röst som var så tunn att det lät som om hon inte sagt ett ord på evigheter.

Alexandra andades ut.

"Jag måste ha kommit hit nyligen." sa hon och såg sig runt i rummet.

I det svaga ljuset såg hon att väggarna var gjorda av hårt packad jord, precis som golvet. Ingenstans syntes något fönster, men en bred metalldörr bredde ut sig till vänster om henne. Hon lutade sig framåt och konstaterade att det saknades handtag på insidan. De fina sängarna och bäddningen såg malplacerade ut i det tomma rummet. Som om de egentligen hörde hemma i ett påkostat hus. När hon tänkte på det förvånade det henne att hon inte vaknat på en sunkig och trasig madrass, med tanke på det källarliknande och kyliga rummet. Det verkade som att sängarna fanns där för deras komfort. Det fick Alexandra att fundera på varför hon och Mirjam var just här. Hon mindes vad mannen hade sagt till henne precis innan hon förlorade medvetandet tidigare. Att hon kunde vara lugn, för hon hade inget som han behövde. Konstigt nog kände hon sig mer sansad än hon väntat sig. Hon förstod inte varför hon litade på mannens ord och Mirjam gav inte heller sken av att vara panikslagen.

"Var det en man som tog dig hit?" frågade hon och såg in i ljuslågan.

Mirjam nickade.

”Jag var hemma och hade precis tagit en dusch. När jag gick ut från badrummet såg jag honom stå där i hallen innanför dörren.”

”Minns du hur han såg ut?”

Mirjam såg ut att fundera och ryckte lite på axlarna.

”Medelålder, lång, kort mörkt hår.”

”Mm, det låter som samma person som tog mig.”

Mirjam fortsatte.

”Han pratade mjukt på något sätt och sa att jag skulle klä på mig för jag skulle följa med honom.”

Mirjam veckade pannan och tittade ner i golvet. ”Han sa att jag inte behövde oroa mig, men att det var nödvändigt att jag följde med. Och precis innan vi lämnade lägenheten gick han tillbaka in och började kasta saker omkring sig och välta möbler.”

”Varför då?” frågade Alexandra nyfiket.

”Jag vet inte, men han var ändå lugn hela tiden. Det var jättekonstigt.”

Alexandra höll med. Antagligen ville mannen att det skulle se ut som en kidnappning men utan att Mirjam skulle uppleva det så.

”Minns du om den här sängen stod här när du kom hit?”

Mirjam nickade.

”Det var bara de här två sängarna och pallarna med stearinljus på.”

Det måste betyda att det var planerat att de båda skulle hamna här. Men varför?

”Har du någon aning om varför du är här?” frågade hon osäkert.

Mirjam skakade på huvudet.

"Ingen aning."

Hon höjde huvudet och mötte Alexandras blick. "Men han sa att jag inte skulle behöva vara här så länge."

Det var hoppfull information. Han hade visserligen inte sagt något om det till henne men om hon hade tur gällde det henne också. Alexandra huttrade till en aning och virade täcket om sig än mer.

"Vad var det som hände dig? Om du orkar berätta?" frågade Mirjam besvärat.

Alexandra förklarade vad som hade hänt. Att det var hennes eget fel och att det var hon som gått fram till honom och inte tvärtom. Hon undvek onödiga detaljer men klargjorde att mannen också sagt till henne att hon inte behövde oroa sig. Mirjam såg ut att slappna av och hennes axlar sjönk ihop.

"Vet du varför du är här?" undrade hon med en vag antydan till att inte vilja veta.

"Nej, men jag arbetar som journalist och det kanske är någon som tröttnat på mig."

Hade hon befunnit sig i en annan situation hade hon bjudit på ett leende. Det här var allvarligare än så.

"Något speciellt du skriver om?"

Frågan slog ner som en blixt från klar himmel. Det var inget speciellt hon skrev på nu. Men det var något speciellt hon hade skrivit om förut, och som hon hade djup kunskap i. I samma stund som hon skulle förklara det för Mirjam hördes en dov smäll utanför. Alexandra hoppade till och kröp ihop vid fotändan av sängen, intill väggen. Det skrapade i jordgolvet när metalldörren långsamt sköts upp en aning. Genom den decimetertjocka springan trängde en knuten hand in. Personen på andra sidan vred handen uppåt och öppnade den.

"Varsågod, ifall stearinen tar slut." sa en mild och mörk röst.

Alexandra såg på Mirjam som sakta reste sig upp och gick fram till den öppna handflatan. Försiktigt tog hon tag i tändsticksasken och skyndade sig tillbaka till sängen.

"Bara en liten stund till." viskade rösten innan metalldörren stängdes igen.

## 29

Som vanligt var gatlyktan utanför polisstationen släckt. Det gjorde att det vilade en ofrivillig mystik över den lilla byggnaden. Det mörka röda teglet blev än mörkare i ljusets frånvaro och de svarta fibercementplattorna blev nästan osynliga. Ayleen tittade ut genom fönsterrutan och förstod plötsligt varför folk tog stationen för ett vanligt bostadshus. Å andra sidan var det tydligt att det var en polisstation med tanke på den klassiska blågula symbolen med tre kronor i med texten ”Polisen” under. Den breda glasdörren var inte heller speciellt vanligt förekommande i ett normalt bostadshus.

Ayleen stannade bilen intill trottoaren på vägen och klev ur. Hon gick runt bilen och öppnade dörren där Uno satt. Med ett stadigt grepp slet han ut Henry och smällde igen dörren. Ayleen gick i förväg och kunde inte låta bli att fundera på vad Uno hade viskat till Henry. Att Uno hade en del egendomliga metoder visste hon men det var något med sättet Henry såg på honom. Hon tittade snabbt på klockan och hoppades att Vera inte var kvar på stationen, för hennes egen skull. Det var söndag och hon visste hur lätt det var att fastna på jobbet, speciellt om man ville visa framfötterna. Det var släckt inne i byggnaden förutom ett par bordslampor som lyste i fönstren. Hon hade nog gått för dagen, tänkte Ayleen och kände på ytterdörren. Låst. Hon plockade fram nycklarna ur jackfickan och vred om låset. Inne på stationen såg det öde ut. Receptionen åt höger var tom och dörren till köket bredvid var stängd. Ayleen tittade in på kontoret åt vänster där hon och Uno brukade sitta. Hon flinade när hon som vanligt uppmärksammade skillnaden mellan hennes eget arbetsbord och Unos. Det förvånade henne att han ändå kunde hålla ordning trots kaoset som bredde ut sig runt hans plats. Det låg papper och pärmar överallt och papperskorgen hade vält omkull och det låg skräp på golvet vid skrivbordsstolen. Men det var väl så att vissa föredrog ett ordnat kaos även om hon tvivlade på att det hon såg på Unos skrivbord var något medvetet. Själv var hennes plats stilren. Papperna på sin plats. Pennorna likaså. Hålslagaren och häftapparaten hade till och med sina egna textmarkeringar. Hon kom att tänka på Sixten. Hon ville inte erkänna det men han hade nog influerat henne mer än hon anat. På något undermedvetet plan.

Hon fortsatte förbi kontoret och öppnade en dörr lite längre ner i den korta korridoren. Uno och Henry följde efter och Uno tryckte ner Henry på en kall metallstol i borstat stål. Därefter slog han sig ner i en vit vadderad pinnstol. Han drog ut stolen bredvid och Ayleen satte sig ner. Det ergonomiska skrivbordet i björk som skilde dem från Henry var en överraskning från Lenny till Uno som klagat över ryggsmärtor för ett antal år sedan. Uno hade vänligt men bestämt avvisat gåvan och kört in det i förhörsrummet. Ayleen ville egentligen inte kalla det för ett förhörsrum utan snarare ett rum för samtal. Rummet var precis som stolen Henry satt på, kallt. Både temperaturmässigt och inredningsmässigt. Förutom bordet och stolarna hängde en matt lysrörsarmatur i taket. Uno hade vid ett tillfälle skämtat om att strunta i att byta ut lysrören när de började blinka för att göra förhören mer dramatiska. Lenny hade inte gått med på det.

Uno suckade till och bad Ayleen att hämta diktafonen på hans skrivbord. Ayleen flinade och tänkte för ett ögonblick fråga om han visste var på skrivbordet den låg. Hon klev ut i korridoren igen och stannade till när hon hörde ett ljud inifrån köket. Dörren öppnades hastigt och Vera klev ut och tvärstannade. Hennes röda kinder och halvt knäppta blus avslöjade henne omedelbart.

"Oj, hej. Jag visste inte att ni skulle vara här." sa hon både generat och stressat.

Snabbt började hon knäppa blusen. Ayleen skulle precis kommentera hennes utseende men Uno, som ställt sig i dörröppningen, förekom henne och visslade.

"Nej, men Vera. Det trodde jag inte om dig. Och på stationen av alla platser."

Unos breda leende fick Ayleen att höja på ögonbrynen och skaka lätt på huvudet.

"Bry dig inte om honom." log hon milt men Vera fortsatte se stressad ut.

En ny röst hördes bakom Vera och dörren till Lennys arbetsrum öppnades. Fan, tänkte Ayleen. Av alla människor var hon tvungen att ligga med chefen. Inte för att hon blev avundsjuk, hon tänkte mer på arbetssituationen. En arbetsplats där det förekom relationer var inte att föredra. Lenny gick igenom köket fram till dörröppningen bakom Vera och harklade sig.

"Jag ser att ni ska inleda ett förhör. Bra." sa han myndigt.

Ayleen och Uno stirrade på honom utan att säga något. "Det här är inte gymnasiet, så jag antar att vi inte behöver tramsa om det här."

Han nickade mot Vera och gick tillbaka till sitt arbetsrum. Vera log ett ansträngt leende och trängde sig förbi Ayleen och lämnade stationen. Ayleen ville följa efter Lenny men förstod att det inte var någon idé. Hon gick snabbt in på sitt delade kontor och rotade fram diktafonen och gick tillbaka in i förhörsrummet. Uno satte sig bakåtlutad på stolen med händerna bakom huvudet och log stort. Henry satt långt bak på stolen och såg osäker ut, vilket var förståeligt.

"Ska vi fokusera och börja då?" frågade Ayleen och såg uppfordrande på Uno.

Hon placerade diktafonen mitt på bordet och startade den. Uno tog ett djupt andetag och lutade sig framåt.

"Jaha. Förhör med Henry Svartdahl. Det är söndag den 26 november och klockan är enligt diktafonen 17.04. Närvarande Uno André och Ayleen Madani."

Henry nickade nervöst och såg på Uno.

"Vet du varför du är här?" frågade Ayleen och sökte efter Henrys blick.

Han skakade på huvudet.

"Du förhörs alltså upplysningsvis gällande morden på

Sten och Eva Abrahamsson.”

Henry svalde hårt och började skaka lätt i högerbenet.

”Jag vet inte vilka de är.” sa han med svag och nervös röst.

”Du måste prata högre.” viskade Uno och pekade på diktafonen på bordet.

”Jag har ingen aning om vilka Sten och Eva är.”

”Vad gjorde du i fredags kväll?” frågade Uno och vilade ena armbågen på bordskanten.

Henry såg undrande på honom. ”Var det en svår fråga tycker du?”

”Ehm...”

Henry stirrade intensivt på Uno. Ayleen suckade.

”Vad gjorde du i fredags kväll?” sa hon märkbart irriterad.

Henry svarade inte. Små svettpärlor bildades i hans panna.

”Var du tillsammans med någon i fredags eller vad gjorde du?”

Uno slog ut med armarna. Henry svalde igen.

”Jag var hos en vän och kollade på tv.”

”Hos vem då?” frågade Uno snabbt.

”Hos min kompis. David.”

”David, vadå?”

”Ehm, Björck.”

Ayleen himlade med ögonen.

”Jaha, vad tittade ni på då?”

”På spåret.”

Ayleen lutade sig fram över bordet.

”Vilka var med och tävlade i fredags då?”

Henry tog ett djupt andetag och funderade en kort stund.

"Förlåt, men jag har glömt bort det." sa han och tittade ner i bordet.

Ayleen studerade mannen på andra sidan bordet. Det kändes som det satt ett litet barn i stolen och längtade efter sin mamma. Uno slog näven hårt i bordet och Henry hoppade till.

"Lägg av nu för fan! Vi vet att du kände Eva Abrahamsson. Du skickade ett sms till henne senast i fredags och ville knulla. Sluta ljug för i helvete."

Uno hade rest sig från stolen. Henry såg uppriktigt rädd ut där han satt och hans läppar hade nästan torkat ihop.

"Förlåt..." pep Henry och Uno sjönk ner på stolen igen.

"Träffade du Eva i fredags?"

Henry skakade på huvudet och torkade en tår som börjat rinna ner för kinden.

"Nej, vi sågs inte. Hon kunde inte."

Ayleen såg meddelandekonversationen framför sig och visste att det Henry sa var sant. Eva hade svarat att hon var upptagen. Dessutom hade hon svarat att hon funderade på att avsluta relationen med Henry. Ayleen såg på honom.

"Varför kunde hon inte?"

Henry ryckte trött på axlarna.

"Jag vet inte, hon sa inte det."

Ayleen suckade djupt.

"Du vet att vi kan kolla vad du och Eva har skrivit till varandra, även om det har raderats."

Hon tog en paus. "Alltså vet vi vad Eva svarade dig när du ville träffa hennes. Hon svarade att hon inte ville ligga med dig mer."

Henry tittade återigen ner i bordet. "Måste ha känts jobbigt att höra, eller hur?"

Henry nickade smått. "Så det är ju inte jättekonstigt om vi tror att du åkte hem till Abrahamssons ändå. Och när hon ännu en gång avfärdar dig blir du förbannad. Du förstår att Sten är anledningen till att du och Eva inte kan fortsätta vara tillsammans och då slår det slint för dig."

"Sluta." bad Henry.

"Du gör dig av med Sten och när Eva fortfarande inte vill ha dig bestämmer du dig i vredesmod att döda henne också."

"Sluta!" skrek Henry den här gången och såg på Ayleen med rödsprängda ögon. "Det stämmer inte..."

Han andades tungt. "Jag var..."

Uno avbröt Henry och reste sig upp.

"Jag hämtar lite vatten. Förresten, har du numret till den där David?"

Henry plockade upp sin telefon ur fickan och tryckte ett antal gånger på displayen. Han sköt telefonen över bordet och Uno tog emot den och gick ut ur rummet. Henry lutade sig framåt och vilade pannan på bordet. Mycket av det Ayleen lärt sig på polisskolan i form av teori hade hon förträngt men under sin aspiranttjänstgöring hade en kollega talat om för henne att det var effektivt att sätta press under förhör, framförallt om man uppfattade den förhörde som skör och osäker. Kanske hade hon lyckats med Henry. Om han skulle ge med sig visste hon inte men han hade blivit märkbart upprörd. Det skulle kunna vara ett tecken på att han var på väg att säga något viktigt. Hon lutade huvudet åt sidan och såg på Henry. Antydan till en kal fläck syntes i hans bakhuvud. Det var något som inte stämde. Något som hon borde ha reagerat på. Det hade sagts något nyss. Hon kliade sig i pannan samtidigt som Uno kom in i rummet igen. Han ställde ner ett glas med vatten på bordet och Henry tog det direkt. Uno nickade ut mot korridoren och Ayleen följde med honom ut igen. Hon stängde dörren efter sig och såg undrande på Uno.

"Hans alibi verkar hålla. Hans polare bekräftade att han varit där hela fredagskvällen tillsammans med två andra."

Ayleen suckade.

"Fan..."

"Hur går det?" frågade plötsligt Lenny som ställt sig i dörröppningen till köket.

"Henry kände Eva, helt klart. Dock verkar det som han har alibi för mordkvällen. Han var hos en kompis som bekräftar."

Där var det, tänkte Ayleen. Henry kände Eva. Inte känner.

"Konstigt att han inte reagerade på att du sa att han kände Eva, inte att han känner henne."

Uno såg frågande på Ayleen.

"Vad menar du?"

"Ja, Henry verkade inte reagera på att hon är död. Hur kan han veta om det?"

Uno fortsatte se oförstående ut.

"Jag tänkte inte ens själv på att jag sa så. Det kanske

inte han heller gjorde. Eller så har det läckt ut på något sätt?"

"Media har inte gått ut med namn än i alla fall." påpekade Lenny.

"Han kanske bara är nervös. Det är inte första gången någon vill förneka en otrohetsaffär."

Uno tryckte axlarna bakåt och det knakade till en aning.

"Så vad gör vi?" frågade Ayleen och såg på Lenny.

"Inget, vi fortsätter förhöret."

"Men han har ju alibi?"

Lenny såg på Uno och log.

"Han kanske vet något annat som är intressant, eller tycker ni att ni är färdiga?"

Uno gav honom en klagande blick och gick demonstrativt in i förhörsrummet igen. Ayleen kom att tänka på vad hon sett tidigare och kunde inte låta bli att le mot Lenny.

"Vad är det?"

"Inget." flinade hon.

"Som sagt, även om det råkade ske på arbetsplatsen är det fortfarande en privatsak."

Ayleen nickade kort. Även om Lenny talade med en allvarlig ton kunde hon se en smula lycka i hans ögon.

"Förresten, jag hörde av mig till Stockholmspolisen angående invandrargängen." sa Lenny och bytte effektivt ämne.

Ayleen kunde höra i hans röst att nyheterna varken skulle vara positiva eller negativa.

"Och?" frågade hon uppfordrande.

"Ja, de skulle väl äta upp munkarna först innan de

tog sig ut och kollade rykten på stan och allt det där."

Ayleen nickade och slogs av en svag besvikelse över att hennes chef valt att uttrycka sig så om kollegor. Han kanske umgicks för mycket med Uno, tänkte hon och gick motvilligt tillbaka in i förhörsrummet.

## 30

En svag doft av fuktig kartong och bensin spred sig in i Sixtens motvilliga näsborrar när han hoppade av mopeden vid den adress som stod på kortet han bar i innerfickan på rocken. Han fällde ut stödet och vilade mopeden varsamt mot asfalten. Därefter öppnade han rocken en aning och såg sig omkring. Här ute hade han aldrig varit förut. Platsen var förmodligen inte speciellt välbesökt heller med tanke på den nedlagda bensinmacken. Två slitna pumpar stod framför en nedgången butik med trasiga fönster. Dörren in till butiken stod på glänt och hade ett cirkelformat hål i sig. Vid sidan av butiken stod en sönderbränd bil utan däck och fälgar. Sixten kisade med ögonen och såg att bilen saknade registreringsskylt. Det var inte ovanligt att folk som ville göra sig av med sin bil dumpade den på en avlägsen plats och tog bort registreringsskylten. Varför man inte skrotade den för en varierande men ansenlig summa pengar förstod inte Sixten, om bilen inte varit kopplad till ett brott förstås. Detta fenomen med utplacerade anonyma bilar var inte något som uppskattades av myndigheterna men som vissa utnyttjade genom att plundra bilarna på eventuella försäljbara ting. Sixten la händerna på ryggen och började strosa omkring på området. Han kom osökt att tänka på första gången han skulle tanka sin moped. Hans far hade följt med honom för att visa hur det gick till. Men av någon anledning fick varken Sixten eller Gunnar upp tanklocket. Ett flertal ungdomar i hans egen ålder hade skrattat en bit bort och hans far hade talat om för honom att inte bry sig om vad andra tyckte. Det hade han fått höra många gånger både innan och efteråt. Han var speciell. Eller annorlunda. Han bröt mot normen. Hans föräldrar valde alltid ord med omsorg men han visste att samhället ofta såg på honom som en udda och avvikande figur i negativ bemärkelse. Han kände själv att han inte passade in någonstans. Han var inte intresserad av typiska manliga saker. Inte sport. Inte mekanik. Inte tjejer. Föga förvånande hade han aldrig haft någon flickvän. Han var helt enkelt inte intresserad av intima relationer till varken tjejer eller killar. När han förklarade för sin kurator i unga år att han inte tyckte om tjejer hade denne indikerat att han kanske föredrog personer av samma kön. Men det stämde inte heller. Under biologilektionerna med fokus på sexualkunskap hade han känt sig än mer malplacerad än i andra sammanhang. Hans lärare och klasskamrater talade om lust och njutningar och en könsdrift som han själv inte upplevde överhuvudtaget. Han hade ogenerat och noga studerat människokroppen medan hans klasskamrater fnissat och velat byta sida i läroboken. Och när killarna kommit över nyckeln till tjejernas omklädningsrum hade han inte förstått varför de skulle gå in där. Samtidigt som han kände sig vilsen upplevde han behovet av närhet och kärlek. Men inte på ett romantiskt vis. Det handlade snarare om en form av uppmärksamhet. En uppmärksamhet han inte fick. Till slut hade han nöjt sig med den familjära kärleken han fick av sin mor och far och den klarade han sig på. I det sexuella samhällets framväxt var han dömd att utpekas som en underlig människa. Med tiden hade han dock lärt sig att leva med den överhängande domen. Resultatet hade blivit att undvika relationer överhuvudtaget. Mest för att slippa förklara sig hela tiden.

Han stannade upp där han vankade omkring och tänkte på Laura. Återigen slogs han av att det var något speciellt med henne. Inte speciellt i samma bemärkelse som han själv men något speciellt i förhållande till andra. Istället för att göra narr av honom eller himla med ögonen åt hans bristande förmåga till insikt hade hon förklarat för honom när det var något han inte förstod. En märklig känsla spred sig i hans kropp. Han saknade henne. Konfunderat kliade han sig i nacken. Han ruskade huvudet och intalade sig att hans saknad enbart berodde på intresset för utredningen där hon var en del. Han plockade upp telefonen och kontrollerade sitt senaste meddelande till henne.

*Till Laura: Jag har fått kontakt med klanen. De vill att du och jag ska närvara vid ett möte ikväll. Möt mig vid Köpegatan 2, klockan 18:41.*

Innan han stoppade ner telefonen i fickan igen synade han den digitala tiden. Hon hade fortfarande marginal. Sixten tog några kliv närmare den övergivna butiken. Det krasade under hans fötter när han ställde sig framför en utav fönsterrutorna. Inne i butiken var det tomt på hyllorna förutom ett par tidningar och några konserver. Golvet var smutsigt och det stank av urin. Längst in i det högra hörnet bakom butiksdisken låg en trasig madrass och den gula stoppningen trängde ut lite här och där. Sixten fnös till och tog några steg bakåt. I det kvarvarande fönstrets hängande skärvor såg han reflektionen av en röd pickup. Laura, tänkte han och vände sig hastigt om. Bilen stannade till bakom mopeden och Laura hoppade ur.

"Bra att du kom." sa Sixten och närmade sig henne.

Hon ställde sig framför motorhuven och vilade höften mot kofångaren.

"Jag har ändå ingen annanstans att ta vägen. Mirjam är inte hemma och jag orkar inte sitta och göra ingenting i väntan på att hon kanske ska komma."

Sixten nickade förstående. Det var precis vad han själv gjorde när han oroade sig för sin far.

"Men det känns som jag sviker henne på något sätt. Att jag inte gör mer för att ta reda på vad som har hänt."

Sixten ställde sig intill henne och såg koncentrerat på henne.

"Jag känner inte Mirjam. Men om du vill kan jag förklara för henne att det inte fanns något du kunde göra?"

Laura nickade frånvarande och såg sig omkring.

"När jag gick i högstadiet köpte jag cigaretter här." sa hon och pekade mot butiken.

Sixten rynkade pannan.

"I högstadiet är man mellan 13 och 16 år. Man får inte köpa tobak då."

Laura log smått.

"Jag har gjort mycket man inte får göra..."

Sixten grymtade till en aning. Det hade hon inte talat om för honom. Å andra sidan var det mycket som han inte talat om för henne. Men det var hon som ställt sig till hans förfogande och som velat lära sig mer om branschen. Han sneglade på henne. Det passade sig inte att bryta mot lagen om man samtidigt ville stå på dess sida.

"Finns du med i belastningsregistret?" frågade han och gjorde en mental anteckning om att tala med Ayleen om möjligheten att ta del av det.

Laura log.

"Inte längre."

Sixten nickade. Lauras ålder i förhållande till gallringen ur registret tydde på att hennes brott inte var av den grövre sorten. Han funderade. Villkorlig dom, skyddstillsyn, ungdomstjänst och böter var några av de straff som gallrades bort om hon varit under 18 vid tidpunkten för brottet. Han hade hört talas om uttrycket "att vara ung och dum" men själv förstod han inte riktigt relationen dem emellan. Gamla människor gjorde dumma saker hela tiden. Laura gav honom en lugnande blick.

"Jag har inte gjort något som polishögskolan brytt sig om iallafall."

"Utveckla."

"Jag berättade det inte för dig för jag anade att jag inte skulle få jobba med dig då."

Sixten såg undrande på henne. "Jag pluggade på polishögskolan förut, men blev ombedd att hoppa av."

En avhoppare, tänkte Sixten. Det var inte bra. Det kunde vara ett tecken på en oförmåga att fullgöra uppgifter. Laura fortsatte. "Men jag tänkte att om jag fick jobba med dig och fick ett gott omdöme kanske jag skulle få hoppa på igen."

Sixten slogs av den nya informationen och började stirra ner i marken. Han skulle precis ställa en fråga när surrandet från en motor hördes. En svart Volvo med tonade rutor körde sakta upp bredvid Lauras bil. Utan att stänga av motorn hoppade två personer ut ur bilen. En ljus korthårig kvinna med rött läppstift gick fram till Sixten och Laura.

"Så bra att ni kom i tid." sa hon glatt och sträckte ut båda händerna.

Sixten och Laura såg på varandra.

"Det är ingen fara. Det är bara en försiktighetsåtgärd." sa en äldre man som stod lutad mot passagerardörren på den svarta Volvon. Hans helrakade huvud glänste till i månljuset.

"Vi måste tyvärr be er ta på dessa. Platsen för mötet hålls hemligt för alla utomstående."

Kvinnan fortsatte le. Laura tog med viss tvekan upp huvan som kvinnan höll i sin utsträcka hand. Hon såg på Sixten och nickade kort.

"Givetvis." sa Sixten utan en antydan till tvivel. "Hinner jag skicka ett meddelande innan?"

Kvinnan såg undrande på honom.

"Vem ska du skicka meddelande till?"

"Ayleen." svarade Sixten kort.

"Och vem är Ayleen?"

Sixten funderade. Hur skulle han förklara det på ett smidigt sätt? Tiden var redan knapp. Han såg uttryckslöst på kvinnan.

"Det är mottagaren av meddelandet."

Hon skrattade till och nickade.

*Till Ayleen: Jag och Laura är på väg till ett möte med KKK. Vi är inbjudna."*

Han stoppade tillbaka telefonen och med en snabb rörelse placerade han huvan över huvudet och genast blev allt svart.

**31**

Sixten spände varenda muskel i kroppen och lutade sig så långt åt sidan han kunde i baksätet. Under den mörka huvan var synen obefintlig, men han hade lyckats hitta handtaget ovanför rutan. Vid de skarpa svängarna for han till en början fram och tillbaka och han misstänkte att föraren kände en viss stress över risken att komma sent till mötet trots att både han själv och Laura kommit i tid till den avtalade platsen. Det var tyst i bilen och det enda som hördes och kändes var vinden som slog mot karossen. Efter en resa på omkring 20 minuter saktade bilen in. Sixten väntade på att den skulle stanna helt som en tydlig indikation på att de var framme. Ett par minuter senare stannade mycket riktigt bilen. Kvinnan med den korta blonda frisyren som körde och den äldre mannen i passagerarsätet lossade säkerhetsbältena och klev ur. Sekunderna gick och dörren intill Sixten öppnades.

"Sådär, nu är vi framme." sa mannen kort och drog av honom huvan.

Det kompakta mörkret innanför huvan gjorde att Sixtens syn var alldeles klar där ute. De befann sig i en parkeringsficka på en smal skogsväg. Överallt runtomkring reste sig höga tallar och trots mörkret kunde Sixten urskilja hur mossa hade börjat växa på träden närmast vägen och några av tallarna hade förlorat sin bark och fått en matt orange färg.

"Ska vi?"

Kvinnan tände en ficklampa. Hennes fråga var uppenbart retorisk och Sixten tog följe efter henne när hon började gå längs den smala grusvägen. Laura skyndade sig fram till Sixten och gick tätt intill honom. Den äldre mannen gick ett par meter bakom och började prata i telefon. I suset av vinden och grusets knastrande var det omöjligt att höra vad han sa.

"Är du säker på att det här är en bra idé?" viskade Laura försiktigt.

"Absolut. Det här ger oss möjlighet att undersöka klanen djupare. Det verkar troligt att Abrahamssons var involverade på något sätt. Dessutom är vi inbjudna, det vore oklokt att inte ta den här chansen."

Laura såg på honom med viss tveksamhet.

"Ku Klux Klan är väl kända för sitt hemlighetsmakeri? Det känns oroväckande att vi blivit inbjudna så här enkelt."

"Kanske det. Eller så har de förstått att de finns med i utredningen och vill avfärdas från den genom att visa att man inte har något att dölja."

Laura andades några djupa andetag.

"Det här känns ändå inte bra."

"Vi är snart framme, vi ska gå in på en liten stig genom skogen här borta."

Kvinnan pekade lite längre fram åt vänster. Hennes röst var käck och medryckande till skillnad från hennes manlige kompanjon, som framstod som den mer buttra typen. Laura hoppade till, märkbart nervös, när ett hoande hördes inifrån skogen. Sixten observerade omedelbart att hon tagit tag om hans arm. Han var inte van vid närmare kontakt och visste inte om han var bekväm med händelseutvecklingen. Han valde dock att inte avvisa Laura för han anade att det skulle göra henne ännu mer nervös och det skulle inte gynna honom. Han behövde hennes fulla koncentration vid mötet.

"Här ska vi in."

Kvinnan vände sig mot dem och pekade. Sixten var osäker på var han skulle gå in. När han närmade sig såg han en smal nedtrampad stig som gick rakt in i mörkret.

"Eftersom du är den som har den enda ljuskällan antar jag att du fortsätter gå först?"

Hon log men svarade inte utan började istället gå in i skogen. Han följde tätt efter och Laura tog ett stadigt tag i hans hand.

När de gått några hundra meter såg Sixten hur skogen fick ett abrupt slut och en stor åker fyllde hans synfält. Ett svagt sorl av röster hördes och suddiga gestalter rörde sig runt på åkern.

"Mötet ska snart börja. Vi kan väl gå dit bort så får ni en bra plats."

Sixten upptäckte att närvaron av fler människor verkade lugna Laura. Honom själv också för den delen. Hemligheter hölls bäst inom en mindre krets och ute på fältet rörde sig betydligt fler än så. De gick längs kanten av fältet och Sixten kände hur fuktigt det var i det decimeterhöga gräset. Under tystnad gick de till den utvalda platsen som kvinnan pekat på tidigare. Den äldre mannen som ställt sig intill Laura tittade på sin klocka, ursäktade sig och försvann ut i mörkret. Laura tog återigen tag i Sixtens arm och viskade till honom.

"Vet vi ens vad det här är för möte?"

"Nej, men det verkar välbesökt."

Sixtens blick for över fältet och flertalet av de suddiga gestalterna hade nu upphört att röra på sig. Istället verkade de placera ut sig i en cirkel runt ett stort och mörkt oidentifierat föremål i mitten på fältet. En svag doft av bensin passerade Sixtens näsa samtidigt som någon skyndade sig förbi honom. Då slog det honom. Att han inte hade tänkt på det tidigare. Men nu när han blickade ut över fältet blev det självklart för honom. Han skulle precis vända sig mot Laura när en eldslåga tändes mitt ute på fältet. En ljus gestalt med vit heltäckande kåpa och konformad huva stod med en fackla höjd ovanför huvudet. Gestalten bar ett tygstycke för ansiktet och dolde sin identitet. Över axlarna vilade en lila stola. Sorlet av röster avtog och en tystnad spred sig i samlingen. Utan att säga något vände sig gestalten i mitten mot det svarta föremålet och sträckte ut facklan mot det. I ett sprakande rossel tändes föremålet och i eldslågorna blottades ett stort träkors. Instinktivt höjde Sixten handen framför ansiktet, trots att det var ett tiotal meter fram till flammorna. Den vitbeklädda figuren tog några långsamma kliv bort från det brinnande korset och började cirkulera runt det.

"Ta mot ljuset från vår Herre!" ropade en kvinnoröst.

Som på kommando tog samtliga i cirkeln ett steg framåt och sträckte ut sina armar. "Han skall låta sitt ljus falla över det som ligger dolt i mörker och avslöja allt som människorna har i sina sinnen." proklamerade rösten.

Hon gick rakt emot Sixten och Laura och stannade framför dem. I ljusskenet såg Sixten två blänkande och anonyma ögon gömma sig bakom två små hål i tygstycket. Kvinnan var smal men trots den figurlösa kåpan och en åtsittande gördel kunde Sixten urskilja hennes former. Ovanför hennes vänstra bröst var ett emblem fastsytt och han lutade sig framåt en aning för att se det bättre. Emblemet bestod av ett liksidigt vitt kors på en röd bakgrund omgiven av en svart skugga och i mitten av korset syntes en blodsdroppe i en sned fyrkant. Hon sträckte ut sin brinnande fackla till vänster om Laura och en ny eld tändes. Elden fortsatte att spridas i en båge runt i cirkeln och efter bara någon minut hade lågorna nått runt till Sixtens högra sida. En vitklädd armé med ljus och fackla omringade honom och han kunde inte låta bli att fascineras och känna en förväntan inför det som skulle ske. Han vände sig snabbt åt höger. En lång och rund individ stod med utsträckt arm och stirrade in mot mitten av fältet. När denne vred huvudet åt höger såg Sixten en röd tofs högst upp på huvan. En symbol för elden, tänkte han och fortsatte sin granskning av personen bredvid honom. Klädseln var nästan identisk med kvinnan som Sixten vid det här laget misstänkte var Trollkarlen. Men personen intill honom saknade den lila stolan. Den påminde om det som biskopar hade hängande över axlarna men han var osäker på om färgerna hade samma betydande hierarki som inom Svenska Kyrkan. Sixten vände sig mot kvinnan som stod intill Laura för att fråga om stolan men tvekade en aning. Han ville inte störa mötet men samtidigt var han väl där för att lära sig. Och om han inte frågade skulle han varken få veta svaret på sin fråga eller om han fick ställa frågor överhuvudtaget. Han lutade huvudet och viskade samtidigt som han pekade ut i cirkeln.

"Så vitt jag kan se är det bara hon som bär en lila stola. Får jag frågar varför?"

Kvinnan hyschade och satte ena pekfingret framför munnen. Sixten nickade ursäktande. Nu fick han i alla fall svaret på den ena frågan.

"Bröder och systrar! En stad uppe på berget kan inte döljas och stadens ljus sveper över land och hav. Men glöm inte bort att det är skillnad på ljus och ljus. Vi måste se till att sprida det sanna ljuset från vår Herre och inte vilseledas av samhällets falska källor."

Trollkarlen tog en paus och vände sig mot det brinnande korset. "Vi har länge krigat i det tysta mot utvecklingen i vårt land utan resultat. Det är dags att vi tar vår uppgift på fullaste allvar."

Hon sänkte facklan en aning och böjde huvudet. "Som ni alla vet har vår Kejsare gått ur tiden och efter en tid av sorg kommer vi välja en ny ledare för vår klan."

Runt omkring böjdes det ena huvudet efter det andra och Sixten rycktes nästan med i den vördnadsfulla gesten.

"Med en ny kejsare kommer en ny tid. En ny tid och ett nytt skifte i våra stadgar."

Trollkarlen plockade fram en lunta och höjde den

mot den disiga himlen. ”Här i min hand har jag ett manifest. Ett manifest med ett nytt budskap. Ett budskap som talar om för Sverige att vi inte längre tänker stå vid sidan när vårt älskade fosterland tas över av en ny sort. Ni vet precis vad jag talar om. Det som jag alltid talar om. Det som är utgångspunkten för vår organisation.”

Hon gjorde en konstpaus. ”Ett ljusare Sverige. Ett vitare Sverige. Ett bevarat Sverige.”

Responsen gick inte att ta miste på. Ett inövat vulkaniskt krigsrop for upp mot himlen och både Sixten och Laura hoppade till.

”Tiden är inne, mina bröder och systrar! Men vi är inte ensamma i kampen mot ett renare land. Överallt hörs klagovisor från våldtagna kvinnor och rånade pensionärer. Ungdomar som inte vågar lämna sina hem i rädsla för gängkriminalitet i förorterna. Pojkar och flickor som snart inte får ha med varandra att göra i skolor och idrottsföreningar. Listan kan göras lång. Svenska folket har förstått, och vi måste ställa oss bakom våra landsmän. Vi kan inte svika dem!”

Trollkarlen höjde båda händerna mot skyn och ropade med tydlig längtan i rösten.

”Herre! Vi ber om ditt ljus och din styrka, så vi kan få kraft att fullborda din himmelska vilja. Att vi, ditt älskade folk, får leda Sverige i den riktning som är bäst. Inte bara för vår egen skull. Utan för hela befolkningen!”

Flera instämmande rop hördes.

”Amen!” ropade en mansröst i närheten av Sixten.

Trollkarlen böjde sig ner och satte ner den brinnande facklan i gräset framför korset, därefter vände hon sig återigen mot Sixten och Lauras håll.

"Vänner! Det är dags nu!"

Sixten stelnade till. Pratade hon med dem? Vad är det som är dags? Han såg oroligt på Laura som stirrade rakt fram. "Vi kan inte vänta längre! Vi får dagliga rapporter om hur återvändande IS-terrorister blir välkomnade hem. De erbjuds förtur i bostadskön och får högre bidrag än våra pensionärer. Invandrare får möjlighet att assimileras i samhället men väljer att bilda gäng istället."

Trollkarlen började röra sig runt i cirkeln och Sixten fick en känsla av obehag.

"Det talas om den senaste tidens flyktingkris. Men jag kallar det inte för flyktingkris! Jag kallar det för Sverigekris! Det är oss det handlar om! Det är vårt land som våldtas av främlingar och vi blir kallade främlingsfientliga. Alla främlingar som är våra fiender är vi fientliga mot. Det är inte vi som invaderar deras hem, det är tvärtom! Och vi får inte ens artigt fråga hur man ska lösa problemen som medföljer. Då blir vi kallade rasister!"

Det sprakade till i det flammande korset och tvärslån föll en aning. "Mina bröder och systrar... Om vi inte agerar nu, kommer vårt land brinna och falla sönder."

Trollkarlen vände sig mot mitten. "Precis som det här korset..."

Kvinnan som var dold bakom kåpa och huva tog några långsamma steg in mot mitten och ställde sig framför korset.

"Jag ber er att ni ska lyssna på mig. Det nya manifestet ger oss rätt att agera. När ni får höra dess ord, ta det till era hjärtan. Jag kan inte vara mer tydlig. Det är dags nu..."

Sixten hörde hur hennes röst hade tappat magstödet

och den stora basunerande rösten hade försvagats. Kanske var det ett retoriskt spel. Oavsett så verkade det fungera. Hon hade åhörarnas fulla uppmärksamhet.

"En ny tid är kommen. Men vi behöver er hjälp."

Hon sträckte ut armarna och roterade 180 grader. "Ingen kan göra allt..."

"Men alla kan göra något!" skanderade folkmassan i en gemensam proklamation.

En lång tystnad tog vid och Sixten undrade om mötet var slut. Precis när han skulle vända sig mot den blonda kvinnan hördes Trollkarlens trötta röst igen.

"Vissa av er skulle kalla mig naiv. Men tro mig, jag vet. Det kommer inte bli lätt. Vi kommer att möta motstånd. Men vi kommer göra det klart för alla som står i vår väg, att vi menar allvar."

Hon sträckte ut handen mot en lucka i cirkeln och en svartklädd skepnad klev in i ringen. Bakom honom drogs ett spänt rep och två personer ramlade in på fältet. Skepnaden slet i repet och nästan släpade fram dem mot det brinnande korset. Sixten kisade och såg att deras ansikten var gömda under varsin huva. Trollkarlen ställde sig tätt bakom dem och tryckte ner dem på knä.

"Vi har två gäster med oss idag. Som är särskilt inbjuda att närvara vid detta möte."

Den långa mannen som stod intill Sixten pressade ner sin fackla i gräset, tog några kliv bakåt och placerade sig rakt bakom honom. Samtidigt såg Sixten hur kvinnan bredvid Laura tog ett stadigt tag om hennes arm.

"Vad gör du?" frågade hon oroligt.

Hon ryckte med armen. "Sixten?"

"Lyssna bara." sa kvinnan lugnt.

Trollkarlen höjde sina händer ovanför huvorna och ropade högt.

"Ibland behöver man statuera exempel. Vi har fått nog av folk som står i vår väg, det är allvar nu! Ingen ska få hindra oss!"

Hon ryckte upp huvorna och kastade dem i elden. Sixten frös till is. Det här var inte bra. Hans puls började slå hårdare och han koncentrerade sig för att bibehålla sitt fokus. Han vände sig mot Laura som stirrade framåt. Hon skakade.

"Mirjam!" ropade hon och rösten sprack.

Hon började rycka och slita i armen men kvinnan höll ett ordentligt tag om henne. Sixten fick inte fram några ord. Det kändes overkligt på något sätt. Som om en film spelades upp som han bara vara en passiv åskådare till.

"Släpp mig!" skrek Laura.

Hon gjorde ett kraftigt ryck samtidigt som kvinnan släppte hennes arm. Laura föll ner i gräset men reste sig hastigt upp. Hon började springa och skrek högt.

"Mirjam, jag kommer!"

Sixten som inte blivit fasthållen började sakta kliva in mot mitten som i en frånvarande trans. Han hade blivit tagen av stundens allvar men kunde inte reagera därefter. Laura kastade sig ner framför Mirjam och tog henne i sina armar. När Sixten kom lite närmare såg han att personen som stod på knä bredvid Mirjam var Alexandra. Journalisten han nyss haft samtal med om klanen. Han ruskade huvudet. Det var därför de var här. Det här var en tydlig markering. Det måste det vara. Han sprang fram till Laura, Mirjam och Alexandra och hjälpte dem upp. Han vände sig mot Trollkarlen och såg allvarligt på henne.

"Vi har förstått. Vi ska inte lägga oss i mer. Låt oss bara gå."

Den svarta skepnaden släppte taget om repet och snabbt la Sixten armen om Alexandra och såg på Laura. Hon såg helt förstörd ut. Ögonen var rödsprängda och delar av hennes hår hade klibbat ihop sig med tårarna som rann ner för hennes kinder.

"Kom, de släpper oss."

Sixten sökte med blicken efter en lucka i den brinnande cirkeln men fann ingen. Plötsligt gick den blonda kvinnan med den korta frisyren emot dem.

"Den här vägen." sa hon kort.

Hon pekade i riktning mot mannen med det kala huvudet som varit med i bilen tidigare. "Vi kör er tillbaka till bensinmacken och jag råder er att tänka på vad Trollkarlen sagt."

Laura viskade tröstande till Mirjam medan de trängde sig ut ur ringen av hängivna klanmedlemmar. Sixten gick bakom den blonda kvinnan längs den otydliga stigen han redan memorerat. Genom tallskogen såg han hur den mörka himlen lystes upp av ett hypnotiskt hav av färger.

"Fan..." viskade Laura uppgivet och trött. "Vad gör vi nu?"

**32**

———

Det hade blåst in lite löv i trappentrén och Ayleen övervägde att sopa ut det utanför porten men hon var för trött den här gången. När hon tänkte efter var det nästan alltid städat i uppgången. Städpersonalen som kom förbi en gång i veckan kunde knappast se till att det var städat varje dag. Hon kastade en blick på namnen innanför glaset på väggen. Hennes grannar verkade hjälpa till betydligt mer än hon själv. Å andra sidan var hon ju upptagen hela dagarna. Det fanns säkert ett par daglediga som mer än gärna sopade av och höll rent i huset.

Hon släpade fötterna efter sig och tog hissen upp till första våningen. Hon brukade vanligtvis ta trappen men idag orkade hon inte. När hon kommit in i lägenheten krängde hon av sig kängorna och släppte ner nyckelknippan i skålen som vilade på en hylla på väggen. Hon hade nyligen satt upp den för att slippa irra runt och leta efter nycklarna hela tiden. En fast plats fungerade mycket bättre. När hon tände lampan i taket blinkade den till och slocknade tvärt. Ayleen suckade och brydde sig inte om mörkret. Hon klev in i sovrummet, lossade bältet och tog av sig uniformen. I en långsam rörelse släppte hon ner bältet och uniformen över den röda pinnstolen hon själv målat. Hon fortsatte klä av sig tills hon bara hade underkläderna kvar. Hon sträckte sig efter sina gråa mjukisbyxor som låg på sängen och drog på dem. Hon tog ett djupt andetag och såg ner på sin svarta bh. Hon tvekade en aning men bestämde sig för att ta av den också. Hon såg att huden runt brösten var alldeles röd. Frihet, tänkte Ayleen och drog på sig en för stor T-shirt. Sängen var obäddad men det var den för det mesta. Det var knappt ens när hon fick besök som hon bäddade den. Tavlan intill fönstret hängde lite snett men med tanke på det oordnade färggranna motivet spelade det ingen roll. Hon ryckte lätt på axlarna och gick ut i köket. Kvällsmat fick det bli lite senare. Nu behövde hon en varm kopp choklad. Samtidigt som hon förberedde och värmde mjölken på spisen reflekterade hon över dagen. Pastor Birger hade sagt att han inte visste om Sten kände till Evas otrohet eller inte. Han hade dessutom sagt det utan att varken hon eller Uno hade frågat. Ville han skydda honom? Birger kanske visste att Sten kände till otroheten och att Sten skulle bli misstänkt i så fall. Hade Birger själv haft något med allt det här att göra borde han väl ha sagt att Sten visst kände till otroheten för att vilja lägga skuld på honom, eftersom han redan var död. Om Sten visste vad Eva höll på med så hade han onekligen ett motiv.

Hon hällde över den varma mjölken från kastrullen i den kopp hon alltid hade varm choklad i. Den vita med bruna prickar på. Hon hällde i pulvret och började blanda med skeden. När hon stod där och rörde om i koppen tänkte hon på Uno och Henry Svartdahl. Vad var det som Uno hade viskat till honom i bilen? Hela förhöret hade gått så smidigt. Henry hade brutit ihop nästan med en gång och talat om allt han visste för dem. Ayleen visste att även fast någon haft alla möjligheter i världen att begå ett brott så behövde det inte vara den personen ändå. Men oftast var lösningen gällande brott relativt enkel. Det fanns till exempel statistik som talade för att en mördare oftast kände offret. Henry hade uppenbarligen motiv till mordet på Sten och även Eva. Han hade dock ett hållbart alibi. Om det bara var en person som givit en misstänkt alibi kunde det ifrågasättas beroende på vem personen var. Henry hade tre personer som gav honom alibi. Ayleen suckade djupt och tog med sig koppen ut i vardagsrummet. Hon satte på TV:n utan att egentligen bry sig om vad som var på och sjönk ner i sin nya beigea Howardfåtölj. Hon slängde benen över armstödet och såg ut genom fönstren. Det var alldeles kolsvart där ute men hon tyckte på något sätt att det var skönt. Inget direkt att fästa ögonen på. Det hjälpte henne att slappna av i huvudet för en stund. Hon lät blicken flacka ner över fönsterbrädan och fastnade som så många gånger förr på den vackert inramade tavlan längst till vänster. Bilden var lite otydlig från där hon satt men hon visste mycket väl vad den föreställde. Hon blundade och såg bilden framför sig. Ett gråvitt, mörkt spräckligt hav med ett svart hål i mitten. Vid nederkanten av det svarta hålet tog en figur form och återigen såg hon den framför sig. På bilden låg den still men hos gynekologen hade den varit högst levande. Åtminstone en stund efteråt.

Trots att hon aldrig känt den röra på sig där inne i magen visste hon att den hade gjort det. Ibland hade hon varit rädd för att andas för häftigt för att inte störa det lilla livet som började förbereda sig där inne. Det hade varit jobbigt att mentalt ställa in sig på att bli mamma och senare upptäcka att det var helt i onödan. Det gjorde så ont. Hon visste att det efter missfallet bara satt i huvudet men när hon såg alla glada barn och föräldrar knep det i magen. Som en påminnelse hon inte ville ha. Hon tyckte att hon var duktig på att inte låta det gå ut över arbetet och hennes sociala liv men det var ansträngande att stänga ute en känsla som var så verklig. Ett par tårar rann ner för hennes kinder och hon lät dem rinna. Hon försökte le men kunde inte låta bli att gråta. Det fick hon göra. Hon ställde ner koppen på vardagsrumsbordet och gick snabbt fram till sitt älskade sonogram. Hon tog det i sin famn och slöt ögonen en kort stund.

## 33

Felix och Billy smög i utkanten av skogen och såg upp på den stora byggnaden. Det var fuktigt i gräset och Felix började bli blöt innanför skorna. Han visste att han borde fokusera på uppgiften men kunde inte låta bli att tänka på vad som hände förra gången. Hade Billy kastat flaskan mot flickan med flit eller slog det bara slint för honom? Precis när det hände hade han bara tänkt att Billy inte fattat instruktionen och kastat fel men nu var han inte lika säker. Billy hade stannat kvar vid det brinnande infernot en lång stund och nästan njutit av vad han gjort. Felix hade inte vågat prata med Billy om det även fast han egentligen kände sig överlägsen i sammanhanget. Det enklaste var att bara köra på som vanligt.

Billy tog ett stadigt tag om ryggsäcken och synade fasaden.

"Hur vet vi vilket nummer som är rätt?" frågade Billy och såg undrande på Felix.

"Det är väl bara att räkna. 31 är där borta och det går två lägenheter på varje uppgång."

Billy fällde bak luvan och kliade sig i huvudet.

"Fan. Matte är inte min starka sida. Tror fan inte jag klarade provet."

"Skit i det där nu." viskade Felix. "Fram med grejerna."

Billy vände sig om och såg in i den mörka skogen.

"Är du helt säker på att det här är rätt då?"

Felix suckade djupt. "Jag menar, det ser ju inte ut som det gjorde förra gången."

"Han sa att det var här, då är det här. Vi ska fan inte ifrågasätta. Då får vi aldrig vara med på riktigt."

"Nej, det är sant. Har du hört något mer om det förresten?"

Felix skakade på huvudet och vände sig mot Billy.

"Så. Tryck ner den här nu. Har du tändaren?"

Billy log brett.

"Klart jag har, den har jag alltid på mig."

Felix nickade kort.

"Bra, kom."

Felix smög fram till en stor ek och gömde sig bakom den. Han vinkade irriterat åt Billy.

"Men kom då för fan."

Billy flinade lite och följde efter Felix.

"Ser du fönstret där det står en tjej?"

Felix pekade och Billy nickade bekräftande. "Vi gör som såhär. Jag kastar stenen först så kastar du flaskan sen, okej?"

"Det är ganska högt." påpekade Billy och såg lite skeptisk ut.

"Men lägg av nu! Är du svag eller!?"

"Nej, fan. Det är lugnt."

”Bra, då gör vi det här.”

Ayleens verklighetsflykt avbröts av att telefonen ringde.
När hon såg Lennys namn på displayen rynkade hon
pannan. Lenny var en bra chef rent arbetsmässigt men
han hade aldrig varit vidare bra på att bygga relationer
med sina anställda. Med tanke på hans eventuella rela-
tion till Vera så kanske det var lika bra. Hon ställde ner
den lilla tavlan på fönsterbrädan igen och svarade.
”Hej Lenny.”
”Det är bara bra.” ljög hon.
”Du behöver inte förklara dig för min skull. Du är
nog inte den första som har en relation på jobbet.”
Ayleen log smått och var nog mest glad för hans
skull. Hon kände till delar av hans förflutna och att det
lätt kunde bli ensamt när man helt plötsligt var själv.
”Det är ingen fara. Jag skulle vara mer orolig för
Uno, han kommer nog få svårt att hålla kommentarerna
på en mogen nivå. Får jag fråga om det var en engångs-
grej eller om ni har något på gång?”
Hon visste inte om hon hade trampat över men det
gällde ju hennes arbetsplats så frågan var väl ändå befo-
gad.
”Har du inte pratat med henne?”
”Det tycker jag du ska göra.”
”Men det vet väl inte jag?”
Ayleen skrattade till. Relationsexpert var hon långt
ifrån att vara. Skulle hon ge tips till Lenny skulle det in-
te finnas någon garanti för att det föll ut väl. Hon tittade
ut genom fönstret i mörkret och tyckte att hon såg en
rörelse intill den stora eken.

"Förresten, jag tyckte Uno var lite konstig idag. Vet du om det hänt något?"

"Okej, nej jag bara undrade. Tänkte om hans mamma hade blivit dålig eller så?"

Ayleen fastnade med blicken på sin egen spegelbild.

"Oj...Det visste jag inte."

"Nej, det förstås. Men jag trodde hon fortfarande levde."

"Okej."

Lenny verkade vilja avsluta samtalet och Ayleen likaså.

"Vi ses imorgon. Kl 12."

"Hej då."

Unos mamma var död, sedan flera år tillbaka. Varför hade han ljugit om det? Han hade ju berättat för henne att han hjälpt sin mamma på vårdcentralen för bara ett par dagar sedan. Märkligt. Och då handlade det ändå om Uno. Hon kastade en snabb blick på ekträdet igen och såg ett svagt ljus lysa intill stammen. Sekunden senare exploderade fönstret i ett regn av glas och Ayleen kastade sig bakåt över vardagsrumsbordet och täckte ansiktet. En tung sten slog i golvet och rullade in i väggen på andra sidan. Den hade missat henne med bara några centimeter. Hon öppnade ögonen och reste sig upp med hjälp av bordet. Hon blödde på armarna. Hon tog några tveksamma steg fram mot det krossade fönstret och kikade ut. Hon hann precis ducka när ett brinnande föremål for rakt emot henne. En ny explosion hördes och en intensiv hetta spred sig längs henne rygg. Hon kände instinktivt med händerna och vred huvudet så mycket hon kunde. Hon brann inte, än. Ayleen tryckte sig mot fönsterbrädan och ett öronbedövande tjut hördes från hallen. Brandvarnarens höga ton trängde in i hennes öron och hon var tvungen att täcka dem med händerna. Elden klättrade upp på väggarna och tog över rummet. Det sved till under fötterna när hon flyttade sig längs fönsterbrädan för att avgöra om det ens fanns en möjlighet att ta sig ut i hallen. Uteslutet. Hon såg hur elden likt översvämmande vatten närmade sig henne och hon pressades ännu närmare resterna av fönstret. Hon vred huvudet och tittade ner på gräsmattan nedanför. Tre, kanske fyra meter. Hon klättrade upp på fönsterbrädan och försökte undvika det knivskarpa glaset som fortfarande satt fast i fönsterkarmen. Ayleen kastade en snabb blick in i lägenheten och sträckte sig efter tavlan med sitt älskade men smärtande minne. Utan att tveka slängde hon sig ut i mörkret, bort från det brinnande helvetet.

## 34

Laura stängde igen dörren försiktigt samtidigt som hon höll Mirjam i handen. De hade varit knäpptysta hela bilfärden tillbaka från det obeskrivliga mötet ett par timmar tidigare. Mirjam hade snyftat och stirrat ut genom fönsterrutan hela tiden och Laura hade haft svårt att koncentrera sig på körningen. Tidigare under dagen hade hon städat undan alla rester från bortförandet. Mirjam skulle inte behöva se det när hon kom hem. Att hon skulle komma hem, det var Laura övertygad om.

Mirjam klev ur skorna och gick långsamt in till Lauras rum och slängde sig ner på sängen. Laura tog omvägen via köket för att hämta lite vatten. När hon kom in i sitt rum låg Mirjam på rygg i hennes säng och tittade upp i taket. Laura satte sig ner på sängkanten och räckte över glaset. Mirjam tog emot det utan att säga något. I ett svep slukade hon vattnet och ställde sedan glaset på nattduksbordet. Laura tittade på porträttet av Mirjam under bordslampan och såg hur olik hon var sig. Den glada, livfulla kvinnan på bilden hade förbytts mot en grå och tom människa.

"Vill du prata om det?" frågade Laura försiktigt.

Mirjam skakade lätt på huvudet.

"Nej, jag orkar inte det nu."

Laura nickade förstående och la sig intill henne på sängen. De tog varandras händer och Laura upptäckte en liten fläck i taket rakt ovanför sängen. Hon funderade på vad det kunde vara. Ett djur, kanske. Hon kröp närmare Mirjam och kände hennes hjärtslag. Det bultade hårt men inte överdrivet fort.

"Förlåt att jag inte var här..." sa hon och vred huvudet.

"Det är inte ditt fel."

Mirjam lät trött. Det hade hon all rätt att vara. Hon måste ha varit med om något fruktansvärt, och det berodde troligtvis på henne. Hade hon inte haft med utredningen att göra hade klanen inte upplevt henne som ett hot och gett sig på Mirjam. Men om Mirjam inte ville prata om det var det bäst att bara låta henne vara.

"Vill du sova hos mig inatt?"

Hon nickade och vände sig över på sidan mot Laura.

"Alltid." viskade hon och slöt ögonen.

Laura log lite och förstod att Mirjam egentligen inte menade det hon sa. Deras relation var alldeles för komplicerad. Men hon tog vara på varje stund som hon fick vara nära Mirjam. Hon drog in luft genom nästan och kände hur det luktade rök. Hon sorterade tankarna för att undvika att fastna i mötet och vad som kunde ha hänt. Mirjam var tillbaka. Hon låg tätt intill henne, och för en sekund önskade hon att det Mirjam nyss sagt var sant.

Karl plockade fram telefonen och letade upp portkoden. Han visste egentligen inte varför han var där. Men han kände att han var tvungen att berätta. Att få tala om för henne att han inte hade något med det att göra. Det skulle kanske inte vara någon tröst men om hon trodde att det var hans fel var han tvungen att tala om sanningen för henne. Han knappade in koden och det surrade till. För varje steg upp för trappan smög sig tveksamheten närmare inpå. Det ekade i trapphuset när han med tunga kliv närmade sig Mirjams lägenhet. Han stannade till utanför dörren och tittade på klockan. Hon borde inte ha hunnit somna än, tänkte han och knöt högerhanden samtidigt som han knackade försiktigt på dörren. Sekunderna gick. Ingen öppnade. Kanske inte så konstigt. Han knackade ytterligare en gång och ställde sig rakt framför titthålet. Om hon såg att det var han kanske hon skulle våga öppna. I den långa tystnaden hördes ett svagt ljud inifrån lägenheten.

”Vem är det?” frågade en obekant röst.

Karl lutade sig framåt.

”Jag heter Karl. Jag skulle vilja prata med Mirjam.”

Det blev tyst en kort stund innan dörren sakta öppnades. En trött kvinna med långa dreadlocks tittade skeptiskt på honom.

”Var det du som var här igår?”

Karl nickade.

”Jag träffade Mirjam och skulle verkligen behöva prata med henne om en sak.”

”Nu?” frågade Laura och påpekade den sena timmen.

Karl tog ett steg närmare dörren och Laura sköt igen den en aning.

"Förlåt, men det har med det som hände ikväll att göra."

Laura ryggade tillbaka.

"Hur vet du vad som har hänt ikväll?"

Laura såg misstänksamt på honom.

"Snälla, kan jag inte bara få prata med henne. Du kan få vara med."

"Jag tror inte det passar ikväll."

Karl suckade och nickade besviket.

"Vad gör du här?"

En ny röst hördes inifrån lägenheten. Mirjam stod i vardagsrummet och såg undrande på Karl. Utan att bry sig om att Laura blockerade ingången trängde han sig förbi henne och gick fram till Mirjam.

"Jag måste prata med dig om en sak."

Mirjam såg förvirrad ut.

"Om vadå?"

"Om det som hände ikväll."

Laura smet förbi Karl och ställde sig bredvid Mirjam och tog tag i hennes hand.

"Hur kan du veta..."

"För jag var där." avbröt Karl.

Mirjam såg på honom med stora ögon.

"Var du där på mötet?"

Karl nickade besvärat.

"Men jag hade inget att göra med att du var där. Jag visste inte det."

"Va fan. Är du med i klanen?" frågade Laura upprört.

Karl höjde händerna avvärjande.

"Ja, fast jag är inte med egentligen, jag är bara insider åt en journalist. Hon Alexandra som också blev tagen."

Både Mirjam och Laura såg förvirrade ut.

"Alltså, jag har försett henne med information om klanen och de tror att jag vill vara med men det vill jag inte. Jag ville bara hjälpa Alexandra."

Han såg uppgivet på dem båda. "Ni måste tro mig."

Han suckade och slog ut med händerna. "Jag ville bara berätta det för dig. Det har inget med att jag träffade dig igår att göra."

Han nickade mot Laura. "Jag tror de ville markera mot dig och den där Sixten. Att ni inte ska lägga er i."

"Varför då?" frågade Laura och la armarna i kors över bröstet.

"Man har en stor grej på gång nu. Ni vet alla bränder som varit. Det är några som går klanens ärenden som anlagt dem. Klanen ska sätta igång en stor operation mot hela invandringsgrejen och man vill inte bli störd. Man har till och med migrationsministern på sin sida."

Laura såg trött på honom.

"Och varför skulle vi tro dig? Det kan ju lika gärna ha varit du som kidnappade Mirjam förut."

"Nej, jag lovar. Den som kidnappade dig kallar sig för Natthöken. Det är han som löser alla problem..."

"Ut härifrån..."

Mirjams röst var svag men ändå skarp.

"Snälla, jag vill bara hjälpa till."

Laura klev fram mot honom och knuffade ut honom från lägenheten.

"Stick nu och kom inte tillbaka!"


Dörren smällde igen bakom honom och ett dån, högt nog att störa grannarna, spred sig i trapphuset. Karl suckade. Det hade i alla fall varit värt ett försök. Han sneglade på den stängda dörren en kort stund innan han började gå ner för trapporna. Mirjam hade sagt att hon var singel men ändå stod hon och höll den andra kvinnan i handen. Det var visserligen inget ovanligt att nära vänner gjorde så men han tyckte att det vilade något romantiskt över den omhändertagande situationen. Det var inget som borde ha spelat någon roll ändå. Han strök handen genom det blonda ovårdade håret och släpade fötterna efter sig. Han kunde förstå att Mirjam var skärrad och inte ville tro på honom, men han ville bara tala om sanningen för henne. Det var inte hans fel. Han hade inte gjort något. Han kom att tänka på Alexandra. Hon hade inte hört av sig. Hon var väl lika skärrad som Mirjam. Även om han fått intrycket av att Alexandra var en stark person. Han kanske skulle ringa henne och förklara samma sak som för Mirjam. Men inte kunde väl Alexandra tro att han hade något med allt det här att göra. Det var som Trollkarlen hade sagt. Laura och Sixten och polisen hade kommit för nära, Alexandra också förstås. Men han hade varit oerhört försiktig när han haft kontakt med henne. De hade aldrig ens träffats. De hade bara haft kontakt via telefon, ett kontantkort. Det fanns inget som kunde spåras till honom. Ingen kunde veta om något.

Han stannade till innanför porten och tänkte på den enda personen som skulle kunna ana något. Mannen som ansvarade för den genomgripande säkerheten. Klextern och Klarogon hade bara ett uttalat ansvar i anslutning till Palatset och mötena. Det var Natthöken som rörde sig ute på fältet och som såg till att allt gick enligt

planerna. Han tryckte upp porten med axeln och frös se-
dan till. Framför honom stod den svartklädde mannen
han nyss haft i tankarna. Även om hans ansikte var dolt
under en mörk huva var det inget tvivel om att det var
han, Natthöken. Utan att säga något gjorde mannen
framför honom en snabb handrörelse och det stack till i
Karls hals. Omedelbart började världen runtomkring
honom snurra och synen blev svårfokuserad. En trötthet
trängde sig på och innan allt blev svart han hann yttra
ett litet ord.

"Förlåt..."

35

———

Mötet hade varit lyckat och uppslutningen var över förväntan. Den svarta kvällen och frånvaron av regn och snö gjorde att stämningen var lättare. Människan var trots allt en känslovarelse och han hade varit närvarande vid allt för många möten där stön och suckar hade spridit sig när vädret inte varit på deras sida. Men ikväll var de yttre omständigheterna optimala.

Han synade klockan lite snabbt och vinkade bort mot ett par medlemmar samtidigt som han långsamt började röra sig mot den mörka och svagt upplysta fasaden. Facklor var tända längs väggen och han fastnade med blicken i de dansande lågorna. Han vaknade till av en klapp på ryggen och nickade kort mot den anonyma ryggtavlan som passerade honom. Utanför porten till byggnaden stod redan den yttre vakten, Klextern. Klextern tog sin uppgift på lika stort allvar som honom själv. Han hade axlat sitt ansvar under flera år och alltid varit trogen sin tjänst. Likt honom själv bar Klextern, på order av Trollkarlen, skjutvapen. Säkerheten hade trappats

277

upp den senaste tiden och det var ingen som hade något att invända mot den sortens åtgärder. Klarogon närmade sig sin vaktkompanjon och bockade kort innan han smidigt gled förbi och in i det yttre rummet. Han lämnade medvetet porten på glänt och lät ljusstrimman från facklorna utanför lysa in i det mörka och kyliga rummet. Betongväggarna bidrog till att temperaturen hölls på en sval nivå även under sommaren. Men det var så man ville ha det. Han tog några bestämda steg runt i rummet och tände varsamt och andaktsfullt de tre facklorna. Några i Klonciliet hade önskat fler facklor men den empiriska Kludden, klanens präst, hade upplyst samtliga om symboliken kring siffran tre och att facklorna i det yttre rummet stod för Treenigheten. På så sätt bar man med sig Gud, Jesus och den helige Ande vidare in i Palatset. Det skulle generera klara och visa tankar i mötena. Klarogon passerade genom träporten som skiljde det yttre rummet från det inre. Han tog några kliv in och tände eldstaden som var placerad i mitten. Det började spraka och det dröjde inte lång tid innan flammorna slagits samman och bildat en brinnande brasa. Han böjde huvudet bakåt en aning och såg upp i det svarta kupolliknande taket. Han kom att tänka på det Sixtinska kapellet i Vatikanen och lockades av tanken på färgglada motiv men slog bort tanken lika snabbt. Det inre rummet fick inte störas av iögonfallande mentala frestelser. Här inne skulle tanken vara fri och mottaglig för budskapet som förkunnades. Han gick plikttroget runt altaret och vidare ut ur Palatset. De sista mötesdeltagarna lämnade området och återigen kontrollerade han tiden. Klonciliet skulle samlas vilken minut som helst. Han

följde den sista bilen med blicken och när den försvun-
nit ut i mörkret fick han syn på en gestalt som stod och
vinkade åt honom. Han rynkade pannan fundersamt
och började sakta gå mot parkeringen. Samtidigt som
han närmade sig såg han vem gestalten var. Henry Svart-
dahl stod intill sin mörkgröna Ford och såg intensivt på
honom.

"Vad gör du kvar här, du ska inte vara här." väste Kla-
rogon.

Henry svalde hårt och såg ängsligt på honom.

"Jag måste prata med dig. Jag..."

"Vi har inget att prata om."

"Men..."

"Vi får ta det senare."

Henry klev närmare.

"Du ljög för min skull. Det är jag tacksam för. Men
det hade du inte behövt göra. Du sätter mig i ett knepigt
läge. Tänk om någon får reda på det."

"Jag gjorde det inte för din skull. Jag gjorde det för
klanen. Vad hade hänt om de hade fått reda på var du
var?"

Henry nickade osäkert.

"Ja, det är klart."

"Dessutom hade du inget med morden att göra, eller
hur?"

"Nej, såklart inte."

Henry gestikulerade uppgivet. "Men..."

"Inga men nu." avbröt Klarogon. "Du behöver inte
vara orolig. Återgå till ditt och var jävligt försiktig bara."

Klarogon vinkade irriterat och började gå tillbaka till
Palatset. I tystnaden hördes en svag röst bakom honom.

”Tack, Uno.”

## 36

"Förlåt. Jag skulle aldrig ha låtit honom komma in."
Laura såg ursäktande på Mirjam.

"Det gör inget. Kom så går vi och lägger oss igen."
Mirjam log lite snett och gick in i Lauras sovrum.
Laura funderade på det Karl hade sagt. Alexandra pratade om att hon hade en insider i klanen men talade aldrig om vem det var. Någon som försett henne med information inifrån. Kunde det vara den pojkaktiga killen som nyss stått i deras hall och försökt förklara sig för Mirjam? Möjligt, tänkte Laura och vände sig mot sovrummet. Karl hade pratat om Natthöken, precis som Alexandra, men hon hade bara nämnt honom kort, precis som Karl. Om det inte var Karl som kidnappat Mirjam, kunde det då ha varit Natthöken? Lauras tankar avbröts av att Mirjam kastade ut en bh genom dörren. Hon höjde ögonbrynen av förvåning. Visserligen brukade inte Mirjam sova med bh på sig men om hon så tydligt markerade att den var av kunde det bara betyda en sak. Laura var osäker på om hon var sugen eller inte. Kvällen och hela da-

gen hade varit omtumlande, men kanske inte tillräckligt. Av de två var det Laura som var den mer känsliga även om hon hade lärt sig att någorlunda åsidosätta sina känslor när hon var med Mirjam. Annars skulle hon bli tokig. Det bästa var att bara följa med i hennes svängar. Och om hon var sugen nu var det nog lika bra att ge henne det hon ville ha. Hon hade varit i liknande situationer med Mirjam och hon visste hur hon reagerade när hon inte fick som hon ville. Den här kvällen var ingen bra kväll att reta upp henne. Det var trots allt hon som varit med om något fruktansvärt.

"Jag kommer." ropade hon in i sovrummet och började gå.

När hon tagit några kliv gled ett par svarta trosor över tröskeln och hon kände hur det började pirra i kroppen. Hon ökade farten och ställde sig i dörröppningen. Medvetet putade hon ut med ena höften och såg hur Mirjam krupit ner under täcket. Hon granskade Laura från topp till tå och gjorde en gest att hon skulle ta av sig. Laura log mot henne och blinkade med ena ögat. För varje steg hon tog åkte ett plagg av och när hon nått fram till sängen var hon precis som Mirjam, naken. Mirjam gled åt sidan och lyfte på täcket åt Laura. Hon fick en glimt av Mirjams nakna kropp innan täcket skylde dem. Hon lät lampan på nattduksbordet lysa för hon visste att Mirjam ville ha det så. Själv kunde hon ibland uppskatta den sexuella spänningen som uppstod i mörkret när det enda man kunde göra var att känna sig fram. Laura kröp närmare Mirjam och la sitt ena ben över hennes knän. Det här kanske inte var en så dum idé i alla fall, tänkte Laura och lutade sig närmare. Mirjams andetag pulserade mot hennes läppar och precis när hon skulle kyssa henne hördes ett plingande.

"Fan, jag ska döda den där jävla Karl!" fräste Laura och kastade sig upp ur sängen.

Sixten kände nästan inte igen sin inofficiella kollega där hon stod intill honom och nästan hoppade av ilska. Men han försökte ta det som en komplimang. Att visa känslor var ett tecken på en avskalad karaktär. Att Ayleen kunde stå med knutna nävar och svart blick var något positivt för honom. Han lutade huvudet åt sidan en aning och konstaterade att det var första gången han såg Ayleen utan uniform. Istället stod hon bredvid honom klädd i rökdoftande slitna jeans, trasiga vid knäna, och en militärgrön midjekort jacka. När hon hade ringt till honom var han inte säker på att det var hon. Dels visste hon att han föredrog meddelandekonversation, dels hade hon talat på ett sätt som han aldrig hört henne tala förut. Nu stod hon och bankade på dörren och ryckte i handtaget helt uppslukad av vrede. När dörren öppnades möttes de, för ett par sekunder, av två skrikande röster innan det uppstod en abrupt tystnad. Innanför dörren stod en naken Laura och såg förvirrat och ilsket på dem. Ayleen ursäktade sig och trängde sig förbi henne medan Sixten stod kvar och granskade Laura. Hon vred lite på huvudet och tittade undrande på honom.

"Ska du stå där och stirra länge eller?" frågade hon och la armarna i kors.

Sixten skakade på huvudet.

"Nej. Jag väntar på att bli inbjuden eller avvisad."

Laura suckade en aning och visade Sixten in i lägenheten. Ayleen stannade i vardagsrummet och slog ut med armarna.

"Va fan. Varför är alla nakna för?!"

Sixten ville påpeka att varken han eller Ayleen var nakna men misstänkte att Ayleen själv var medveten om det. När Sixten klev vidare in i lägenheten såg han en naken Mirjam stå i en dörröppning. Hon såg fundersamt på Ayleen och Sixten.

"Vi behöver prata med dig." sa Ayleen kort och försökte undvika att se på någon av de nakna kropparna.

Laura nickade och ryckte lite på axlarna åt Mirjam som genast smällde igen dörren till sovrummet.

"Vad är det som har hänt?" frågade Laura och lutade sig på väggen.

"Det ska jag tala om för dig. De jävlarna har gått för långt nu. Jag ska..."

Ayleen avbröt sig och såg på Laura. "Förlåt, men skulle du kunna ta på dig något?"

Laura log lite och sträckte sig efter en lång mörkblå vinterjacka som hängde innanför ytterdörren.

"Fortsätt." sa Laura och drog upp blixtlåset på jackan.

Ayleen satte sig ner på armstödet på soffan.

"De har precis bränt ner halva min lägenhet!" nästan skrek Ayleen.

Laura såg förskräckt på henne.

"Va? Vilka då? Klanen? Hur är det med dig?"

Sixten tyckte synd om Ayleen. Det kunde inte vara lätt att svara på så många frågor på en och samma gång. Det verkade Ayleen hålla med om för hon svarade bara på en av frågorna.

"Ja, klanen. Jag lovar att det är de jävlarna som ligger bakom."

"Är du säker?"

Ayleen nickade upprört.

"De har ju redan varit på Mirjam och Alexandra för att vi har rotat i deras angelägenheter så klart som fan att det var min tur nu."

Sixten som nyss hört Ayleens osammanhängande men innehållsmässigt tydliga berättelse undrade en annan sak.

"Har du hört något från Uno?"

Ayleen skakade på huvudet.

"Jag har ringt, men han svarar inte. Jag hoppas han är okej."

Laura drog ner blixtlåset en aning och såg ut att svettas lite.

"Är det inte lika bra att vi släpper allt det här då? Om de nu ger sig på oss för att vi utreder dem?"

Ayleen reste sig hastigt.

"Som fan heller! Vi ska ut till deras jävla Palats och plocka dem allihopa!"

Laura tog ett steg bakåt och såg på Ayleen med stora ögon. Det verkade som att hon var lika förvånad över Ayleens språkbruk som han själv. Hon hade alltid talat på ett för honom korrekt sätt. Det hade han uppskattat oerhört mycket. Även i textform. Lauras ordförråd visste han inte tillräckligt mycket om för att göra en rättvis bedömning av. Laura suckade.

"Men vi vet inte vart det ligger. Vi fick inte se något när vi kördes dit ut."

Ayleens vredesutbrott byttes mot ett lugnt och förnöjt uttryck.

”Sixten?”

”Ja?”

”Kan inte du berätta varför det är så bra att vara du ibland?”

Sixten nickade.

”Jag har ett eidetiskt minne.”

Han förekom Lauras frågande blick. ”Det betyder att jag minns vägen.”

”Hur kan du minnas en väg som du inte sett?”

Sixten log lite.

”Jag minns vilka svängar bilen gjorde. På så sätt minns jag vägen, utan att ha sett den.”

Laura kliade sig i hårbotten.

”Och vad betyder det?”

Ayleen klev fram till Laura och såg på henne med svarta ögon.

”Det betyder att vi ska åka dit och tala om för dem att deras jävla bamseklubb ska lägga ner.”

## 37

Uno stod vid sidan av den öppna träporten inne i Palatset och välkomnade de sista deltagarna för det ytterst viktiga mötet. Sammankomsten timmen tidigare var avsedd för betydligt fler och själva klanen krävde delaktighet för att hålla medlemmarna tillfredsställda. Dessutom hade man haft ytterligare en agenda tidigare, att klargöra att man inte skydde några medel om något stod i deras väg. Utredningen kring Sten och Eva Abrahamsson hade kommit alldeles för nära inpå och en effektiv taktik var att skrämma personerna som närmade sig för mycket. Han kände varken Laura eller Sixten tillräckligt väl för att avgöra om budskapet gått fram men han och hela Klonciliet utgick ifrån att det hade gjort det. Nu var det dags för ännu ett möte för den inre rådande kretsen, inklusive alla lokala klanledare, Stordrakar och Stortitaner. Totalt ett tjugotal vitklädda personer var utspridda i en välformad cirkel kring eldstaden i mitten och Trollkarlen stod bakom altaret och blickade ut över skaran. Den dramatiska tystnaden avbröts av en auktoritär kvinnoröst.

"Välkomna systrar och bröder, till denna Klonvokation. Jag kan ej nog poängtera hur tacksam och glad jag är över att ni alla samlats här idag."

Runtomkring i det kala rummet böjdes respektfulla huvuden. Uno som stod innanför den nu stängda träporten bockade så djupt han kunde.

"Ni vet att alla församlingar och organisationer behöver en inre ledande krets men det behövs också en bredare skara. Utan den stora massan har vi ingen att leda."

Trollkarlen slog långsamt ut med armarna. "Därför är det extremt viktigt att ni för vidare den information ni får ta del av ikväll till den lokala klanen."

Spänningen steg en aning och även Uno, som närvarat vid ofantligt många möten, kände att det var något annorlunda den här gången. Trollkarlen plockade fram luntan innehållande det nya manifestet och la försiktigt ner det på altaret.

"Klonciliet är redan informerade om detta men det är dags att det når ut till hela klanen."

Hon slog upp en sida och placerade ett finger mitt på sidan. "Det nya manifestet kommer med en ny begäran. Det kräver att vi tar ett stort steg framåt. Det ger oss mandat och tillstånd att göra vår röst hörd i samhället. Den stora allmänheten ropar på oss! De väntar på oss! Att vi ska komma till deras nöd!"

Flera nickningar spred sig i cirkeln och Uno rycktes med. Det var det här han väntade på. Han var inte längre ensam med sina åsikter. Här fanns det bröder och systrar som ville se en skillnad, en skillnad som inte gick att förändra ensam. Klanen hade alltid delat hans tankar men haft en mer passiv roll i samhället. Man hade träffats mest för sin egen skull för att drömmen om den vita rasens härskande inte skulle dö ut. Men nu var det något nytt på gång. Ett nytt manifest som gav befogenhet att bli mer aktiv. De senaste dygnen hade visat prov på att man menade allvar. Det var en intensitet som Uno gillade.

”Ni kanske inte alla är medvetna om det men det är våra bränder som härjar i Stockholmsområdet. Det är vi som har tagit upp taktpinnen och sagt ifrån. Och tro mig, mina bröder och systrar, det här är bara början. Det som står i det här manifestet kommer leda oss till den framgång vi alla drömmer om. Det är vår tur nu!”

Enstaka applåder hördes och flera nickade instämmanden. ”Vår egen Migrationsminister är till och med på vår sida, det har Natthöken sett till.”

Uno vred huvudet runt i rummet och konstaterade att Natthöken inte var på plats. Trots att han ibland var svår att se i mörkret. ”Som ni ser är han inte närvarande för tillfället, han åtgärdar ett problem med en läcka.”

Fnysningar ekade förbi Uno och han upplevde plötsligt en känsla av olust. Det kunde väl inte vara honom Trollkarlen talade om? Han hade skött sin uppgift med bravur och aldrig pratat om klanen med någon utomstående. Han hade snarare varit en tillgång med tanke på hans arbete. Han funderade kort. Nej, han var säker.

”På tal om Natthöken.” sa Trollkarlen mystiskt. ”Vi behöver utse en ny Kejsare. Och jag tror det ligger i allas intresse att det är någon som till fullo står bakom det nya manifestet. Alla berörda bör ta detta i åtanke för klanens bästa.”

Trollkarlen bläddrade i manifestet och satte ner fing-
ret på en ny sida. ”Nu, kära vänner, ska ni få höra vad
framtiden har att visa.”

## 38

Sixten satt hoptryckt mellan Laura och Ayleen i den röda pickupen. Det var ett klokt val att ta Lauras bil för att det skulle bli naturligt för just henne att köra. Ayleens kokande vrede skulle inte göra henne till en god förare. Trots att Sixtens placering i bilen gjorde honom något obekväm var det ändå värt det. Helst önskade han att sitta intill passagerardörren för att enkelt kunna lämna fordonet om så behövdes, men när han föreslagit detta hade Ayleen bara skakat på huvudet utan att se på honom. Förutom Ayleen verkade inte heller Mirjam speciellt nöjd. Varför förstod han inte riktigt men det hade krossats ett glas mot sovrumsdörren i lägenheten och höga röster hade talat med varandra. Av nyfikenhet hade Sixten ställt sig strategiskt utanför Lauras sovrum men Ayleen hade föst bort honom. Han såg på Laura som höll i ratten så hårt att hennes knogar vitnade.

"Ville inte Mirjam följa med?" frågade han efter en stund.

Laura höjde ögonbrynen, suckade och skakade irriterat på huvudet. Inte den responsen han letat efter. Men huvudskakningen gav honom visserligen svaret på frågan han ställt. Han försökte igen.

"Varför ville inte Mirjam följa med?"

"Men strunta i det där nu." sa Ayleen och stötte till Sixten i sidan. "Om jag var Mirjam skulle jag också bara vilja vara hemma i lugn och ro med någon som kunde ta hand..."

Hon avbröt sig och såg ursäktande på Laura. "Förlåt, det var inte så jag menade."

Laura suckade.

"Jag förstår. I normala fall hade jag självklart stannat hos henne men det här måste få ett slut. Hon kommer förstå att det är för hennes skull jag åker."

Sixten funderade. Så Laura lämnade Mirjam ledsen och besviken för hennes egen skull. Intressant.

"Kommer du tala om för henne att det är för hennes skull som du åker?"

Laura såg trött på honom.

"Va?"

"Ja, kommer du tala om för henne att det är för hennes skull. Eller utgår du ifrån att hon förstår det?"

Hon såg förvirrat på honom.

"Men jag vet inte. Kan vi skita i att prata om Mirjam nu? Säg till när vi ska svänga istället."

Sixten misstänkte att samtalsämnet blivit obekvämt för Laura och gjorde som hon sa. Han blickade förbi instrumentbrädan och ut genom framrutan. Trots att vägen endast lystes upp av bilens strålkastare hade han inga problem att minnas vägen till Palatset. Han gungade lätt åt höger och vänster, ungefär som slalomåkare gjorde som förberedelse inför ett åk. Det gjorde att åkarna lättare och nästan automatiskt kunde följa portarna i backen utan att egentligen lägga så mycket energi på att minnas banan. Sixten pekade framför Lauras näsa och förklarade att nästa sväng skulle bli åt vänster. Laura kastade en blick i backspegeln innan hon blinkade.

"Vad ska vi göra när vi kommer fram då?" frågade hon osäkert och såg snabbt på Ayleen.

"Precis det jag sa förut. Tala om för dem att deras bamseklubb ska lägga ner."

Laura drog lite på munnen.

"Och det tror du att de kommer gå med på bara sådär?"

Ayleen vände sig mot Laura och log självsäkert.

"Nej, men folk brukar förstå lite bättre när man får en pistolmynning riktad mot sig."

Hon plockade upp sitt sidovapen. Sixten kände genast igen det. En Sig Sauer. Det var föga förvånande med tanke på att det var standardvapnet för den svenska polisen. Han hade haft en del samtal med personer som menade att Glock 17 var vapnet som polisen använde sig av men enligt den uppgift han själv fått var det Försvarsmakten som nyttjade den österrikisktillverkade pistolen.

"Va fan, ska du hota hela jävla klanen eller?"

Ayleen nickade kort.

"Exakt. Jag tänker tala om för dem att de har gått för långt."

"Har du pratat med Lenny?"

"Nej, det skiter jag i. Han kommer ändå bara säga att det är en dum idé. Men min lägenhet har precis brunnit ner och någon ska få betala för det!"

Den trötta Laura fick plötsligt mer energi och nickade medryckande.

"Och de har fan kidnappat min tjej!"

Laura slog med ena handen på ratten. "Det är den där jävla nasseklanen som inte ska lägga sig i våra privatliv!"

Sixten sjönk ihop en aning mellan kvinnorna som såg ut att vara på krigsstigen. Han visste inte om han skulle tillägga något eller om han helt enkelt bara skulle gilla läget och följa med, som nyfiken observatör. Han sneglade på pistolen Ayleen höll i handen och beslutade sig för att lita på polisen som satt på hans högra sida.

Den röda pickupen stannade till i mörkret. Laura hade stängt av bilens strålkastare i god tid för att inte väcka onödig uppmärksamhet. Lite längre bort syntes grå rök sväva upp mot den mörka himlen och små strimmor av ljus trängde sig igenom skogspartiet på deras vänstra sida. Sixten tog några kyliga andetag och knäppte rocken. Ayleen såg sig skeptiskt omkring.

"Vart är Palatset då?" frågade hon otåligt.

"Vi ska in i skogen lite längre fram och när vi kommer ut på fältet borde Palatset ligga i närheten."

"Borde?" frågade Ayleen irriterat.

Sixten nickade.

"Jag har inte sett det med egna ögon men av allt att döma ligger det där jag tror att det ligger."

Han hörde sig själv och förstod Ayleens reaktion. Han brukade alltid vara säker på sin sak och att han inte visste den exakta positionen för Palatset irriterade henne med rätta. Men hans kunskap om Ku Klux Klan talade om för honom att Palatset nästan alltid låg i nära anslutning till området där korsbränningen skedde. Om så inte var fallet skulle han självklart ta på sig misstaget och be om ursäkt.

När de vandrat längs grusvägen och stigen genom skogen kom de fram till det öppna fältet Laura och Sixten befunnit sig på timmarna tidigare. I mitten brann fortfarande en liten eld men korset gick inte att urskilja i högen. Sixten tog några självsäkra steg ut på fältet och såg åt vänster.

"Där." pekade han och vände sig mot en bred nedtrampad gräsgång.

De fortsatte gå och Sixten log nöjt när en brinnande fasad blottade sig lite längre bort.

"Bra jobbat." viskade Ayleen och dunkade Sixten i ryggen så hårt att han nästan tappade fotfästet.

Han tackade och ställde sig frågande mot Ayleen och Laura.

"Vad gör vi nu?"

Ayleen drog fram sin pistol och osäkrade den. Långsamt sträckte sig Laura med ena handen bakom ryggen och även hon plockade fram en pistol. Ayleen såg förvånat men allvarligt på henne.

"Vad fan är det där?"

"Det är min Glock 43. Ja, jag har licens för den." sa hon odramatiskt.

"Jävla privatpoliser." muttrade Ayleen. "Du använder inte den där om inte jag säger till, okej?"

Laura nickade och det klickade till när hon gjorde en mantelrörelse. Ayleen såg osäkert på henne.

"Jag lovar." sa Laura övertygande.

Sixten fingrade på sitt förstoringsglas i fickan och funderade kort på hur han skulle kunna stå till tjänst om det uppstod en allvarlig situation. Men å andra sidan var det inte särskilt troligt med tanke på att Ayleen bara ville prata med klanen. Fast han visste att närliggande känslor av aggressiv karaktär kunde påverka en situation, så allt för säker kunde han inte vara. De hukade sig och smög närmare Palatset och i ljuset från facklorna syntes en vitklädd gestalt.

"Fan, har de vakter?" suckade Ayleen.

"Det verkar så..." sa Laura tyst och greppade hårt om pistolen.

Sixten rätade på sig och såg på sina kompanjoner.

"Ska vi gå och prata med honom då?"

"Nej!" väste de samstämmigt.

Sixten såg förvirrad ut. Hade han missuppfattat deras ärende?

"Om alla höjdarna är där inne och han varnar dem kommer det bli problem." menade Ayleen och vände sig mot Laura.

"Vi ska inte avfyra några vapen nu. Det enda du ska göra, om du ska använda den, är att visa att du har den, bara så att han förstår allvaret. Men jag kommer visa min polislegitimation först så han vet vilka vi är, förstått?"

Laura nickade bestämt. Ayleen tog ett steg framåt och det knakade till i en kvist. Hon frös till och blickade bort mot Klextern som stod ett tjugotal meter bort. I sprakandet från facklorna var det föga troligt att han skulle uppmärksamma ytterligare ett knakande. När Ayleen och Laura smög sig ännu närmare Palatset drabbades Sixten av stundens allvar. Det höga gräset i kanten av fältet dansade kusligt i mörkret och han förstod plötsligt att om det var skjutvapen inblandade kunde skott fyras av, kanske i hans riktning. Han övervägde för en stund att stanna kvar ute på fältet men just nu kändes det, skjutvapen till trots, bättre att vara i sällskap av någon. Ayleen fortsatte sakta fram i mörkret och höll sin pistol intill sidan. Hon plockade fram sin polislegitimation och höll den framför sig samtidigt som hon blottade sin dolda gestalt i skenet av facklorna framför Palatsets fasad. Omedelbart vände sig Klextern emot dem och i en snabb, nästan automatiskt, rörelse drog han fram en revolver.

"Ni kan stanna där." sa han med en lugn och obehagligt sansad röst.

Sixten stannade tvärt men Ayleen och Laura fortsatte framåt dock en aning långsammare än tidigare. Klextern höjde revolvern och riktade den mot Ayleen.

"Jag är polis. Ser du?"

"En sådan där har jag också, 10 spänn på BR."

"Skärp dig, hur många är ni där inne?"

Ayleen stoppade ner legitimationen i fickan och tog tag om sin Sig Sauer med båda händerna.

"Vad vill ni?" frågade han fortsatt lugn.

Ayleen suckade.

"Du kanske inte fick vara med och leka förut när två oskyldiga civila medborgare blev kidnappade och hotade?"

Klextern svarade inte. "Du kanske inte får vara med utan bara stå utanför?"

Sixten som stod ett par meter bakom Ayleen och Laura tyckte att han anade ett tonfall som inte passade i situationen. Helt säker var han dock inte.

"Vi har ett helt lagligt möte här och vill inte bli störda." sa Klextern till slut och sänkte revolvern en aning.

"Det här är ett polisärende så ni har tyvärr inget val." sa Ayleen med bestämd och myndig stämma.

Laura som varit tyst tog några kliv närmare Klextern och trots att hans ansikte var täckt kunde Sixten se att han följde henne med blicken.

"Jag kan tyvärr inte släppa in er utan Trollkarlens tillåtelse." sa han och riktade revolvern mot Laura som tydligen kommit allt för nära.

"Du behöver inte någon jävla Trollkarls tillåtelse, jag är polis och du har inget annat val än att släppa in oss."

I den korta tystnaden som uppstod analyserade Sixten scenariot som utspelade sig framför honom och anade att ett dödläge skulle uppstå om inget nytt förslag lades fram. I respekt för skjutvapnen som omringade honom tog han några långsamma och välplacerade steg framåt och ställde sig mellan Ayleen och Laura. Han höjde avvärjande händerna och harklade sig.

"Hej, jag heter Sixten Salomonsson och skulle vilja tala med den som är ansvarig för er organisation. Det gäller en utredning jag åtagit mig i egenskap av privatdetektiv."

I ögonvrån såg han hur Ayleen himlade med ögonen. Varför förstod han inte. Att presentera sig för en främmande människa var fullt rimligt. Framförallt med tanke på den rådande situationen. Klextern såg ut att luta huvudet åt höger och granska Sixten. Förhoppningsvis skulle hans vapenlösa uppsyn göra att den vaktande mannen gav med sig.

"Om ni lägger ifrån er pistolerna kanske vi kan komma överens." sa han efter en kort stund.

Sixten nickade och log brett.

"Självklart."

"Aldrig!" utbrast Laura och drog Sixten bakom sig.

Han förvånades över Lauras illvilja att föra förhandlingen framåt. Om de bara la ifrån sig pistolerna skulle de få komma in. Ayleen slog ut med ena handen.

"Tyvärr. Vi kan inte lämna ifrån oss våra vapen. Det utgår jag ifrån att du förstår. Situationen tillåter inte det."

Klextern ryckte på axlarna under den vita klädnaden.

"Då kommer ni inte in."

"Men lägg av nu!" ropade Laura och höjde sin Glock 43 mot honom.

Innan Sixten hann reagera hördes en knall och ett skott brann av. Lauras vänsterarm for bakåt och hon föll ner till marken. Sekunden senare hördes ytterligare en knall och Klextern böjde sig hastigt framåt och föll ner på knä. Ayleen sprang fram och sparkade undan revolvern som landat på marken framför honom. Sixten vände sig mot Laura som höll sig för axeln.

"Fan, fan, fan."

Hon grimaserade illa och såg på Sixten med allvarlig blick. "Hur ser det ut?"

Sixten såg på henne med stora ögon. Han hukade sig ner över henne för att kunna göra en bedömning av skottskadan men tvekade. Hur skulle han kunna avgöra det? Han hade ingen som helst medicinsk kunskap.

"Jag vet inte. Jag besitter inte den typen av kunskap."

Laura fortsatte grimasera och kved till när hon försökte resa sig upp.

"Ring en ambulans." ropade Ayleen samtidigt som hon böjde sig ner intill Klextern.

"Har du en adress?" frågade Sixten och plockade upp sin telefon.

Ayleen såg osäkert på honom.

"Helvete!"

Hon drog av Klextern huvan och mötte hans blick. Den vita klädnaden färgades långsamt röd från ett hål i sidan av magen.

"Vad är det för adress hit, vi måste kalla på ambulans."

Hon fick inget svar och skakade hans axlar. Mannen hostade till och spottade blod i ansiktet på Ayleen.

"Det säger jag aldrig." väste han samtidigt som varmt blod rann ner från hans mungipor över Ayleens händer.

"Lägg av nu, det här är mycket viktigare än eran jävla kompisklubb. Kom igen nu, ge mig adressen. Ditt liv står på spel!"

Han tog sig för magen och hånlog mot Ayleen.

"Det här är mycket större än individen..."

Ayleen torkade av sina blodiga händer på mannens klädsel och reste sig upp.

"Fan också!"

Sixten som höll ett stadigt tag om Laura släppte henne plötsligt. Hon lyckades hålla sig på benen och såg undrande på honom.

"Vad är det?"

Han mötte hennes blick och log brett. "Vad fan kan

vara roligt nu?”

"Jag vet adressen hit."

# 39

Osäkra blickar byttes inne i Palatset och Uno höjde lugnande händerna mot samlingen oroade medlemmar. Alldeles nyss hade två dova skott hörts utanför byggnaden och Uno hoppades naivt att det enbart var Klexterns pistol som avfyrats. Men han visste att skotten inte tillhörde samma vapen. Det hördes mycket väl. Det ena skottet kom från hans vaktkollegas revolver men det andra kom från ett vapen han kände till allt för väl. Hur polisen kunnat hitta hit förstod han inte. Men med en så stor skara initierade medlemmar var det inte helt osannolikt att någon läckt ut information. Uno plockade upp sin pistol som vilade i gördeln runt midjan och riktade den ner i marken för att inte skrämma upp folket i lokalen ytterligare.

"Det är ingen fara." sa han så lugnt och behärskat han kunde. "Stanna här inne så undersöker jag vad som pågår där ute." fortsatte Uno.

"Var det någon som sköt?" undrade en anonym röst och ett stressat mummel spred sig runt bland människorna.

Den intensiva stämningen som nyss präglat Palatset hade förbytts mot en oroväckande uppgivenhet.

"Tystnad!" ropade Trollkarlen och sorlet av röster dog ut.

Hon såg på Uno och nickade kort.

"Gör det du ska." sa hon lugnt och viftade med handen mot träporten.

Uno osäkrade sitt vapen och klev med bestämda steg ut ur Palatsets inre rum. Adrenalinet började pumpa ut i blodet men han försökte lugna och kontrollera sig. Det här ingick i träningen som genomsyrade hans yrke. En vanlig dag på jobbet, tänkte han och smög med försiktiga steg närmare den yttre porten. Han placerade sig med axeln intill porten och lyssnade intensivt. Minst tre röster hördes där ute men vad som sades var omöjligt att urskilja. Han koncentrerade sig och avvaktade en kort stund. Därefter tryckte han upp porten med en smäll och riktade sin pistol ut i det vaga ljuset. Framför honom låg Klextern hopkurad på sidan. En blodröd fläck spred sig långsamt med utgångspunkt från hans mage och han hörde ett lågmält hostande och rosslande. Omedelbart blickade han ut över området framför byggnaden och såg tre välbekanta ansikten i mörkret. Med viss tvekan höjde han sitt vapen och avfyrade ett skott. Det small till och Sixten, Ayleen och Laura började springa i riktning mot det ceremoniella fältet. Hade han velat skada någon av dem hade han gjort det. Men skottet for över dem med god marginal. Vad fan gjorde de här, tänkte Uno samtidigt som de försvann in i mörkret. Han vände sig om mot den blödande och kvidande

Klextern och hjälpte honom att resa sig upp där han låg.

"Helvete, det här ser inte bra ut..."

Uno såg oroligt omkring sig. Han väntade sig inget svar från sin vaktkollega men beslutade sig för att flytta honom och släpade försiktigt in honom i det yttre rummet.

"Jag behöver hjälp här ute!" ropade han högt och hoppades att någon skulle våga sig ut.

Han hade inte tid att vänta. Han var tvungen att säkra utsidan. Han lämnade Klextern på det kalla golvet och gick hukande tillbaka till den öppna yttre porten. Han skakade huvudet och förbannade att huvan inte var mer anpassad för situationer som dessa. Han kunde självklart ta av den, det skulle samtliga i Klonciliet förstå, men samtidigt ville han inte röja sin identitet för personerna där ute. Å andra sidan kanske det skulle göra att de inte vågade skjuta. Det var en risk med för stora insatser. Han beslutade sig för att förbli anonym och rättade till huvan så mycket han kunde för att få bästa möjliga sikt. Han tryckte ryggen mot träporten och ropade ut i mörkret.

"Stick härifrån! Vi tar hand om vår man, bara ni ger er av!"

I samma stund som han tystnade förstod han sitt misstag. En röst var lika enkel att identifiera som ett ansikte.

"Fan..." mumlade han och fortsatte se ut i mörkret.

Efter en lång tystnad bröts stillheten av en kvinnoröst.

"Vi är från polisen! Lägg ner era vapen!"

Uno slöt ögonen och suckade. Det var det här han

var rädd för. Ayleen på krigsstigen. Han hade känt henne tillräckligt länge för att komma till slutsatsen att hennes humör och temperament var oerhört ojämnt. Det talade inte till hans fördel i det här läget. Förutsägbara personer var mycket mer lätthanterliga. Han tog ett djupt andetag och lyssnade till vindens susande. De svarta träden började vaja mot den mörkblåa himlen och plötsligt for en skugga förbi borta vid parkeringen. En skugga han mycket väl kände igen. Hans något molokna uppsyn förbyttes och en känsla av mod trängde fram inom honom. Det kanske gick att lösa situationen till hans fördel trots allt. Han anade att Ayleen inte skulle skjuta honom oprovocerat även om han behöll huvan på. Om han klev fram och visade sig skulle det kunna ge Natthöken ett övertag från andra sidan. Han reste sig upp och tog några avvaktande steg ner på grusplanen framför Palatset och började gå till vänster, i den riktning där Ayleen, Laura och Sixten försvunnit tidigare. Han behöll pistolen i handen men riktade den neråt för att inte riskera att hetsa fram ett skott från mörkret. Han gick förbi en blodfläck i gruset och förstod att någon i sällskapet blivit skjuten. Han stannade till och lyssnade. Han kände sig otroligt blottad där han stod men övertalade sig själv att han inte var i fara så länge han inte visade tecken på att vilja använda sitt vapen. I stillheten tyckte han att han hörde viskande röster men han var osäker på om han blev lurad av omgivningens läten och väsen.

”Stanna där!” ropade Ayleens röst och Uno hörde vart den kom ifrån.

Han höjde sin vänsterhand och kisade med ögonen.

”Vi vill inte ha något bråk här. Ni kommer hit och

skjuter våra medlemmar. Jag tycker det är dags att ni åker här ifrån."

Han ansträngde sig för att låta så lugn som möjligt.

"Vi är från polisen. Det är inte upp till dig att bestämma. Det här är ett polisärende. Lägg ner pistolen!"

Uno avvaktade och tystnade samtidigt som han mumlade för sig själv. Natthöken brukade inte ha några problem att läsa av stämningen och Uno utgick ifrån att han närsomhelst skulle komma till hans undsättning. Uno hade rätt. Något påkallade uppenbarligen de doldas uppmärksamhet och han sprang fort fram i mörkret och kastade sig ner i det höga gräset en bit ifrån där han var säker på att Ayleen och de andra befann sig. Återigen förbannade han den vita klädseln han bar och påminde sig om att det inte var för intet som Natthöken bar sin svarta utstyrsel. Men Uno hoppades att det kompakta mörkret nära marken skulle göra honom nästintill osynlig. Oroliga röster hördes och han förstod att de började tappa kontrollen. Han försökte analysera vad som var målet med situationen som uppstått. Han var säker på att han ville undvika att skada någon av dem, men samtidigt kunde nöden kräva att han gick emot sin egen vilja. Och om han mot förmodan skulle bli skjuten på skulle han nog vara tvungen att skjuta tillbaka. Han rörde sig långsamt i det fuktiga gräset och försökte koncentrera sig och fokusera blicken i mörkret. När han hasat sig fram en bit tog tre suddiga gestalter form framför honom. Om han kom tillräckligt nära kunde han kanske avväpna någon av dem och få ett övertag. Vem som hade vapen var svårt att se men han tvivlade på att han skulle få problem om han tog sig ända fram. Överraskningsmomentet var ofta lyckat så länge fienden saknade information. Återigen for en skugga förbi ute på fältet och nervösa röster hördes bara ett par meter fram. Bra, tänkte Uno. Uppmärksamheten var inte fokuserad på honom själv, utan på Natthöken. Han satte sig på huk för att snabbt kunna skjuta ifrån med benen och ta ett språng. Han räknade sekunderna tyst för sig själv och tog sats. Sekunden senare låg han platt på gräset och svor tyst. Han hade lyckats kliva på sin kåpa och fallit pladask. Omedelbart vände sig Ayleen om och riktade sitt vapen rakt mot honom. Uno blundade och hoppades att hennes nervösa tillstånd inte skulle resultera i att hon avlossade pistolen. Ingen knall hördes. Bara en skarp röst.

"Stå still."

Uno som fortfarande hade ett rejält grepp om sin pistol rätade långsamt på sig. Han visste att han inte hade spelat ut sitt sista kort än. Natthöken opererade fortfarande där ute i mörkret. I frånvaron av ljuset från facklorna på fasaden hade hans ögon vant sig vid mörkret och nu såg han Ayleen klart. Bakom henne hukade sig Sixten och Laura ner i gräset och det såg ut som hon kallade på dem.

"Stick härifrån." viskade hon och pekade med handen in mot skogen bakom. "Ta bilen och åk."

Sixten och Laura såg ut att tveka för ingen av dem rörde sig ur fläcken.

"Det är nog bäst att ni lyssnar på henne." sa Uno försiktigt.

"Du håller käften!" väste Ayleen och spände blicken i honom.

Samtidigt såg han hur Sixtens och Lauras gestalter

blev mörkare och försvann. Gör inget dumt nu, tänkte
han och såg tillbaka in i Ayleens rasande ögon.

## 40

Adrenalinet pumpade och trots kylan trängde svettdroppar fram från hennes panna. Det här var en prekär och högst oönskad situation. Mörkret gjorde Ayleen nervös och hon hade svårt att fästa blicken en längre stund men hon försökte fokusera på den anonyma människan framför henne. Hon kände hur ilskan kokade i blodet och ju mer hon tänkte på den personliga attacken på hennes privatliv tidigare under kvällen desto mer förbannad blev hon. Känslorna fick inte styra, det visste hon. Det gällde att tänka logiskt och klart. Eftersträvansvärt, helt klart, men utan tvekan svårare än hon tänkt sig. Situationen hade urartat och hon kunde djupt där inne förstå varför Lenny skulle tyckt att hennes vansinnesförslag var opassande. Men hon hade ingen aning om att klanen var beväpnad. Inte helt orimligt med tanke på vad de utsatt Mirjam och Alexandra för men tanken hade aldrig slagit henne. I hennes värld var det hon själv som var den beväpnade och på något sätt utgick hon ifrån att människorna hon mötte var utan vapen. Samtidigt var hon alltid tvungen att räkna med att vem som helst hon mötte kunde vara ett potentiellt allvarligt hot.

Hon blinkade snabbt några gånger. Hon kände sig förvirrad. Som om tankarna vandrade iväg utan att komma tillbaka och ordna kaoset som ställde till det i huvudet. Hon hörde en lugn och på något sätt välbekant röst men uppfattade inte orden som långsamt svävade genom luften. Hon började skaka lätt i den utsträckta högerhanden. I ögonvrån såg hon små gnistor skjuta upp från resterna av det brinnande korset och hon ansträngde sig för att inte lockas att se mot ljuset. Ovanför den bleka gestalten i gräset framför henne skymtade hon fullmånen. Ayleen drog in luft i lungorna och andades ut långsamt.

"Jag vill att du svarar ärligt. Vem var det som tände eld på min lägenhet?"

Mansrösten svarade lika lugnt och behärskat som tidigare.

"Okej, såhär. Jag vet inte vem. Jag vet bara att det finns personer som går våra ärenden. Men jag försäkrar dig. Dessa ärenden kommer från högre instans, där jag inte har någon talan."

Ayleen fnös till.

"Visste de att jag var i lägenheten?!"

Hon riktade demonstrativt om pistolen mot honom.

"Det är inte troligt. Vi är bara ute efter att markera, aldrig döda."

Ayleen spottade i gräset. En reaktion hon själv förvånades över. Hon blinkade till igen och märkte hur en tår rann ner för hennes kind. Först nu kom hon på att hon inte bett honom avlägsna sin huva.

”Ta av dig huvan.” sa hon och viftade med pistolen.
Mannen nickade tydligt och började lyfta bort den.
”Ayleen...Gör inget dumt nu.”

I samma stund som det välbekanta ansiktet blottades blev det självklart för henne. Innerst inne hade hennes undermedvetna ropat till henne att det var Unos röst men hon hade inte velat lyssna. Det stämde inte på något sätt. Var det verkligen han som satt där. Hon kanske blev lurad av mörkret? Hon log snett och nickade kort. Så var det. I mörkret kunde ögonen skapa figurer som egentligen inte existerade. Att det satt en man framför henne var tydligt men vem det var kunde hon egentligen inte avgöra i ljusets frånvaro. Hon hörde Unos röst igen.

”Ayleen. Det här är inget personligt. Det vet du. Jag har alltid tyckt om dig och uppskattar att arbeta tillsammans med dig. Det här är större än oss två.”

Långsamt reste han på sig och ställde sig upp. ”Sänk pistolen, snälla.”

Ayleen som låtit blicken falla till marken såg återigen upp på Uno. Hon såg det svarta föremålet han höll i handen och svalde hårt.

”Släpp vapnet!” ropade hon och tog ett bestämt steg framåt.

”Gör inget dumt nu, Ayleen.”

Uno höjde den vapenfria handen avvärjande och såg ut att släppa pistolen men plötsligt avbröt han sin rörelse.

”Släpp pistolen bara.” nästan vädjade Ayleen.

Hon kände att hon var på väg att tappa koncentrationen som hon så febrilt kämpade för att behålla. Det knastrade till bakom henne men hon släppte inte Uno med blicken.

"Uno?" frågade hon osäkert.

"Gör inget dumt nu." svarade han och höjde pistolen långsamt.

"Ska du inte släppa pistolen?"

Ayleen kände hur den intensiva situationen gjorde henne tröttare. "Uno..."

Hennes röst avbröts plötsligt av en knall och en hastig ljusblixt. Innan hon hann reagera hade hon besvarat elden och avlossat ett skott mot Uno. Han föll ihop framför henne och hon såg omedelbart ner på sin egen kropp. Hon tog sig för magen och bröstet men kände ingen brinnande smärta. Inget extra adrenalinpåslag. Uno hade missat henne. Hon andades ut och tog några trevande steg fram mot Unos hopsjunkna kropp. Ett kvidande stön hördes men det kom inte från Uno. Hon vändes sig om och höjde pistolen in i mörkret.

"Hallå? Är det någon där?"

Långsamt började hon röra sig i riktning mot ljuden och lite längre bort tog en kropp form i gräset. En svartklädd figur vred på sig på marken och Ayleen såg bort mot Uno igen. Han hade inte missat.

**41**

———

Blinkande sirener från tre fordon for förbi den röda pickupen som till slut följt Ayleens order att lämna området. Laura hade velat stanna kvar men Sixten påpekade att hon inte skulle göra särskilt stor nytta med tanke på skottskadan. Trots att den inte var den allvarligaste av skador. När Laura då föreslagit att Sixten skulle köra hade han varit tvungen att omvärdera sitt argument och Laura hade till slut fått köra bilen. Det hade inte känts vidare rätt att lämna Ayleen ute på fältet i en väldigt allvarlig och svår situation men Sixten visste att det inte gick att lita på känslor. Hade Ayleen gjort den professionella bedömningen att det bästa var att både han själv och Laura lämnade området fick han istället lita på hennes kompetens i form av polis. Laura däremot tyckte uppenbarligen inte samma sak. Under den korta bilfärden hade Sixten hört så många nya svordomar att han slutat räkna.

”Nej, nu skiter jag i vad du tycker.” sa Laura bestämt och gjorde en kraftig U-sväng.

313

Sixten hann precis ta tag i handtaget ovanför bilrutan innan bilen for runt i den andra körfilen. Laura tryckte gaspedalen i botten och körde ikapp ambulansen som nyss passerat. Det mörka landskapet runt landsvägen lyste med jämna mellanrum upp med ett blått ljus och Sixten blev tvungen att blunda för att undvika den skarpa kontrasten.

"Vad jag tycker är inte relevant, det var Ayleens beslut som låg till grund för mitt agerande." sa Sixten med en klargörande stämma.

Laura suckade och skakade på huvudet. Sixten kunde inte låta bli att le lite i passagerarsätet. Trots att Laura var upprörd och avfärdade hans kommentar kände han sig inte förlöjligad. Det var en ny känsla och han kunde inte låta bli att uppleva en bekvämlighet intill henne. Laura såg irriterat på honom.

"Vad flinar du åt?"

"Jag ler för jag känner mig bekväm." sa han glatt och glömde för en stund bort det allvarliga i situationen.

"Jaha, det är inga nya säten direkt." fortsatte Laura och svängde efter ambulansen som lämnade landsvägen.

Hon kved till när hon blev tvungen att rotera ratten och Sixten synade putsdukarna som virats runt hennes blödande sår i armen. Den yttersta ljusblåa duken hade färgats röd i området där kulan gått in. Laura svor tyst för sig själv och pekade ut genom framrutan.

"Är det piketen som ligger framför ambulansen?"

"Med tanke på vad jag rapporterade in i telefonen så utgår jag ifrån att det är ett flertal poliser man skickat till platsen. Så ditt antagande är i min mening korrekt."

Lite längre fram stannade de framförvarande fordonen och uniformerade poliser och ambulanspersonal klev ur sina bilar. Laura gjorde likaså och lämnade snabbt bilen. Sixten kliade sig lite i huvudet och lämnade även han bilen efter viss tveksamhet. Långsamt och nästan smygande närmade han sig Palatset och såg hur ambulanspersonalen omedelbart skyndade fram till den skjutna Klextern som hängde på två klanmedlemmar utanför ytterporten. Plötsligt hördes Ayleens röst och genast sprang två poliser i hennes riktning. Sekunden senare rusade resten av piketstyrkan in i Palatset och dova höga auktoritära röster hördes. Laura försvann in i mörkret efter poliserna som följt Ayleens röst och Sixten hoppades att hon fortfarande var oskadd. Han stannade till mitt på grusplanen utanför Palatset och såg hur Klextern varsamt lyftes upp på en bår. Han såg små antydningar till livstecken och hur det bleka ansiktet rullade bort mot den främre ambulansen. Plötsligt kände han sig ovanligt malplacerad. Sixten Salomonsson stod utanför Ku Klux Klans heliga Palats. Ambulanspersonal arbetade för fullt och poliser började föra ut vitklädda klanmedlemmar ur byggnaden samtidigt som Ayleen och Laura närmade sig honom från fältet. Bakom dem kom en polis joggandes och ropade mot ambulansen. Trots ljuden och det hektiska arbetet som skedde i hans närhet upplevde han en märklig stillhet. Han var tvungen att andas in stämningen en stund. Han tog några djupa andetag och märkte inte att Ayleen ställt sig intill honom.

”Sixten?”

Han återgick till verkligheten och såg undrande på henne.

”Ja?”

”Hur är det?”

”Jag står och förundras över hur livet ter sig.” sa han och såg upp mot den mörka himlen. ”Hur är det med dig?”

Ayleen log trött och kramade om honom. Sixten blev så chockad att hans armar förblev hängande intill hans smala kropp. Det var första gången hon kramade honom. Han lutade långsamt huvudet intill hennes och vred det snett bakåt. Han såg på Laura som blev omhändertagen av sjukvårdare och kunde inte låta bli att tänka på hur det skulle kännas att bli kramad av henne. Det var en anmärkningsvärd känsla. En känsla som han stängt ute väldigt länge. Han blev osäker på varför men förstod i samma stund anledningen. Ayleen släppte taget om honom och drog handen för ansiktet.

”Det är förvånansvärt bra.” sa hon och försökte kväva en gäspning. ”Men jag har lite tråkiga nyheter...”

Sixten hade hört uttrycket förut och stålsatte sig. ”Uno är med i klanen, han är Klarogo till och med. Det var han som kom ut efter oss.”

Sixten nickade kort. Tråkiga nyheter för vem? Poliskåren kanske. Å andra sidan var väl privatliv och arbetsliv olika saker.

”Jag förstår.” sa han och försökte ge uttryck för medlidande.

”Okej?”

Hon såg förvånad ut och började följa två sjukvårdare med blicken. De passerade Sixten och Ayleen och sprang ut mot fältet. Sixten vände sig mot Palatsets fasad och såg hur poliserna drog av de upprörda klanmedlemmarnas huvor och radade upp dem längs väggen. Han förundrades över hur mycket en anonymiserande klädnad kunde göra en individ omänsklig. Det var först när man såg ett ansikte som personen blev på riktigt. Han kom att tänka på alla filmer han sett med superhjältar där han slutligen imponerats över att de bakom maskerna och kostymerna var vanliga människor. Han hade otaliga gånger önskat att omvärlden kunde se på honom på samma sätt. Annorlunda men vanlig. Att det normativa samhället skulle ta lång tid att förändra kunde han förstå men ibland längtade han till den dagen då alla fick vara sig själva, på riktigt.

Han vände sig mot Laura igen och hoppades att hon skulle möta hans blick men hon verkade alldeles för upptagen för att bry sig om honom. Ayleen avbröt Sixtens tankar och knackade honom på axeln.

"Uno kommer vilja prata. Så jag åker med honom i ambulansen och ser vad jag kan få fram. Du kanske vill åka med Laura?"

Hon pressade fram ett leende och Sixten rynkade pannan.

"Ja, det skulle jag vilja." sa han kort och tog några bestämda steg fram till ambulansen där hon satt.

"Jag skulle vilja åka med i ambulansen."

Laura nickade aningen förvånad och log lite. "Jag vill inte köra tillbaka din bil."

## 42

Det doftade alldeles för rent, tänkte Sixten när han slumrade till på stolen. Den var inte vadderad men dess syfte att hålla den som satt på den vaken hade sånär misslyckats. Klockan var mycket och snart skulle en ny dag börja. Sixten kliade sig lite i ögonen och påminde sig om att ett sjukhus torde vara ett av de renligaste platserna i samhället. Samtidigt florerade det baciller och sjuka människor överallt i byggnaden och när han sneglade ner i den halvfulla papperskorgen intill sjukhussängen hoppades han att städpersonalen tog sitt uppdrag på fullaste allvar. Han hade egentligen aldrig tänkt på sig själv som en person med maniska drag men han visste att han inte var ensam om att ibland frukta sjukhusen runt om i landet. Även fast han den här gången hade möjligheten att lämna både rummet och sjukhuset valde han att stanna. Han var osäker på om det skulle uppskattas eller inte men reaktionerna i filmens värld tydde på att besökaren nästan alltid var önskad. Om han inte var det skulle han självklart gå.

Han försökte hålla sig vaken och började se sig runt i rummet efter saker att fokusera på. Den gröna fondväggen på den ena långsidan tröttnade han på nästan omedelbart. Det enda som var intressant med den var att det var uppenbart att någon inte gjort sig besväret att montera ner TV:n från väggen när väggen målades. Runt konsolen som höll fast TV:n i väggen syntes tydliga vita ränder som avslöjade väggens tidigare färg. Han fortsatte sin visuella resa runt rummet och fastnade för något betydligt mer intressant än fondväggen. Två klara blå ögon såg på honom och han nickade kort. Snart skulle han få svaret på om han var önskad eller inte.

"Vad gör du här?" frågade Laura och reste sig långsamt upp.

En befogad fråga. Som vanligt hade Sixten svårt att avgöra var betoningen i frågan låg. Var det fokus på honom som person eller på varför han var just i rummet. Det enklaste var alltid att svara på frågan som han själv uppfattade den.

"Jag vet av erfarenhet att det kan kännas ensamt att vakna upp när man somnat. Ensamhet är sällan något man eftersträvar. Därför är jag här."

Laura log lite och synade sin arm.

"Eftersom jag antar att du inte kommer fråga hur det känns så berättar jag det istället." flinade hon och blinkade mot Sixten. "Det känns okej. Såret var visst ganska ytligt."

Sixten nickade och suckade inombords. Han skulle alltså ha frågat hur det kändes. Något att lägga på minnet.

"Din bil står kvar vid Palatset." sa Sixten informerande.

"Tack, då vet jag." log Laura trött.

Sixten reste sakta på sig och började känna sig tude-lad. Å ena sidan ville han vara kvar i rummet med Laura men å andra sidan ville han gå in till rummet där Natt-höken låg. Ayleen hade tidigare meddelat att de skulle förhöra honom så fort han vaknade.

"Man kan byta om bakom draperiet." sa han plöts-ligt.

Han häpnade över det han precis sagt och såg snabbt ner i golvet. Det var inte likt honom att häva ur sig oge-nomtänkta meningar eller kommentarer.

"Ja, det kan man." sa Laura osäkert och såg på Sixten.

Han kände att att han behövde förklara sig men av-bröts när dörren till rummet sköts upp. En ung mörkhå-rig kvinna sprang in i rummet och omfamnade Laura i sängen. Lågmälda ord hördes men Sixten gjorde sig inte besväret att anstränga sig för att höra vad som sades. Han bockade kort, lämnade rummet och stängde igen dörren bakom sig. Tidigare i bilen på väg ut mot Palatset hade Laura talat om Mirjam som sin tjej. Inte flickvän. Men innebörden kanske var densamma. Han ryckte lite moloket på axlarna och började gå längs korridoren. Han synade siffrorna på dörrarna medan han tog sig längre ner i den väl upplysta korridoren. Den orangea plastmattan gjorde att det gnisslade till under hans fötter och det pipande ljudet gjorde honom piggare. Lite läng-re fram kom en äldre man gåendes med en droppställ-ning. Mannen hostade till och torkade av slem på sin tunna ljusblå klädnad. Sixten tog ett lång kliv åt sidan och lät honom passera på behagligt avstånd. Han konstaterade att risken för smitta antagligen var större i allmänna utrymmen så han skyndade sig sista biten fram till dörren dit han hade sitt ärende.

Han knackade på och inväntade ett välkomnande eller avfärdande. Efter några sekunder öppnade Ayleen dörren. Hon var fortfarande civilklädd.

”Så bra att ni är här.” sa hon och Sixten undrade för en kort stund varför hon niade honom. Sedan såg han hur en vit kalufs passerade honom och han förstod att han inte varit ensam utanför dörren. Han följde efter Lenny in i rummet och var nära att gå rakt in i hans ryggtavla när Lenny plötsligt tvärstannade. Han tog några kliv runt Lennys fastfrusna kropp och ställde sig intill fönstret. Lenny såg chockad och närmast förfärad ut när han såg vem som låg på sängen. Sixten själv hade för länge sedan lärt sig att aldrig överraskas av sanningar utan utgick alltid ifrån att vem som helst kunde vara inblandad i fallen han arbetade med. Det bekanta ansiktet som försiktigt öppnade ögonen i sängen var för honom varken en chock eller en överraskning. Det blev tyst en lång stund och Ayleen såg ut att vänta ut Lennys reaktion.

”Vad är det här?” frågade han förvirrat och tog sig för munnen.

”Det här är mannen som av klanen kallas för Natthöken.” sa Ayleen och verkade inte känna igen mannen i sängen.

Inte helt orimligt med tanke på att hon aldrig träffat honom tidigare. Vad Sixten kunde minnas hade hon inte ens sett en bild av honom.

”Klanen?” sa Lenny osäkert.

"Är han med i klanen...Är du med i klanen?"

Lenny såg förbryllad ut. Mannen i sängen svalde hårt och slickade sig långsamt runt sina torra läppar.

"Är du förvånad?" frågade han med ansträngd röst och harklade sig.

Han vände sig om mot högeraxeln och synade skadan.

"Förvånad...?" sa Lenny och sjönk ihop en aning. "Jag vet inte, du är väl ingen jävla rasist heller?"

Mannen i sängen reste sig upp och vilade ryggen mot kudden.

"Saker förändras." sa han kyligt och hånflinade mot Lenny. "Hade du varit på samma möte som den gode Sixten här hade du förstått vad jag pratar om."

"Sixten?" frågade Lenny och såg undrande på honom.

"Ja?"

"Vadå för jävla möte?"

Lenny såg än mer förvirrad ut och Sixten bestämde sig för att förklara.

"Jag och Laura blev medbjudna till ett möte tidigare ikväll där klanens åsikter och värderingar tydligt predikades. Jag antar att det är dessa åsikter som han talar om."

"Vadå? Är du och Laura också med i Ku Klux Klan?"

Lenny letade efter en stol och satte sig ner. Sixten skakade på huvudet.

"Inte alls. Vi blev medbjudna för att klanen upplevde ett hot från vår sida i förhållande till deras politik och agenda, därför var vi där."

Lenny blinkade hårt och såg på Sixten.

"Vadå för något?"

"Det framgick ganska tydligt att klanen hade för avsikt att agera mer ute i samhället för att stoppa bland annat invandringen. En mer handlingskraftig aktion."

"Menar du bränderna?"

Sixten nickade och såg ner i sängen.

"Bland annat. Men jag misstänker att du inte har något med det att göra personligen?"

Mannen skakade på huvudet.

"Det får springpojkarna syssla med."

Lenny drog handen genom det gråa håret.

"Jaha, men vad är det du har gjort då?"

Mannen såg på honom med viss tvekan. Sixten räckte upp handen och nickade kort mot Lenny.

"Får jag?"

Lenny nickade uppfordrande mot honom. Sixten log. Det var den här stunden han alltid väntade på. Upplösningen av en utredning. Han visste visserligen inte om han skulle få ett erkännande efter sin utläggning men det gjorde nästan sak samma. Han var säker på sin sak.

"Pastor Birger har berättat för oss att Sten Abrahamsson haft en mycket hög ställning inom Ku Klux Klan och det är troligt att han till och med haft den högsta av ställningar. Sten Abrahamsson var fram till sin död, Empirisk Kejsare. Traditionen inom klanen säger att en Kejsare inte kan avsättas. Uppgiften är livet ut."

Ayleen som suttit tyst en lång stund nickade bekräftande mot Lenny. "Stens nyfunna tro inom pingströrelsen skapade en konflikt i honom eftersom kyrkans och klanens värderingar skiljer sig markant åt. Birgers samtal med Sten avslöjade att Sten hade för avsikt att genomföra en förändring i klanen, vilket antagligen inte uppskattades. Natthöken fick då i uppdrag att övertala Sten om att komma på andra tankar. Men samtalet gick inte som Natthöken hade tänkt sig, eller hur?”

Sixten såg ner i sängen och mannen tittade undrande men nyfiket på honom. ”När Sten inte ville vika sig från sin nyfunna övertygelse hade du inget annat val än att eliminera honom och hotet han utgjorde mot klanens framtid.”

Enstaka applåder ekade från sängen ut i det spartanskt möblerade sjukhusrummet. Lenny såg med rynkad panna och tom blick på sin vän i sängen.

”Vänta nu, sköt du Sten?” frågade han med en antydan till att inte vilja veta svaret.

”Som du förstår är klanen större än individen...” svarade en självsäker men sliten röst. ”Mitt uppdrag är slutfört.”

Sixten bockade och tackade för applåderna.

”Tack, då ska jag hem till din fru och skriva klart och avsluta kontrakten.”

Sixten log nöjt mot Ayleen när han passerade henne på vägen ut ur rummet.

”Du kanske kan vänta tills imorgon?” ropade Ayleen bakom honom.

Sixten sneglade på armbandsuret på vänsterarmen och förstod varför Ayleen ville skjuta på hans möte. Den sena timmen skulle förmodligen dessutom medföra viss brist på koncentration vilket inte skulle vara gynnsamt. Han beslutade sig för att följa Ayleens råd och började föreställa sig den varma välbäddade sängen som väntade på honom där hemma. Hoppas hans föräldrar inte var allt för oroliga.

325

## 43

Sixten Salomonsson hade sovit gott under natten och inte märkt av någon oro från sina föräldrars håll. Att hans far inte ens förstått att han varit borta hörde numera till vanligheterna. Även om det infann sig viss oro hos modern så visste hon att det skulle mycket till för att störa honom under pågående utredning.

Sixten hoppade av sin moped av klass 1 och tog ett stadigt tag om portföljen han bar med sig. I den hade han de kontrakt som strax skulle skrivas på av båda parter. Trots den tidiga timmen var det vita tegelhuset framför honom väl upplyst. De två vägglyktorna gjorde att den gråa morgonstunden fick en livligare ton. Trots att lamporna i fönstren var släckta visste han att Louise var vaken. Det hade hon i alla fall varit minuterna tidigare när hon svarade på hans meddelande. Ayleen hade också varit uppe tidigt med tanke på tiden för hennes senaste meddelande. Tydligen hade han enligt henne glömt att stanna tills Morgan hade erkänt båda morden, inte bara det på Sten. Han skrockade för sig själv när han tänkte på meddelandet. Sixten Salomonsson glömmer inget, tänkte han och började gå mot huset. Sixten hade tydligt förklarat och besvarat frågorna som Lenny ställt under gårdagskvällen. Allt var självklart indicier fram till det att man fick ett erkännande, men Morgan hade erkänt det som Lenny förvirrat anklagat honom för. Vad det hade med Eva att göra förstod Sixten inte.

Han öppnade rocken en aning och lät lite kall luft fylla insidan av den samtidigt som han närmade sig ytterdörren. Han knackade på två gånger med högerhanden och väntade på att dörren skulle öppnas. Sekunderna gick och till slut sköts dörren upp och Louise stod framför honom med en kopp te i händerna.

"Jag är här för att skriva klart kontrakten." sa han myndigt och Louise nickade kort och släppte in honom i värmen.

Sixten möttes omedelbart av ett av ostädat kaos. Det var absolut inte värderande från hans sida men hans ögon kunde knappt syna en plats där det inte låg saker som han utgick ifrån hade en annan naturlig plats. På byrån i hallen stod ett vattenglas som han fruktade hade en markant ring under sig och skohyllan bestod till hälften av andra saker än vad den var avsedd för. Han följde efter Louise in i vardagsrummet och satte sig ner i den fåtöljen som var fri från kläder och filtar. Louise virade sin morgonrock om sig och satte sig i soffan på andra sidan det låga vardagsrumsbordet. Han granskade hennes slitna yttre och kastade en blick runt i rummet. Blommorna intill TV:n hade börjat vissna och han fick en känsla av att något inte stämde. Han hade fått intrycket av att Louise var en ordningsam person men omgivningen visade på något annat. Han litade visserligen inte på sin förmåga att göra korrekta bedömningar av andra människor men det kändes nästan som kaoset var planerat. Hur en människa annars kunde använda sig av så många olika saker under så kort tid var för honom mycket intressant.

Louise harklade trött i soffan och Sixten slogs av kontrasten mellan husets livfulla yttre och dess deprimerande inre.

"Du skrev att du ville skriva klart kontraktet, så jag antar att utredningen är färdig?"

Sixten nickade och öppnade sin bruna portfölj.

"Kontrakten." förtydligade Sixten och plockade fram två kontrakt. "Och ja, min utredning är färdig."

Han bläddrade till de avslutande sidorna och skrev sin namnunderskrift längst ner. "Som jag meddelade tidigare färdigställer jag kontrakten som avslutning för att den som anlitar mig ska slippa sätta sig in i onödiga detaljer vid det inledande skedet."

Louise nickade osäkert och Sixten tyckte att han såg en antydan till förvåning i hennes halvt slutna ögon. Själv tyckte han inte att kontrakten han hade var särskilt märkvärdiga. Det viktigaste för både honom och arbetsgivaren var att ta reda på sanningen. Vilket han i det här fallet hade gjort. När han utformade kontrakten var målet att göra dem begripliga för arbetsgivaren och komprimera informationen så att endast det viktigaste fanns med. I utredningar gällande mord var tidpunkt, mordplats, motiv, mordvapen och gärningsman av största vikt. Sixten plockade fram en penna ur innerfickan på kavajen och vände kontrakten mot Louise och bad om hennes underskrift.

"Du är självklart välkommen att läsa igenom dem om du vill."

Sixten lutade sig bakåt i fåtöljen och knäppte händerna i knät. "Du behöver inte oroa dig för att kladda ner underskriften, pennan har ett speciellt snabbtorkande bläck som gör att även vi vänsterhänta kan skriva utan att behöva tvätta händerna efteråt."

Han log nöjt mot Louise. Sixten granskade den slitna kvinnan i soffan medan hon läste igenom det första kontraktet. Han blev osäker på om han skulle vänta sig en anmärkningsvärd reaktion från hennes sida eller inte. När hon läst klart och skrivit under kontraktet suckade hon djupt.

"Ja, vad ska man säga..."

En högst otydlig reaktion, tänkte Sixten.

"Något du undrar över?" frågade han nyfiket.

Louise svalde och tog ett djupt andetag.

"Nej, inte direkt. Han ringde mig i natt och berättade allting. Han erkände visst allt för polisen på sjukhuset."

Sixten nickade.

"Det gjorde han rätt i. Sanningen kommer alltid fram förr eller senare, det är min erfarenhet."

Han böjde sig framåt i fåtöljen och grep tag i kontraktet Louise precis skrivit under. "Då tar vi det andra också."

Louise såg ut att ha fastnat med blicken nere i bordet och Sixten blev osäker på om hon hörde vad han sa.

"Va?" sa hon plötsligt och tittade undrande på det kvarvarande kontrakt på bordet.

”Ja, det andra kontraktet.”

Louise såg förvirrat på honom. ”Utredningen kring dina föräldrars död visade sig vara två separata utredningar.”

Han kliade sig i huvudet. ”Jag trodde du läste igenom det första kontraktet innan du skrev under.”

Louise såg än mer förvirrad ut.

”Ja?”

”Då borde du ha läst att Morgan endast mördade Sten.”

”Jaha?”

”Det andra kontraktet handlar om din mor, Eva.”

”Vad menar du?” frågade hon och rynkade pannan.

Sixten tyckte att han var tydlig men av Louises reaktion att döma hade han antagligen fel.

”Sten och Eva mördades av två olika gärningsmän, det trodde jag du förstod?”

”Så den andra mördaren står i det här kontraktet?” frågade hon oroligt och Sixten nickade stort.

”Precis.”

Sixten undrade om hennes trötthet bidrog till att hennes logiska tänkande försvagades. Det han talade om för henne kunde omöjligt vara ny information. Försiktigt drog Louise åt sig det kvarvarande kontraktet och bläddrade fram till sidan där Sixten skrivit mördarens namn. När hon därefter slöt sina ögon en lång stund förstod Sixten att hon läst sitt eget namn. Det blev alldeles tyst i rummet och Sixten hörde hur Louise började andas tyngre.

”Hur?” frågade hon ut i rummet.

”Hur jag kom fram till den slutsatsen?”

Sixten log självsäkert. "Det är ingen hemlighet att man anser det onödigt att ringa en person som inte svarar." sa han och la högerbenet över det vänstra. "Jag ringer sällan min far numera eftersom det är högst tveksamt att han kommer svara."

"Varför då?" frågade Louise och verkade inte riktigt förstå vad han ville ha sagt.

"Min far håller på att utveckla Alzheimers och han glömmer ofta hur en telefon fungerar eller förstår ibland inte ens att det är just telefonen som ringer."

"Så tragiskt..."

Sixten nickade.

"Ditt samtal till Sten istället för Eva berodde antagligen på samma sak. Du visste att hon inte skulle kunna svara, eftersom hon redan var död. Och du har själv berättat att du stod din mor mycket närmare än din far. Det bekräftar också utdrag ur deras samtalslistor."

Sixten såg på Louise som började dra fingrarna genom håret. "Det föreföll sig lite märkligt att du inte ringde till henne den där morgonen. Du har sagt att du ringde till Sten för att bekräfta en lunchtid, vilket jag inte tror på. Jag tror att du ringde till Sten för att du blev orolig över att han själv inte hört av sig med tanke på att han borde ha upptäckt att hans fru inte längre var i livet."

Louise såg på Sixten och verkade vilja säga något men trots att Sixten förblev tyst en stund sa hon inget. Han bröt tystnaden och frågade det som han ännu inte var helt säker på.

"Det enda jag inte vet är varför du dödade Eva. Vill du berätta det för mig? Det är bara det som saknas i kontraktet."

Han hade självklart en gissning men det räckte inte för att skriva ner det med något så permanent som bläck. Louise gjorde ingen ansats att avslöja sitt motiv men Sixten väntade tålmodigt ut henne. Han var övertygad om att hon, likt många andra, ville berätta varför hon handlat som hon gjort. I den långa tystnaden som utspelade sig hörde han Louises allt mer kontrollerade andning. Hon svalde hårt och Sixten anade att motivet närsomhelst skulle avslöjas. Louise sjönk ihop en aning i soffan och lutade sig bakåt.

"Det var egentligen inte meningen." började hon. "Jag ville mest konfrontera henne och tala om för henne att jag visste."

"Visste vadå?"

"Att hon hade en affär..."

Det verkade som Louise tyckte att det hon berättade var ansträngande och hon började vrida på sig. "Du vet, man lever med föreställningen att ens föräldrar har det mest perfekta förhållandet man kan ha...Tills allt raseras."

Hon torkade en tår från kinden och Sixten fick det han anade bekräftat.

"Henry Svartdahl?"

Louise nickade och strök håret bakom öronen.

"Hur fick du reda på det?" frågade Sixten och kom i samma stund på att frågan egentligen inte var relevant.

Hon suckade uppgivet.

"Jag råkade se bilder på dem när de höll på. I mammas kamera."

Hon rös till och virade armarna runt sig.

"Vad var det som hände den aktuella kvällen?"

"Jag arbetade ute i garaget och var tvungen att prata med henne helt enkelt. Jag sa inget till Morgan utan smög dit för att bara prata ut och konfrontera henne. Men det hela urartade ganska omgående och jag vet inte varför men jag kunde inte låta bli att göra det."

Hon mötte Sixtens blick. "Du vet, när det bara svartnar för ögonen."

Sixten visste inte alls vad det innebar. Han förstod vad hon ville säga men hade inte själv upplevt det.

"Jag slog till henne med ett av fotostativen och sen hoppade jag på henne och ja, ströp henne, men det vet du ju redan."

Sixten nickade och sneglade ner på bordet. Det enda han inte visste och som inte stod i kontraktet var motivet. Men nu kunde det åtgärdas och kontraktet skulle bli korrekt ifyllt. Sixten kunde inte låta bli att imponeras över Louises återhållsamma reaktion. Den klara majoriteten av personer han varit med och avslöjat reagerade aggressivt eller avfärdande. Men samtidigt kanske Louise redan hade vant sig vid tanken på att förr eller senare bli ertappad med vad hon hade gjort. I ögonvrån såg Sixten hur ett blåljus blinkade till och han förstod att polisen hade anlänt. De var enbart här för att hämta Louise och var inte tillkallade för hans egen säkerhet, det hade han förtydligat. Att Louise skulle uppträda hotfullt mot honom var tveksamt även om han självklart hade haft det med i beräkningarna. Hennes handlande i förhållande till sin mor var baserat på djupa och intima känslor, något som han inte hade något med att göra. Han reste på sig i fåtöljen och sträckte sig efter kontraktet som låg på bordet framför Louise. Hon la långsamt sin hand ovanpå Sixtens och såg på honom med en blick av tomhet.

"Jag är ingen ond människa." sa hon med svag röst. "Jag är bara ett offer för mina känslor, kan du förstå det?"

Sixten förstod mycket väl vad hon pratade om. Att känslor och ageranden hörde ihop var inget ovanligt. Hemligheten var att kunna kontrollera sambandet mellan dem. Han nickade uttryckslöst och drog åt sig papperna.

"Ska vi gå då?"

## 44

Det förhållandevis lilla köket på polisstationen upplevdes på något sätt mindre än tidigare, trots att människorna i lokalen var färre. Att Uno André inte var på plats var naturligt. Inte bara för att han fortfarande vårdades på sjukhuset utan på grund av hans försvårande av utredningen. Han hade haft kunskap om fallet som visat sig vara avgörande men aktivt valt att inte dela med sig av den.

Ayleen satte sig tungt ner på en av stolarna och lutade sig bakåt. Sixten Salomonsson satt i stolen intill och funderade på om han skulle uttala sin vaga irritation över att hon var civilklädd, på självaste polisstationen. Han övervägde alternativen och kom fram till att det kanske inte passade. Ayleen såg trött och ansträngd ut och hans kommentar kanske inte skulle uppskattas. På andra sidan det rektangulära bordet satt Vera och Lenny. Deras stolar stod tätt intill varandra och Sixten tyckte att det verkade opraktiskt med så lite utrymme runt sig. Ayleen sneglade mot dem och vände därefter blicken mot

Amelia som satt och läste i en pärm. Sixten anade att den långa tystnaden som utspelade sig hade med Lennys val av fokus att göra. I egenskap av chef var det han som formellt sett skulle starta mötet de alla var samlade till. Till slut mötte han Sixtens otåliga blick och harklade sig.

"Ja, välkomna till denna segerns dag." log han och rätade på sig. "Vi klarade oss allt själva även om det fanns vissa som tvivlade på vår kompetens."

Sixten såg frågande på honom.

"Vilka tvivlade på vår kompetens?"

"Vi kan väl säga att Stockholmspolisen hade sina åsikter om huruvida vi skulle lösa det här överhuvudtaget. Hade det inte varit för alla bränderna skulle vi nog blivit lite överkörda så att säga. Men vi kommer till det senare."

Han såg på Ayleen med en något allvarligare blick än tidigare. "Men vi ska ta det här från början, så att även Amelia och Vera får ta del av hela utredningen. Det har väl inte undgått någon att det här har gått undan, så alla har nog inte hunnit ta del av all information."

Han log brett och såg nästan ut att vilja applådera.

"Rekord rent utav?" flinade Amelia.

Lenny blinkade mot henne och vände sig mot den stora tavlan som stod intryckt i ena hörnet av rummet.

"Strax efter klockan 9 under lördagsmorgonen fick larmcentralen ett samtal från Sten och Eva Abrahamssons städerska, Diana."

Vera reste diskret på sig från stolen och smög bort mot tavlan. "Ja, du kanske kan..."

Han log mot henne samtidigt som hon drog tavlan närmare bordet. Sixten la märkte till att Ayleen himlade med ögonen och la armarna i kors. Demonstrativt, tänkte han och undrade vad orsaken var till hennes reaktion.

"Hon hade hittat Sten Abrahamsson död på övervåningen i deras hus. När vi sedan kom till platsen påträffades även Eva död ute i stugan intill huset."

Lenny såg ner på klockan på armen och sneglade på Vera. "Jag tar den effektiva versionen så slipper vi onödiga detaljer."

Han flinade pojkaktigt och vände sig mot tavlan igen. "I hemmet samlade vi ledtrådar som ledde oss till en Second Hand-butik där vi upptäckte en möjlig koppling till Ku Klux Klan, nämligen en tavla med klanens grundare."

Lennys glada uppsyn fick plötsligt en allvarligare ton. "Här får vi nog ändå på något sätt tacka Uno för att utredningen tar fart." mumlade han och bet sig i kinden.

"Var är Uno förresten?" frågade Amelia och höjde ögonbrynen.

"Ja...Uno är på sjukhuset och han..."

"Uno var med i klanen." fyllde Ayleen i och Amelia såg häpet på henne.

"Va?"

"Uno är fortfarande med i klanen." menade Sixten och förtydligade att varken hans sjukhusvistelse eller profession borde ha påverkat hans medlemskap."

Amelia fastnade med blicken och Sixten anade att den nya informationen var svår att begripa för henne. Lenny såg uppfordrande på Ayleen.

"Du kanske vill ta vid?"

Hon suckade djupt och lutade sig framåt i stolen.

"Ja, jag följde med Uno i ambulansen igår och jag

fick känslan av att han ångrat mycket av det han gjort senaste dagarna. Han berättade i alla fall vad klanen haft för sig."

Hon gjorde en liten paus och såg ut att tänka efter lite. "Mordet på Sten Abrahamsson var egentligen inte planerat. Klanen hade fått ett nytt manifest som Sten i egenskap av Kejsare inte alls stod bakom och klanens stadgar säger att en kejsare inte kan avsättas. Vilket skapade problem internt. Natthöken, eller Morgan, fick då i uppdrag att övertala Sten att ändra åsikt i frågan och acceptera det nya manifestet som övriga i Klonciliet stod bakom."

"Klonciliet?" frågade Amelia undrande och tycktes fortfarande vara uppgiven över informationen om Uno.

"De fungerar som en rådgivande inre kärna, deras ord väger tungt i Klonvokationen."

Hon förekom Amelias fortsatt undrande blick. "Själva grunden för hela organisationen. Uno berättade att det är där man tar alla beslut om lagar och regler och hur klanen ska se ut."

Amelia nickade tacksamt. "Men när Sten inte ville vika sig hade Natthöken fått order om att döda honom."

"För att han inte ville godkänna det nya manifestet?"

"Precis, det är så jag har förstått det."

"Men vad var det i manifestet som han inte höll med om?"

Ayleen ryckte lite på axlarna.

"Alltså, det nya manifestet gav klanen rätt att föra sin talan och tro på ett grövre och mer våldsamt sätt än tidigare. Det har varit ganska tyst om Ku Klux Klan i Sverige och vad jag vet så har man fokuserat mer på sig själva och att bygga upp en organisation här."

Vera som suttit tyst slet blicken från Lenny och såg frågande på Ayleen och Amelia.

"Men var kom det här nya manifestet ifrån då?"

Ayleen suckade och log lite snett.

"Enligt Uno så är det ingen i klanen som vet det. Inte ens Trollkarlen som har propagerat enormt för dess innehåll."

Vera rynkade pannan.

"Så de bara bestämde sig för att det som stod där i skulle de göra?"

"Ja, det passade ju in i tiden. Så det kom väl som ett brev på posten."

Ayleen såg omedelbart på Sixten och mötte hans osäkra blick.

"Det passade in i tiden i alla fall."

Sixten som lyssnat intensivt tackade genom att nicka artigt. Lenny andades in ett djupt andetag och lät sedan luften tömmas ut över bordet.

"Och det är klanen som ligger bakom alla bränderna som Stockholmspolisen arbetat med senaste tiden, eller hur?"

Ayleen nickade.

"Det var en del av den vision man hade. Det handlade både om att göra stor skada på flyktingboendena men också se till att frågan om invandringen togs upp i media så att fler och fler skulle förstå allvaret. Lite kontraproduktivt kanske."

"Vet du vilka som anlade bränderna, alltså vilka personer?"

"Uno berättade vilka det var, jag skrev upp det så du

ska få det sen."

Vera reste sig från stolen som stod tätt intill Lennys och gick bort till pentryt och vände sig ut i rummet.

"Någon som vill ha kaffe eller te?"

Vera såg på Ayleen, Amelia och Sixten.

"Kaffe, tack." sa Ayleen trött och Sixten övervägde om han ville ha lite te.

Han förblev tyst en kort stund och innan han hann tänka färdigt hade Vera satt igång vattenkokaren.

"Jag sätter på lite vatten så kan ni bestämma er senare."

Klokt, tänkte Sixten. Då behövde han inte bestämma sig på en gång. Han såg på Lenny och undrade om Vera glömt bort honom.

"Ska du inte fråga vad Lenny vill ha?"

Hon log brett.

"Han vill ha kaffe såklart."

Vera och Lenny såg på varandra och Ayleen harklade sig hårt.

"Jag tar gärna kaffe jag med." sa Amelia och höjde en bekräftande hand i luften.

"Ska vi fortsätta kanske?" sa Ayleen med trött men skarp röst.

Lenny nickade försiktigt och såg utdraget på Ayleen.

"Ja, absolut. Vad berättade Uno mer?"

"Han berättade att så fort han märkte att vår utredning började leda till Ku Klux Klan underrättade han Klonciliet som därefter tog en del klantiga beslut enligt mig."

Amelia höjde handen igen.

"Jag kommer säkert ställa en del dumma frågor, men

jag är ju inte så insatt."

Hon log ursäktande. "Vad för beslut?"

"Ja, jag skulle berätta det." sa Ayleen irriterat.

Vera ställde skyndsamt fram en kopp framför Ayleen.

"Lite kaffe så kanske det känns bättre?" frågade Lenny och såg menande på henne.

Ayleen suckade.

"Förlåt, jag är lite trött bara."

"Det är okej, brist på sömn kan ställa till det inne i hjärnkontoret." sa Sixten monotont.

"Tack, Sixten. Det känns bra att ha ditt stöd."

Hon gav Amelia en ursäktande blick och fick en blink tillbaka. "När Klonciliet fick reda på att klanen fanns med i utredningen valde man att först kidnappa Lauras rumskamrat, Mirjam."

"Flickvän." sa Sixten förtydligande.

"Jaja. Och även Alexandra Josefsson, journalisten ni vet. Därmed drog man ytterligare uppmärksamhet till sig. Därefter valde man att bjuda in Sixten och Laura till ett möte för att på något sätt markera att man ville bli lämnade ifred."

"Och det är tack vare deras beslut som vi fick reda på att de var inblandade i mordet på Sten?" frågade Amelia osäkert.

"Precis. Enligt Uno övervägde man att bara avfärda polisen och sluta sig i klanen och låta utredningen fortlöpa men då hade väl vi anat att något inte stämde kanske. Därför valde man att istället gå på hårt för att förhoppningsvis få utrymme att göra det de nu ville göra, enligt manifestet."

"Men varför kidnappa Mirjam och Alexandra, det låter ju inte klok?" sa Vera och ställde fram kaffekannan på bordet.

"Ja, du. De ville väl markera kraftigt på en gång, det var ju egentligen riktat mot Laura och Sixten som var först med att misstänka klanen. Alexandra hade sedan tidigare information om klanen och eftersom Uno berättade allt som vi gjorde valde man väl att markera för henne också."

"De gav sig ju på dig också." sa Lenny försiktigt.

Ayleen knöt näven i byxfickan.

"Ja..."

"Vadå?"

Amelia ryckte till och välte koppen framför sig.

"Till skillnad från alla andra bränder som var riktade mot flyktingboenden så brände de även ner min lägenhet..."

"Så hemskt!" utbrast Amelia och Sixten hoppade till av det höga tonfallet. "Hur är det med dig?"

"Vi tar det en annan gång." sa Ayleen och fyllde koppen med det nybryggda kaffet."

"Okej, säg bara till."

Vera satte sig ner intill Lenny igen och slog ut med armarna.

"Så den här Natthöken mördade Sten Abrahamsson för att han inte ville gå med på deras manifest?"

Lenny nickade. "Men hans fru då, Eva?"

Lenny vred lite på sig på stolen.

"Morgan erkände mordet på henne också. Han fick för sig att hon hade hört eller sett vad han gjort och ville inte ta några risker."

Hon såg på Lenny. "Klanen var visst större än individen."

Lenny såg tveksamt tillbaka på henne och flyttade därefter blicken mot Sixten.

"Jag tror Sixten vill förtydliga något gällande mordet på Eva, eller hur?"

Sixten rätade på sig och nickade kort mot Lenny.

"Det borde väl egentligen inte komma som någon överraskning men Morgan var inte den person som mördade Eva."

Amelia och Ayleen såg förvånat på honom.

"Inte?" frågade Amelia och såg på Ayleen. "Erkände inte Morgan?"

Ayleen såg skeptiskt på Sixten och bad honom fortsätta.

"Ett erkännande behöver inte vara detsamma som sanningen." menade Sixten. "Tidigare fick jag ett erkännande från Louise, vilket gör att det finns två personer som erkänner mordet på Eva. Med tanke på att Sten sköts som en sista utväg för att rädda klanens framtid ter sig strypningen av Eva något märklig."

Sixten såg på Lenny. "För Morgan berättade aldrig hur han hade mördat Eva?"

Lenny skakade på huvudet. Sixten lät blicken falla på Ayleen. "Och ni frågade inte heller?"

Hon harklade sig och rynkade pannan nonchalant. "Strypningen indikerade att mördaren var vänsterhänt, Morgan är högerhänt. Dessutom, som vi vet, är den typen av mord ofta känslomässigt triggade. Louise har själv uppgett att Evas otrohet väckte stor ilska hos henne."

Ayleen som såg aningen frånvarande ut lutade sig framåt mot Sixten.

”Vad säger att Louises erkännande är sanning då?”

Sixten log lite.

”Enligt samtalslistorna ringde Louise sin far tidigt på lördagsmorgonen. Ett samtal hon förmodligen ringt många andra gånger, dock till sin mor. Anledningen till att detta samtal blev till hennes far berodde helt enkelt på att hon visste att Eva inte skulle kunna svara. Och eftersom Sten själv inte ringt med tanke på att han borde ha upptäckt att Eva inte längre var i livet blev Louise orolig.

”Du svarade inte på min fråga.”

”Jag är medveten om att det kan finnas luckor i utredningen men min erfarenhet är att den linjen där det finns flest bevis och spår är den som leder till det mest sanningsenliga.”

”Och du har alltid rätt?” frågade Ayleen märkbart irriterad.

”Det får vårt rättsväsende avgöra. Min uppgift är enligt mitt kontrakt med Louise att ta reda på vad som hänt, det har jag gjort och därmed är jag färdig med utredningen. Dessutom berättade Louise själv att hon använt ett av fotostativen för att attackera Eva. Har vi tur finns det matchande fingeravtryck.” svarade Sixten lugnt och log mot Amelia.

Ayleen suckade och såg ut att samla kraft.

”Varför i helvete sa du ingenting om det här igår?”

”Vad menar du?”

”Du sa ju att du skulle gå och skriva klart kontraktet redan igår på sjukhuset, du visste redan då eller?”

Sixten nickade osäkert och undrade vad Ayleen menade.

"Varför sa du inget till mig och Lenny redan då?!"
nästan skrek Ayleen.

"Jag meddelade Lenny för att ordna med transport åt
Louise."

Sixten kunde se hur Ayleens ögon svartnade och hon
reste sig hastigt upp från stolen.

"Tack så jävla mycket då." sa hon och stormade ut.

En kort tystnad utspelade sig och trots att Sixten inte
kände det själv kunde han ana att stämningen i det lilla
rummet blivit obekväm. Till slut avbröt Lenny tystna-
den och reste långsamt på sig.

"Ja, tack då Sixten för dina insatser i utredningen och
jag är övertygad om att vi alla, även Ayleen, är oerhört
tacksamma för att du ville ställa upp."

"Jag blev kontaktad av Louise." sa Sixten förtydligan-
de. "Men jag ställer självfallet upp om ni behöver min
hjälp i framtiden."

Lenny log och böjde sig över bordet. Sixten tog ett
stadigt tag om Lennys utsträckta hand och bockade med
huvudet.

"Tack, själva."

45

_____

Det var alldeles tyst i den påkostade och vackert belägna villan. Utsikten genom fönstren från vardagsrummet var en av anledningarna till att det hade blivit just det här huset. Dex Lundin satt bakåtlutad i sin favoritfåtölj med ena benet vilandes över knät och smuttade på en elektronisk cigarett. Den mörka himlen gjorde att vattenlandskapet utanför husets baksida försvann i ett kompakt mörker och Dex hade varit tvungen att släcka ner omkring sig för att få en skymt av rörelserna i den breda strömmen utanför. Med vänsterhanden drog han den blonda välklippta frisyren bakåt samtidigt som han sneglade ner på datorskärmen som vilade i hans knä. Nyhetsklippet var över men Dex hade inte funderat klart över vad det innebar. Ku Klux Klan hade blivit utsatta för vad som enbart kunde beskrivas som en razzia. Samtliga medlemmar som varit på plats i Palatset hade omhändertagits till följd av skottlossningar i samband med ett möte. Enligt en frilansreporter som var insatt i klanen var det här slutet för organisationen i Sverige. Något som Dex själv tvivlade på. Klanens historia vittnade om något helt annat. Varje gång Ku Klux Klan blivit slagen till marken hade man rest sig upp igen under nya ledare. Rent polisiärt skulle det bli omöjligt att sätta fast medlemmarna i Klonciliet, med undantag för Klarogon och Klextern. Det var troligtvis dessa två personer som varit orsaken till skottlossningen och behövde de ta sitt ansvar för klanens bästa skulle de utan tvekan göra det.

Han log lite och tänkte på Alexandra Josefsson. Söt, men otroligt naiv. Om hon trodde att klanen skulle falla samman inifrån så hade hon helt enkelt fel. Stenen var redan i rullning. Det nya manifestet hade levererats precis i rätt tid och det fanns inget som kunde hindra budskapet från att basuneras ut i samhället. Publiciteten och medias vinklingar skulle bara gynna klanen och dess vision. Målet var att ena likasinnade och tala om att man var tillräckligt många nu för att göra något åt problemet. Det budskapet hade redan nått dem som skulle höra det. Att klanen skulle få en lite tuffare period en tid framöver var överkomligt i förhållande till den fråga som var betydligt mer långsiktig.

Dex Lundin drog några djupa bloss på cigaretten och fastnade med blicken på sin egen suddiga gestalt i det reflekterande glaset. Hans fokus avbröts av nakna fötter som tassade långsamt på trägolvet.

"Jag kan inte sova." sa en trött röst och Dex snurrade runt på fåtöljen.

Lova stod framför honom i sin blåvitrandiga pyjamas och en gul nallebjörn under armen. Varför hon gått ner till honom istället för sin mamma var oklart. Det spelade ingen roll.

"Kom och sätt dig här en stund så går vi och sover snart igen." sa Dex med trygg och faderlig röst.

Lova hoppade upp i hans knä och tittade trött på skärmen.

"Vad kollar du på?"

"Lite nyheter bara. Det är några som har varit dumma och förstört för pappa."

"Vilka då...?"

Dex visste att det var meningslöst att lyfta diskussionen här och nu med en halvt sovande dotter och log istället mot henne.

"Det är inget som du behöver bry dig om."

Lova suckade till och lutade huvudet mot fåtöljens rundade rygg. Dex Lundin såg ner på sin dotter och slogs plötsligt av en bekant men oroväckande tanke. Det kanske visst var något som hon behövde bry sig om. Inte just nu men i framtiden. Det var ju egentligen för hennes skull som han gjort så som han gjort. För framtidens svenska medborgare. Det hade varit ett argument han skrivit ner men kärnfrågan låg närmare i tiden. Det var visserligen ett medvetet val att fokusera på nuet med tanke på hur svårt gemene man hade för att tänka långsiktigt. Problemen fanns ju här nu. Det var därför manifestet hade kommit så lägligt. Folket hade längtat och ropat efter en frälsande lösning och hade blivit serverad en. Om man var redo att göra det som behövdes återstod att se.

Dex öppnade ett textdokument på datorskärmens skrivbord och sneglade ner på Lova. Hon kunde visserligen läsa enstaka ord men långa komplicerade meningar var en alldeles för stor utmaning för henne. Han lutade sig försiktigt framåt i det mörka rummet som enbart lystes upp av skärmens ljus. Han hade ända sedan den första nyhetssändningen börjat fundera på en passande och uppmuntrande text och när han nu såg ner på sin halvt sovande dotter visste han var budskapet skulle vara. Han viskade orden för sig själv samtidigt som han lät texten fylla det nya dokumentet.

"Kära bröder och systrar. Låt oss likt våra förfäder resa oss upp för framtidens skull..."

## 46

Det öppna landskapet som omringade parken bjöd in till en gemenskap som Sixten inte reflekterat över tidigare. Det var visserligen inte hans mest frekvent besöka plats men han hade promenerat förbi den här parken tidigare. Oftast var han djupt försjunken i tankar och funderingar som inte lämnade något utrymme för den närmsta omgivningen. Men när han nu satt på en utav parkbänkarna med utsikt över parken kunde han konstatera att de öppna ytorna gjorde att besökarna hade en stor uppsikt över varandra. Det i sin tur ledde till att blickar möttes och bekräftande hälsningsfraser utbyttes. Flera familjer lekte tillsammans i lekparken. Grupper av skrattande barn lekte i sandlådorna och gungor svingade högt ovanför marken. Det var en form av glädje han själv inte upplevt i liknande sammanhang. Själv hade han oftast lekt ensam. Det var inget han mindes att han hade klagade på då, men samtidigt hade han inte vetat vad som fanns på den andra sidan. Delaktighet och gemenskap. Det han såg framför sig lyfte en intressant filo-

sofisk fråga som på något sätt var skrämmande men
kanske så pass viktig att det var dags för honom att ta ett
steg ut i det okända. Öppenhet kan leda till delaktighet
och gemenskap, tänkte han och lät blicken fara över par-
ken. Det var en öppenhet som i första hand inte handla-
de om att han själv var sluten, utan det handlade snarare
om att han behövde vidga sina vyer och bredda sina per-
spektiv i förhållande till andra människor.

Hans tankar avbröts av att en ung kvinna satte sig
ner intill honom på den mörka och något fuktiga trä-
bänken.

"Hej." sa den unga kvinnan och Sixten kunde inte lå-
ta bli att vrida hela kroppen i hennes riktning.

"Hej, Laura." sa han och lät mer upprymd än han
väntat sig. "Hur är det med armen?"

"Tack för att du frågar." flinade hon och rörde försik-
tigt på mitellan som omslöt hennes arm. "Det känns
helt okej nu faktiskt."

Sixten nickade intresserat.

"Får jag fråga hur det kändes att bli skjuten?"

Laura sken upp en aning.

"Så många frågor." log hon och blinkade med ena
ögat mot honom. "Det är lite svårt att förklara."

Hon synade armen och bet sig lite i kinden. "Det
känns som en intensiv brännande smärta. Och sedan
som om man läcker på något sätt."

Hon skrattade till och Sixten gjorde ett försök att de-
la hennes märkliga glädje. Smärta och fröjd var två käns-
lor som han själv inte hade valt att placera tillsammans.
Men det här handlade inte om honom, det handlade om
Laura. Sixten skulle precis ställa ytterligare en fråga men

Laura hann före honom.

"Hur gick det med utredningen förresten? Var det han Natthöken som hade gjort det?"

Sixten riktade om sina tankar och blev aningen osäker för en stund.

"Va? Ja, det var det. Men vi kan ta det senare."

"Okej." sa Laura och verkade studera Sixten. "Är det något?" frågade hon efter en kort tystnad.

"Jag tycker att det har varit väldigt trivsamt att arbeta med dig." sa han och rynkade pannan ofrivilligt.

"Jaha, det var roligt att höra."

Laura lät smått förvånad och log snett mot Sixten.

"Jag tyckte inte det från början." fortsatte Sixten. "Men när man sällskapar intensivt under en kort period kan tyckandet utvecklas om personen ifråga."

"Okej?"

"Ja, det brukar ta lång tid för mig att avgöra min mer permanenta inställning till en person. Men i ditt fall gick det förbryllande snabbt."

Laura vände kroppen mot Sixten och grimaserade till när armen slog till i bänkryggen.

"Vad är det du vill säga?"

Sixten såg ner i knät och blev plötsligt väldigt osäker.

"Jag tror att det var det jag ville säga."

"Att du inte tyckte om mig från början men gör det nu?"

"Just det."

Laura log mot honom petade till honom med pekfingret.

"Tack, det glädjer mig att höra att mitt första intryck omvandlades till det bättre." flinade hon och satte sig rakt på bänken igen.

"Du behöver inte oroa dig för Mirjam förresten." sa Laura och blickade ut över parken.

"Jaså?" frågade Sixten och förstod inte riktigt vad Laura menade.

"Jag har pratat med henne och hon förstår att det var för hennes skull jag lämnade henne när vi skulle ut till Palatset."

Sixten mindes genast samtalet i Lauras bil och kom på sig själv att hoppas att Laura hade pratat med Mirjam om något annat. Om honom. Tankarna var diffusa och han blev osäker på vad det var hans hjärna ville kommunicera. Han vände huvudet mot Laura så han såg henne i profil. Hennes näsa såg mer rund ut från det här hållet. Det stökiga håret letade sig ner över hennes axlar och Sixten kom överens med sig själv att han tyckte om att titta på henne. Han stirrade på henne en lång stund och till slut vände hon sig mot honom.

"Varför ville du träffas här?"

Sixten lät den drömska blicken sakta flyttas ut mot parken igen.

"Jag vet faktiskt inte."

Ett genomtänkt svar på ett ogenomtänkt beslut. Han visste inte varför han hade velat träffa hennes just här.

"Kanske för att det är nära där jag bor och att du inte ville att jag skulle behöva gå så långt?" log hon och blinkade ännu en gång mot Sixten.

Han funderade. Kunde hans undermedvetna ha kommit fram till det beslutet utan att tala om det för honom? Det lät rimligt men inte som något han själv skulle ha tänkt på. Han ruskade huvudet och såg mot

Laura.

"Det är möjligt." sa han osäkert.

"Om det nu var så, så var det gulligt av dig."

Sixten kände att han ville säga något mer för att få konversationen att fortlöpa men hans tankar var alldeles för osammanhängande. Plötsligt hördes en vibrerande signal från Lauras byxor och hon plockade fram sin telefon och synade displayen.

"När man talar om trollen." flinade hon och visade Sixten vem som ringde.

Hon svarade och vände sig en aning bort från Sixten som försökte förstå kopplingen mellan Mirjam och troll. Han misslyckades och ansträngde sig för att inte höra vad deras samtal handlade om. Istället fokuserade han på en liten flicka som höll i ett koppel till en stor svartvit hund. Det som såg ut att vara hennes vårdnadshavare kastade en boll över gräsmattan och i samma stund for hunden iväg. Den lilla flickans arm kastades framåt och hon föll framstupa ner i gräset till omgivningens lycka. Den lilla flickan själv såg måttligt road ut och tröstades av en kvinnlig vuxen.

"Förlåt, det var Mirjam och jag måste gå." sa Laura och ursäktade sig. "Vi kanske kan prata mer en annan gång?"

Sixten nickade stort. Laura vinkade med handleden och började gå bortåt. Sixten kom plötsligt på varför han överhuvudtaget hade velat träffa Laura. Han ställde sig upp och ropade hejdlöst.

"Jag vill gärna ha med dig i nästa utredning!"